suncolor

suncolor

天涯雙探

三 古畫尋蹤

七名——著

suncolor 三采文化

目錄

楔子 006

七個小兵，駐守宮廷。
無功無過，萬事太平。
忽有一日，太后召集。
爾等離京，尋找長青。

第一章 酒樓鬧劇 013

每逢年關，都要開始擺擂比武，直至二月初二。往來百姓都愛在這兒賭個彩頭，多半都在酒家小賭。禁止軍人參加，而擂臺上的習武之人多半是富貴人家養的家丁。

第二章 上元節猜畫解謎 045

夢華樓前已經張燈結綵，小型燈山也已經搭好，上面掛了花燈，前面橫了三座彩門，還有兩條用草把紮成的盤龍。不遠處就是桑家瓦子，是汴京城最大的瓦肆。往來的江湖賣藝人正在搬運東西，慢慢活動筋骨，準備夜晚的表演。

夏乾臉色微白。畫和他買的花燈圖樣真是一模一樣的。清清水灣，紅衣凌波仙子眉目低垂，面頰紅潤，好似活人一般。而不遠處身著華衣的長青王爺痴情而望，凌波於水面上。

城外向東行，是一片幽祕的小樹林。樹林深處的樹木往往比邊緣的樹木高大，在夕陽照射下投出黑灰色的、雜亂無章的影子。前行一陣，天色昏暗，幾乎目不見一物，夏乾開始懊悔沒帶燈籠。

「真是荒唐！什麼『夜探夢華樓』？這是誰出的主意？」陸山海靠在案桌邊上，怒道：「是不是那個易廂泉？萬沖，你年輕有為，剛剛得以升遷，為了一個囚犯，這是在拿自己的前途開玩笑！」

第六章　疫病突發 148

蒙面官兵草草地說道：「這幾日你們待在樓內，不要外出。我們會送吃食和水過來。每日有人巡邏，你們若是有人咳嗽，便馬上通報，切記不要再和他說話。萬一出了事，會死人的！」

第七章　仙島尋屍 188

「道家有洞天福地、仙人居住一說，沒想到、沒想到……」韓姜震驚地注視著眼前之景，嘴裡反覆唸叨著「沒想到」。

第八章　巧遇故人 227

就在此時，不遠處的樹林傳來沙沙聲。一夥人正慢悠悠地朝這邊走來，接著，一個惹人生厭的聲音傳來——

第九章　易廂泉的推斷 254

「長青的事很怪，總這樣算是行不通的。」易廂泉有些憂鬱地看著桌上的雜物。「案子發生在幾十年前，時過境遷，所有的線索已經被時間消磨得灰飛煙滅，但……」

「還記不記得我的話？如果他們猜畫成功，青衣奇盜很可能會在大宋境外出現。我會想辦法讓大理寺派人跟過去，抓捕時不能像在大宋境內一般大張旗鼓，但說不定會將他們一網打盡。」

易廂泉坐了很久，夏乾也等了他很久。兩人背對背靠著一棵大樹，雙手抱膝，以同樣的姿勢發呆。他們身後的樹是一棵古樹，在夏家買下宅院之前便扎了根的。古樹如此，真相亦如此。它們安靜地存在，從不開口，卻等著充滿好奇的正義之士前來探尋，將一切連根拔起。土中白骨、世間亡靈，都在苦苦等待著這樣的人出現。

夏乾愣了片刻，沒有走動。不遠處有一算命先生，看他們貴氣，盯了他們許久，此時卻忽然喝住了他。

「出遠門，有大難。」

楔子

汴京城東街巷口，七個孩子在踢著毽子。

最年長的孩子開口提議道：「我們來踢〈繡金花〉吧！再不踢的話，一會兒就要放爆竹啦！」

「不！我們七個人，要踢〈七個小兵〉，那首歌謠長一些！」

「對！那個有意思！」孩子們吵嚷道。

年長的孩子點點頭，他把毽子高高扔起，用腳一勾，邊踢邊唱起來：

七個小兵，駐守宮廷。

無功無過，萬事太平。

忽有一日，太后召集。

爾等離京，尋找長青。

王爺長青，生在宮廷。
金銀為器，絲緞為衣。
半夜三更，忽然離去。
行至河畔，沒了蹤影。

七個小兵，臨危受命。
太后之令，務必奉行。
天色昏暗，河畔幽靜。
長青長青，何處去尋？

他踢了幾下，忽然傳給另一個孩子。那個孩子慌忙接過踢了起來，待踢得穩了，也開始接唱：

七個小兵，出了汴京。
憂心忡忡，走個不停。
河水攔路，周無人跡。
若要向前，須乘舟行。

河畔草地，忽見漁民。
雙目失明，手中持鈴。
七個小兵，上前問詢。
盲眼漁民，如何行進？

漁民笑笑，低頭搖鈴。
叮叮叮叮，叮叮叮叮。

「什麼呀？」其中一個小孩喝止了他，毽子也掉了，接著指責另一個孩子道：「應該是『叮』七下！你不會數數！」

孩子不滿道：「就是八下！」

「七下！」

「不要吵了！就是八下，多一下、少一下又如何？科舉又不考！」最大的孩子撿起毽子，又踢了起來，接著唱：

漁民笑笑，低頭搖鈴。
叮叮叮叮，叮叮叮叮。
不做犧牲，不可前行。
不要銀兩，不要黃金。
六條性命，留下即行。

第一條命，丟在草地。

第二條命，丟在船裡。

第三條命，丟在河西。

第四條命，丟在爛泥。

第五條命，丟在魚群。

第六條命，丟在石壁。

「第七條命，留給自己。只有他會活著找到長青，只有他會看到凌波仙女！」

唱完最後一句，孩子們大笑著將毽子踢飛，一窩蜂地跑去搶。誰搶到毽子，誰便是贏家。那五彩羽毛紮成的毽子在空中畫了一道小小弧線，砸到了一個披著厚披風的女人身上。

女人本在趕路，被毽子砸了一下，這才停下腳步。

孩子們嚇呆了，沒有人敢作聲。

女人只是彎腰拾起了毽子，遞給了他們。「除夕了，一會兒爆竹放起來，容易出危險，快快回家去！」

「鵝黃姐！」幾個孩子認出了她，鬆了一口氣。

鵝黃朝他們笑了笑，做了「噤聲」的手勢，拉攏披風，繞過了這群孩童。她順著小巷慢慢往前走，直到快走到街口，側身上了一道小樓梯，來到一座荒廢的舊屋二層。

鵝黃走上前去，敲了敲門。

屋內傳來三聲回應。

鵝黃壓低了聲音。「有三件事要講。第一件事，在偷竊犀骨筷之後，我們手中的物件雖然是齊了，但字條卻不齊。東西確定都在另一個人的手中，至於是誰，現在尚不明確。」

「第二件事，」她將一封信從門縫中塞了進去。「那人竟反客為主，邀請我們正月十五前往夢華樓。若能合作成功，我們會在春天一起前往西域。」

她說完，門縫中的信便被抽走了。

「第三件事，正月十五的計畫不變。」鵝黃說完這句，頓了頓，似乎是猶豫了一下。「若出了問題，記得四個字『棄車保帥』。此事雖然冒險，但我仍然認為有必要去做。易廂泉一直是個麻煩，而至於夏乾……他雖然見過我，但是不必去管他。沒有易廂泉，他什麼也不是。」

她頓了頓，又從懷中拿出一個小包袱。「過年了。這是我給你做的新衣，放在門口了，你……」

屋內傳來三聲回應。

鵝黃沒有再說什麼，她將包袱放下，便滿意地拉起披風，匆匆走下了樓梯。

屋外，幾個孩子仍在踢著毽子。太陽西沉，而烏雲卻已經悄然聚攏，天空似要飄起雪來。不遠處的街燈一盞盞地亮了起來，一直亮到潘樓街上。

鵝黃走著走著，卻忽然停下了腳步。她看到了一個熟悉的人影。

夏乾穿著一身青色狐裘，正在潘樓街上閒逛。

鵝黃沒有作聲，只是將方向一轉，從後巷擠入人群，消失不見了。

第一章

酒樓鬧劇

夏乾悶悶不樂地進了金雀樓的大門。酒樓內很是嘈雜，有酒桌二十張、食客近百人，炭火盆燒得正旺，在最寒冷的日子裡帶來陣陣暖意。夏乾取了一個暖手爐子，又叫了三碗酒，直接上了樓梯，要去二樓歇腳。

二樓臨窗的座位已經有人了。一位紅衣富家公子哥帶著四位家丁坐在那裡，透過小窗，居高臨下地看著樓下的比武擂臺，一邊看，一邊大聲叫好。

他們的聲音極大，引得食客側目。夏乾覺得吵，卻也在旁邊落坐了，咕咚咕咚喝了三碗酒，覺得身子暖了一些。

小二從他身邊溜了過去，端著盤子，給紅衣公子哥上菜。

旁邊一個家丁一把拎住小二的領子。「你這小二，一個下等人還不懂規矩？端盤子的時候把頭抬這麼高，還翻白眼，瞧不起人哪？」

紅衣公子哥聞聲轉過了頭，瞪了小二一眼，抬手敲了敲杯子。

掌櫃的聞聲趕來，點頭彎腰道：「陸公子有什麼吩咐？」

紅衣公子哥像是對這種事習以為常了，沒說話，只慢吞吞地吃著盤子裡的木魚[1]，而坐於一旁的隨從則低聲喝道：「留這種人在這兒跑堂，你們金雀樓不想做生意了？」

店小二掙脫開來，斜站一旁，不屑道：「你說誰是下等人？」

這小二的聲音不小，惹得周遭數人立即抬頭圍觀。卻見這小二長得唇紅齒白，面若桃花，一雙狐狸眼似秋水，早已超脫清秀二字，以英俊形容也不太貼切。周遭食客頓時認出他來了，這個小二是汴京城最有名的潑皮柳三。

紅衣公子哥開口了，聲音有些尖厲。「你這廝，問我什麼是下等人？我告訴你，商人、妓女、要飯的、算命的、打雜的都算是下等人。怎麼，你還不算是下等人？」

他聲音很大，原本嘈雜的館子卻逐漸靜了下來，食客們不敢作聲了。掌櫃正要打圓場，卻聽得樓下街道響起一片歡呼聲。

只見街上搭了個小擂臺。每逢年關，都要開始擺擂比武，直至二月初二。往來百姓都愛在這兒賭個彩頭，多半都在酒家小賭。軍人禁止參加，而擂臺上的習武之人多半是富貴人家養的家丁。

富貴人家的遊戲，贏的是錢財，輸的是面子。

只見擂臺上站著一個壯漢，身長八尺，面目駭人。紅衣公子哥的目光也被吸引了去，見狀，拍案笑道：「是我家長生。這家丁呢，還是陸府養得好，年年拿榜首。掌櫃的，你可看見啦？」

掌櫃趕緊上前來道：「自然都押您家長生。」

紅衣公子哥得意地掏出一錠銀子。「再來一份清蒸木魚，我要帶回府上。剩下的錢全押長生。」

掌櫃心有不滿，卻不會跟銀子過不去，便上來要收。柳三身上搭了一條布巾，抱著手臂在一旁站著，死也不走，似要再頂幾句嘴。

紅衣公子哥冷笑道：「方才說到哪兒啦？哦，下等人。你不知道什麼是下等人？

1 木魚：為本書杜撰，事實上僅存於亞馬遜雨林中。

商人、妓女、算命的——」

他還沒說完，卻被一陣叮叮咣咣的聲音打斷。

夏乾掏出錢袋來，往自己桌子上倒著銀子，亮起嗓門道：「掌櫃的！賭他輸。」

掌櫃的一怔。「什麼？」

「他。」夏乾伸手指了指紅衣公子哥。「賭他輸。若真是贏了錢，我就買下這金雀樓！」

紅衣公子哥有些惱羞成怒。但他也深知這汴京城家世顯赫之人不在少數，對方興許是王公貴族。盤算片刻，他上前作揖，皮笑肉不笑道：「敢問公子尊姓大名？我名為陸顯仁，家父是大理寺卿陸山海。」

夏乾看都沒看陸顯仁一眼，轉身要走，卻被掌櫃的一把拉住，很是為難。「公子，沒這個賭法。這裡有報名名冊，您可以選一位來押。」

夏乾瞄了一眼名冊，覺得白紙黑字實在是讓人頭痛，索性道：「我改日請個算命先生來算算，看誰能贏就押誰。」

他將「算命先生」四個字咬得很重，狠狠瞪了陸顯仁一眼，酒也不喝了，打算起身離去。

壯漢家丁低語幾句，陸顯仁側耳聽了，突然大笑道：「我就說是誰這麼財大氣粗？原來是赫赫有名的夏乾夏大公子啊！方才我那句『商人』和『下等人』冒犯了你，真是對不住你和你爹了。」

夏乾眉頭一皺，沒有還嘴。

陸顯仁笑了，心想夏乾絕對不敢惹他，哪知夏乾突然一個轉身，端起隔壁桌上的魚湯就朝他潑去。

只聽「嘩啦」一聲，陸顯仁被潑成落湯雞，奶白色的魚湯從他的頭髮上滴落，華貴的衣袍被浸透了，還沾著不少菜葉。

食客們哄笑起來，夏乾撒腿就跑。

陸顯仁痴愣片刻，發出一聲怒吼。周圍的家丁這才反應過來，立刻衝出門去追。掌櫃的一看，趕緊招呼柳三幫著陸公子擦擦。

「滾！」陸顯仁雙眼通紅地朝著柳三吼道。

柳三低頭笑笑，順走了陸顯仁的錢袋，將布巾一丟，也從後門溜了出去。

金雀樓外，華燈初上，天空飄起零星小雪。今天是除夕夜，不少人購置了最後一批年貨，正準備回家過節。夏乾從金雀樓竄出來，推開一群沽酒的客人，急匆匆往小巷跑去了。緊接著，一群家丁也咚咚咚地下了樓梯，在酒樓門口東張西望一陣，這才拔腿去追。他們撞倒了賣桃符的小販，那些桃符和紅色的花紙掉落下來，轉眼被踩成了一地碎屑。

十字街上人頭攢動，炮聲不絕。夏家在中原各地都有宅院，汴京的宅院位於大相國寺附近，毗鄰寺橋，這一趟路可不近。夏乾在小巷快速跑著，卻突然被人摀住嘴，一把拉開，跌倒在旁邊金黃的乾草垛上。

「噓！夏小爺，他們在夏宅正門附近堵你。快從夏宅後門翻牆回去！」

夏乾被摀住嘴，嗚嗚掙扎幾下，卻聽到耳畔傳來這聲音，速速回了頭。眼前之人上穿青色破爛衣衫，下著發黃的肥褲子，戴著一頂斗笠，眉清目秀，貌若潘安，又若西子。前者俊朗，後者陰柔——這兩種特點併到一起，就成了眼前人的模樣。

夏乾先是吃了一驚，覺得他有些眼熟。

二人對視片刻，夏乾才道：「你是剛才的店小二？」

「我叫柳三風，大家都喊我柳三。」他舒了口氣，咧嘴一笑，露出一排潔白的牙齒。「陸顯仁那廝一直仗勢欺人，今日承蒙夏小爺替我出頭。你先回家避一避，改日我翻牆去找你！」

夏乾感激地點點頭，以表謝意，在巷子裡行進片刻，終於翻牆入了夏宅後院。正在掃雪的丫鬟寒露見了夏乾，哎呀一聲。「少爺怎麼又翻牆？」

夏乾見怪不怪道：「又不止翻了一次。飯好了沒有？」

小丫鬟一般會調侃他幾句，如今卻同情地看了看他，低聲道：「老爺提前回來了，一直在正廳等你。」

夏乾一怔，在冷風中醒了酒。他正了正衣冠，慢慢向院子的東北角走去。他繞過一片梅花林，本以為父親會在正廳等他，卻沒想到父親就坐在林中的石凳上喝酒。寒冬臘月的梅花林裡，積雪盤踞在枝頭未化。夏老爺喝了一壺又一壺。周圍黑漆漆的，一個下人也沒有。

「爹。」他慢吞吞喊了一個字，本以為這個字會被吞沒在一陣陣熱鬧的爆竹聲裡，但是夏老爺卻聽到了。他立刻回過頭來看了看夏乾，兩個人對視了一下。但這個對視是二人始料未及的，他們一個低下頭，一個別過臉去。

「你還知道回來？」夏老爺的聲音有些悶，自顧自地飲了一杯。

夏乾想上去倒酒，卻發現酒壺已經空了。他自顧自地舒了口氣，似乎酒壺空了，自己就不用靠得這麼近了。

「在宿州丟了銀子？」

「對。」夏乾知道他問的是吳村的事。以前他爹都會問「最近錢夠不夠花」，如今倒是換了說辭。他以為爹會罵他，但是卻等來了一陣沉默。梅花枝頭的雪掉落到了夏老爺的頭上。夏乾想上去幫著擦一擦，卻發現那似乎是白髮。

「以後就不要出去了，外面不安全。」

「但是在家也——」

「也是無所事事。」夏老爺哼了一聲。「閉門思過一個月，好好反省一下。」

夏乾趕緊搖頭。「不行、不行！」

「那就正月十五。」夏老爺晃了晃空杯子。「禁足十五日，也應該得個教訓。」

夏乾垂下了頭，知道再討價還價也是於事無補。

夏老爺說道：「曲澤自己回了庸城，身上沒錢，也不知怎麼回去的。」

他的話給了夏乾重重一擊。他顯然知道夏乾對曲澤始終有愧，也知道夏乾是從庸城溜走的，但是他沒有提那件事，反而話鋒一轉。「你這個年紀的人，不成家、不讀書，錢也不知道自己賺嗎？正月之後，你就跟著夏至去臨安。等到一年後回來，婚事也差不多了。」

爆竹聲又響了起來，一聲一聲地炸開了，夏老爺的話也在夏乾心中炸開了。他瞪大了眼睛。「不，怎麼——」

他話音未落，幾個丫鬟興沖沖跑到園子裡來了。「老爺、少爺！飯菜備好了，易公子來了！易公子來了！」

夏乾還想說什麼，可夏老爺卻起身離開了。夏乾被丫鬟們拽著一起擁回門口。只見朱紅的大門被打開，門外炮聲震天、花炮亂飛。幾個正在貼門神的小廝趕緊讓開了地方，易廂泉風塵僕僕地進門來，懷中抱著被炮聲驚嚇、抬爪子到處亂抓的吹雪。

「一會兒就好了。」易廂泉把貓遞給丫鬟，抱歉地笑笑。「牠每年都會這樣。」

門外的喝彩聲更大了，像是御街有了新的節目，人們正要湧過去看。丫鬟、小廝們擠在門口，而吹雪卻驚恐地叫著，瞪大眼睛，掙扎著要逃到屋裡去。

夏乾有些喪氣，沒有作聲。易廂泉疑惑道：「怎麼？」

「剛和我爹談了話。」夏乾隨口應道，進屋之後脫去了外衣。他還想說些什麼，丫鬟卻催著他們落坐。大家洗了手，圍著灶火坐下。丫鬟個個精神，畢竟今夜是要守歲的。她們端上了果品，又取出貯存的金橘，壘成一個金色的小塔堆。

屋內燭火燒得比白天還要明亮。易廂泉藉著光，低頭檢查身上被爆竹燒出的洞。

「你爹提早回來了？」

「提前回來祭祖，明日準備去高官那裡親自拜年。有餃子嗎？我要吃餃子。」夏乾叫了幾聲，丫鬟便給他端上來了。他吃了一個，含混地說著：「青衣奇盜的事怎麼樣啦？咱們來京城這麼久，你也一直在查，也不見你說有什麼進展。」

「他之前犯案的線索彙集到了大理寺，我看了卷宗，發現了很多奇怪的事。」易廂泉給自己倒了酒，繼續說道：「他們是從元豐元年開始犯案，四年連續犯案十五次。其中，元豐元年十次，元豐二年兩次，元豐三年兩次，元豐四年偷了庸城的犀骨筷。」

他一說完，夏乾也是愣了一下。「元豐元年連續偷竊十次？」

「是不是很奇怪？他們的偷竊次數極度不均。第九次犯案的時候，他們提前送字條的事才被官府發現；第十次犯案之後，才將案件移交大理寺。正逢元豐二年春節，也就是在那時，青衣奇盜的事震驚朝野。而元豐二年那兩次盜竊偷的是鼎和靈芝。你是否記得我在庸城時提過的猜想？我猜鼎和靈芝可能是有人頂著青衣奇盜名號偷的。雖然未去實地取證，但是已經呈報上來的字條顯示，那兩次犯案所用的紙張，和餘下的紙張材質並不相同。」

「那剩下的十三次犯案都是他們做的？」

「不一定。但是所用紙張卻是一樣的。」

夏乾覺得有些不可思議。「他們偷到第九次才有人發現，那前八次卻不被人重視，這是官府辦事不力？」

易廂泉笑了笑。「這就是我們徹查之後所得的最新結果，前八次不僅沒發現字條，連丟東西的事官府都不知道。」

「怎麼會？」

「各地地方府的庫房都是每年的正月作清點，一年才清點一次。等到青衣奇盜第十次犯案的時候，還未到元豐二年。朝廷發現此事，才開始清點庫房，這才知道扳指、簪子被偷了，並且在庫房裡發現了屬於青衣奇盜的紙張。你也知道，青衣奇盜的紙墨很特別，就算是寫了字，墨跡也是會消失的。換言之，當官府發現庫房遭竊、拿到紙張的時候，看到的只是一張白紙。」

夏乾沒有作聲，低頭吃東西。易廂泉覺得他似乎有心事。「你今日是怎麼了？」

「挨罵了！」小丫鬟寒露端上來鹿脯和清蒸木魚，笑嘻嘻道：「少爺，依我說呀！你要麼老實娶妻，要麼考個功名，要麼就掙些銀兩，總要選上一樣啊！你離家出走又沒有掙錢的本事，總是要回來的。」

夏乾嘆道：「只是想要自由一點。」

「寒露說得對。自由看似簡單，其實最是難得。」

寒露見易廂泉準確地叫出了自己的名字，頓時欣喜萬分，又給他倆倒酒。

易廂泉從懷中掏出請柬來。這是正月十五猜畫的請柬，地點在夢華樓。夏乾匆匆一瞥，只覺得賞金頗多。

易廂泉遞給他。「猜謎活動。若是猜出，賞金頗多，拿著盤個店鋪也好。」

「你不去？」

「我也去。」易廂泉將杯中的酒一飲而盡。「大理寺新上任了一位陸大人，這些日子明令禁止閒雜人等再次過問青衣奇盜之事。和我相熟的官員不能再透露消息，我這些日子也無事可做。」

夏乾很是吃驚。「也就是說，你不能再查了？原本大理寺還會撥一些銀兩作補貼，如今也沒有了？」

「都沒了，但是有重大消息會告知我，我一直住在夢華樓的客房裡。何況，我查到我家黑玉扳指的下落。它在被青衣奇盜偷走之前，曾經出現在長安城。實在不行，我也可以順著這條線索——」

就在這時，大相國寺的鐘聲響了起來。元豐四年就這樣悄悄過去，在眾人的談笑間，元豐五年悄然到來了。

夏家的宅院裡熱鬧一片，菜餚已經上齊，蓮花鴨簽、酒炙肚胘、虛汁垂絲羊頭、西京筍之類，擺了滿滿一桌。夏老爺來到了廳堂，說了一些祝福的話，簡單喝了酒，又去忙碌祭祖的事。易廂泉和夏乾各自醉在一邊，小丫鬟們上前說道：「一會兒祭祖了，少爺你提前想想心願，說不定祖先保佑你，事情就成啦！」

夏乾撓了撓頭。他喝得醉醺醺，連想了好幾條，譬如掙錢、得自由、遇到心上人、建功立業之類，想了半天，還是搖頭。「我的願望不重要。廂泉早日捉到真凶，這件事比較重要。唉！他也應該去祭祖的，但又不知自己的祖先是誰……我一會兒就讓我的祖先轉告他的祖先，還是保佑他吧！也不知我的祖先認不認識他的祖先？」

他車軲轆話說了一通，聽不清在嘟囔些什麼。

正在抬手喝酒的易廂泉聽到這裡愣了一下，沒想到這傻小子把願望「借」給自己。他心裡有些感動，但沒有作聲，只是默默地把酒飲盡。

夏乾也喝了一碗酒。他想抬頭看看街景，哪怕看到一、兩盞燈籠也是好的，可他的目光穿過宅院外的梅花林，只能看到夏家灰色的高牆。

「沒關係的。」易廂泉看著他說：「夏老爺禁足不是一次、兩次了，你照樣溜出門去。正月十五那日記得來夢華樓，我們掙錢去。」

「那你這幾日——」

「去查一些卷宗。」易廂泉說得很是堅決。「有些事雖然很困難，但是總要做點什麼，一切都會慢慢變好的。」

接下來的數日，夏老爺為應酬一直早出晚歸，易廂泉一直在京城各處藏書閣借書冊閱讀，而夏乾則被禁足，所有銀錢也被夏至扣住了。

但夏宅的高牆是關不住他的。

夏乾和要好的小廝打了招呼，每日午時準時從自家圍牆後面翻牆出去，典當一些自己的私物，換了酒錢之後便與柳三在街上閒逛。二人都是閒人，又不愛讀書，痛恨陸顯仁，於是相見恨晚，恨不得天天在一起玩耍。

直到正月十四，汴京城下起了大雪。

古老的汴京城遵循著它獨特的傳統，年復一年卻經久不衰。明日就是上元節，那是汴京城最熱鬧的一日，屆時寶馬雕車行於其間，花香滿路，男女老幼聚集於御街兩旁廊下觀看燈會，也許還能一睹聖上龍顏。

夏乾與柳三對這些沒有興趣。他們在街上走著，一個陰著臉，一個縮著脖，正說夏乾被扣光了錢的問題，又討論了一會兒如何去賭場翻盤的事。柳三正眉飛色舞地講述他躲債的經歷，話音未落，卻一下子將夏乾拉到一邊的炊餅鋪子蹲下。

夏乾四處瞟瞟，低聲道：「你做什麼？債主來啦？」

「噓！」柳三緊張地盯著街道。「是萬沖。」

夏乾看過去，只見一個穿官服的斯文年輕人快步走過。此人大概二十出頭，長相斯文，像個做文官的，卻穿著武服，腰間佩刀。他步履匆匆，卻自信滿滿。

「他原來是左軍巡使，我上次在賭場鬧事被抓，他揚言若再見到我，就要把我拖進開封府的牢裡毒打一頓。」柳三可憐兮兮地道：「他後面跟著的人叫張鵬，這人倒是挺憨厚的。」

萬沖、張鵬身後跟著一群官兵，皆是步履匆匆，面色凝重。街行右轉，是定遠將軍府方向。

夏乾看了半天，覺得必定是出了大事。柳三知道他想些什麼，認真道：「有些事，能不管就不管，縮頭烏龜最長壽。夏小爺你天生帶著這麼好的龜殼，卻偏偏要把脖子伸這麼長，東瞅瞅西看看，又爬得慢，早晚吃虧。」

夏乾嘆氣道：「我這龜殼背得太重，脫也脫不得。不能靠著家裡救濟，總歸要掙錢哪！否則哪裡談得上自由？」

二人垂頭喪氣了一會兒，勾肩搭背地又去張家酒樓吃喝一頓，最後身上只剩下一些銅板。兩人吃完，沿街走著，街上燈販都已出攤，街道旁燈籠高掛。這些紮著彩綢的精美物事，透著微光，繪著彩繪，懸掛在汴京城灰瓦竹竿上。

夏乾第一次看汴京城的燈，怎麼也看不夠似的。

柳三打打哈欠。「年年都一樣，無趣得很。」

「那盞就很好看，圖樣也別致。」

他抬手指了指前方的八角宮燈。燈上之畫如精美繪卷——江畔草青青，一位紅衣仙女凌波於水上，美豔動人，顧盼生姿；她旁邊站著一個書生模樣的華衣公子，撐著一竿竹篙，痴情而望。

小販見夏乾一副土財主相，便趕緊湊過來招攬生意。「這是今日新上的燈，您瞅瞅，多精緻！」

柳三奇怪地問道：「我以前怎麼沒見過？凌波仙子身旁為何有男人？」

夏乾自己也不清楚，但知道柳三沒怎麼唸過書，便胡說道：「『蒹葭蒼蒼，白露為霜，所謂伊人，在水一方』。〈蒹葭〉呀！你這都不知道？」

柳三傻乎乎點頭，小販見夏乾不知，便道：「公子南方口音，定然不是汴京城人。京城河流的傳說是仁宗時候的事，在汴京當地堪比牛郎織女。如今年輕一輩人可能不知道，不過老一輩人卻都是清楚得很。汴京城的繁榮仰賴四條河——汴河、蔡河、金水河、五丈河。傳說其中有一條河流能通往一座仙島，但不知到底是哪條河。仙島似乎就在汴京城外不遠處，隱於霧中，極度隱蔽，而普通船不可靠近那裡。」

夏乾支吾一聲。這樣的傳說多了去了，都言蓬萊有仙島，秦始皇帶領眾人求仙，卻仍然未得長生不老之法，可見這些自古以來的仙島傳說都是騙人的。他覺得，人若是此生過得痛快了，何須那長生之法？駕鶴西去也自在得很。

柳三見夏乾一臉不屑，便輕輕戳了他一下。「我好像聽青樓姐姐們講過這個故事，這是真的。」

小販繼續道：「相傳仙島上景色極美，樹木四季常青。島上有一凌波仙子，美豔無雙，法力高強，能保佑人長生不老，故而總有人想去尋仙。然而仙島位置不定，無法尋覓其蹤跡。五、六十年前，當時真宗在位，想必各位也知曉，早年真宗膝下無子，幾個兒子都相繼夭折。出身卑微卻很得寵的劉妃一心想為皇上添個兒子，便前往汴京城郊的懸空寺拜佛——只要得子，她願終生侍奉佛祖左右。結果，劉妃真的生了個兒子。」

夏乾點頭。「這兒子……是後來的仁宗帝？」

「不。」賣燈的神祕一笑。「是長青王爺。」

夏乾一愣，沒聽過這個人。

「長青，此名取松柏萬年長青之意，是希望他健康長壽。然而這孩子生來有些奇怪，八字極凶，似乎與聖上相剋，且一出生便體弱多病。但不管怎樣，都是聖上的孩子，還是長子，怎麼說也是太子人選。想到之前的遭遇，真宗和劉妃很怕這個孩子夭折，萬般無奈之下，便將孩子送往汴京城外的懸空寺寄養，直到二十歲再召其回宮，繼承大統。」

夏乾迷迷糊糊打斷道：「把孩子送到佛寺寄養的事我聽過不少，但這長青王爺……我為何沒聽過？既然是膝下獨子，理應繼承皇位，他為何不是後來的仁宗帝？」

「不是。」小販的臉色有些陰沉，低聲道：「長青是長子，仁宗比他年紀要輕一些，但仁宗帝並非劉皇后所生。而長青王爺的所有事都被史官抹掉了，宮裡、宮外都不能再提，就如同此人並未存在過。只因為發生在他身上的事太過離奇。相傳，他迷信鬼神之道，有些瘋瘋癲癲，乃至後來真宗寧願把皇位傳給次子，即仁宗帝，也不願意傳給長子長青。」

柳三嘖嘖一聲。「兒子當成這樣，也算是不孝。」

夏乾突然心虛了一下，低下頭去。

賣燈的繼續道：「長青身在佛寺，卻信些神仙鬼怪之說。十六歲那年，他偷偷在汴京城郊的河道上行舟，要去尋覓傳說中的仙島。仙島真的存在嗎？很可能存在。在那之前，汴京城便有仙島的傳說，也有人說前朝元老、智慧無雙的呂端老先生在辭官之後，也去了仙島。」

「呂端是誰呀？」柳三打岔道。

「太宗的參知政事。『宰相肚裡能撐船』說的就是他。」夏乾揚揚自得，感慨自己知識很廣博，還好讀書時就喜歡打聽這些小故事。

柳三反問夏乾道：「那說的不是王安石嗎？好像這兩個人都被說過『宰相肚裡能撐船』。」

夏乾也不知道了。趕緊讓他閉嘴，示意賣燈的繼續講。

賣燈的點點頭，繼續道：「然而長青王爺在夜間前去，只留下一封書信給寺廟裡的住持。待到此事傳到宮裡，已經是黎明時分。劉皇后震怒，立即派人去尋。一眾士兵乘舟搜尋，卻只在汴京城河道上的石頭縫裡找到幾塊破損的木板。為首的官兵懷疑這是小舟的殘骸，推測長青王爺的船撞到石頭上，不幸沉沒了。這些官兵一直不停地打撈，離碼頭越來越遠，幾艘小舟突然劇烈地晃動起來，舟底開始進水。官兵心知是冒犯了仙女，趕緊撤退，但為時已晚，他們所乘的小舟全部沉沒。那些水性好的官兵拚了命游回岸邊，但是，很多人卻溺死在了水裡。」

夏乾和柳三對視一眼，都有些不信。萬物之奇，必然事出有因。

小販清清嗓子，接著道：「失魂落魄的官兵回到朝中覆命，皇后震驚不已，立即召了當時的宰相丁謂商議。丁謂覺得事關重大，便親自前往汴京城郊的水域調查一番，最終，確定這不是神靈動怒，而是因為木魚。」

柳三一驚。「金雀樓的招牌菜？」

「不錯。這木魚生活在汴京城郊的水域，喜歡激流，而且以木為食，會將船底咬爛，故而普通船隻根本無法靠近。何況那一帶水流湍急，怪石林立，躲得過木魚，躲不過怪石，船隻極易沉沒。劉皇后不死心，一定要派人繼續搜尋自己的親兒子。官兵在那裡徘徊了一個月，希望漸無，搜索力道小了很多。哪知某日三更半夜，水裡竟然傳來了一陣呼救聲。長青王爺正在水裡掙扎。」

「掙扎？」夏乾愣住了。長青王爺一個月之前掉進水裡，消失不見，竟然一個月後又出現在水裡。

柳三也是愣住。「那個王爺……失蹤了一個月？」

小販點頭。「長青王爺還穿著走的時候那套衣服。據說，長青王爺被救起之後，似是有難言之隱，怎麼都不肯吐露他這一個月的去向。有人謠傳，他是被凌波仙子所救。正所謂天上一日，地上一年。這黃粱一夢的故事，也不是第一次聽了。興許長青被仙子所救，在仙島上逗留了一個時辰，又稀裡糊塗回到人間，恰巧過了一個月。」

夏乾搖頭，還是不信。

「長青本是長子，卻因身體之故寄養宮外。這仙島事情發生之後，劉皇后提前召他回宮。長青自那時起，時不時地看一些情詩，整個人渾渾噩噩。老百姓又開始瞎猜，其中有一種說法很是有趣——仙島一事之後，長青王爺戀上了島上的仙子，不肯在凡間娶妻。那時，年幼的仁宗稱了帝，劉太后垂簾聽政，長青被關在宮內，既無爵位也無實權。忽然一日，他偷了劉太后的梅花令，在三更半夜逃出了宮門。太后本已就寢，聽到消息後很是震驚，立刻調動兵馬去尋——他們估摸著王爺會再回仙島去。」

「梅花令是什麼？」柳三問道。

小販答道：「宮中的權杖，威權極高，整個大宋也不超過十塊。持權杖者可出入宮門，守衛不可追查、不可盤問。」

夏乾搖頭道：「仙島豈能說去就去？那水域若是再也無法通行，長青怎麼可能回去？他定然是找個地方躲起來，再尋他路。若非如此，到了河邊就被抓了。」

小販道：「公子所言不假，但是……長青王爺的確回到了城外河邊。」

「真是痴情種，傻呀！」夏乾酸溜溜地道。

「冬日魚少，漁民幾乎不會聚集在河岸。偏偏那日巧了，雁城碼頭有幾名漁夫正在喝酒。他們喝得醉醺醺的，藉著燈火，卻忽然看到水面有人。」

「是長青？」

「應該是。遠看看不清楚臉，但此人一身華服，非百姓所能穿的顏色。他還撐著一竿竹篙，頭也不回，凌波於河水之上，越行越遠，直至在水霧中不見。」

凌波？

夏乾和柳三都愣住了。他們抬頭看了那盞燈，畫上畫了一位紅衣仙女，而旁邊的華衣男子的確拿著一竿竹篙，凌波於水面。

男子的腳下空無一物。

柳三聽到這裡，也瞅了瞅畫，瞪大雙目。「你是說長青王爺走在水上？」

小販含笑點頭。「不錯。這事千真萬確，漁夫真的看到了。」

柳三搖頭嘆道：「人怎麼可能走在水上？」

小販嘿嘿一笑，取下燈遞了過來。「故事講完啦！二位公子，買不買燈？便宜，只要半貫銅錢。」

夏乾突然覺得小販坑人，賣燈還編故事欺騙自己。但若要他就這麼空手走了，他也是心有不甘，畢竟故事還算離奇。他與柳三一人一句，將價格砍掉一半，這才心滿意足地提著花燈離去。

天空中有星星點點的雪花飄落，打在二人的身上，周遭似乎一下子變得寒冷起來。夏乾此時所站地點並不繁華熱鬧，一下雪，人越發稀少了。

夏乾醉醺醺提著燈，覺得自己像個大姑娘，但他每走幾步，眼睛都會偷偷瞄上一眼燈上所繪仙女。

見狀，柳三用他的細長眼白了夏乾一眼，調侃道：「原來夏小爺喜歡這樣的？青樓女子都這樣，紅衣、紅妝，身材樣貌個個不差。」

夏乾不承認。「只是覺得繪得好看。」

「夏小爺年紀也不小了，卻並未娶妻，家人給你說媒了嗎？」

「我娘有意讓我先納個姑娘做妾。但我覺得，妻子一人足矣，老了彼此照顧即可，多了礙事。」

「那個姑娘怎麼樣？好看不？是你家下人？」

「她不是下人，是朋友。我家的下人個個都能騎到我頭上，你看我家夏至，當爹又當娘。還有穀雨，我還得看她臉色……」

夏乾開始絮叨起來，路也走得東倒西歪。

柳三聽聞只是一笑。「夏小爺喜歡什麼樣的？我給你介紹一個？」

夏乾真的喝多了，腦子一片空白。雖然父母催得緊，但以前很少考慮這個問題。他剛要脫口而出「善良賢慧」、「美麗大方」之類的話語，但轉念一想，很多姑娘都是如此，但他就是不喜歡。

「不知道。」夏乾搖頭。「如今的生活有些無味。若有一位姑娘出現，讓平淡的日子不再平淡，如驚濤駭浪，這便好了！」

柳三哭笑不得，不知道夏乾在說些什麼。

夏乾提著燈，開始胡咧咧。「反正，她會從天而降，救我於水火之中；或者我從天而降，救她於水火之中。」

柳三思考了一下，好像明白了夏乾的意思，不由得感嘆，有錢人的想法果然特別。「你不是有個姓易的朋友挺厲害的？汴京城早就傳得滿城風雨。他是不是那個能從天而降，救你於水火之中的人？」

夏乾臉色一變。「你這是什麼意思？我可不喜歡——」

「給你找個這樣的。」

「不行！」夏乾簡直就是在嘶吼。「易廂泉這種人毛病太多了……」

他一下子挑起了話頭，說起了易廂泉的種種不是。柳三起先還有些興趣地聽著，二人穿過兩條長長的街道，夏乾居然還未說完，柳三卻聽得耳朵生繭了。他匆匆和夏乾告別，準備回金雀樓端盤子。

細密的雪逐漸大了起來，不再落地即化，而是舒展在青磚綠瓦上，汴京城古老的地磚就覆蓋了薄薄一層糖霜，散發著寒冷清甜的味道。夏乾提著花燈，在小雪中徐徐前行，悠哉快樂。

而就在此時，漆黑的小巷突然殺出一夥人來。四、五個彪形大漢，手裡拿著鐵棍和刀子，將路死死堵住。為首的正是陸顯仁。

雖然帶著醉意，但夏乾恍惚片刻便想起來此人是誰了。萬萬沒想到，半個月前的事，這個姓陸的竟然記仇到現在，還在小巷裡堵他。

陸顯仁不知道等了多久，凍得雙頰泛紅，見了夏乾，立即冷笑道：「好哇！我也算沒有白等，若你現在跪下求饒，我還能不打你！」

他一臉得意，也不知做過多少蠢事了。夏乾壓根不聽他的話，只是亮起嗓子罵了幾句，然後轉身就跑。

這已然不是新鮮招式了。陸顯仁愣了片刻，這次反應快，立即帶人追了上去。

夏乾本就帶著幾分醉意，又捧著花燈，走路都如同螃蟹過街，轉眼就到了小巷十字路口。既然是岔路，他決定設個路障，更容易拖延時間。他立即從巷子裡拽來一塊廢木板，將懷裡的小酒壺掏出來倒酒，隨後提起了燈，依依不捨地看了它一眼。

「仙女姐姐，對不住，還望保佑我逃過此劫！」他拜了一下，將燈一下子扔在板子上。酒液瞬間燃起，火勢迅猛無比，燈劇烈地燃燒。仙女的笑臉逐漸消失在火焰之中，幻化成了黑煙，穿透了濃重的雪霧。

此時，天象忽變，一陣狂風吹來，大雪飄零。夏乾腰間的孔雀毛飛了出去，和空中的雪花在夜空中一起亂飛，像是白色麵粉裡混進了一小片韭菜碎末。

夏乾慌了，匆忙去撿，在雪地裡翻找半天，終於看到了他的「韭菜」。而那綠色孔雀毛旁邊是一堵灰牆，牆底有個尚未修補的大洞。

洞的旁邊還有一柄長刀，刀刃在大雪的夜裡泛著寒光。

夏乾一驚，懷疑自己看錯了。但這不像是刀，倒像是戟之類的物事。頭端是刀，而下端的棍子長長的，延伸到黑暗的角落裡。

角落裡坐著一個人。

那人穿著青黑的衣裳，厚重的衣領遮住了臉，看起來似乎是睡著了，雙眉似蹙非蹙，眼睛緊閉，睫毛凝雪。幾綹烏黑的頭髮，纏著青黑色的帶子在風雪裡輕揚。仔細一看，竟然是個姑娘。

夏乾喝多了酒，只以為自己生了幻象。今日是正月大雪夜，竟然有女孩子拿著長刀露宿街頭。

此時腳步聲混雜在大雪裡，陸顯仁一行已經追來，不住地咒罵。夏乾聞聲，匆忙往洞裡鑽去。

腳步聲突然停了。只留大雪打在舊瓦上的聲音，大雪憤怒地砸向瓦片，帶著一種有些可笑的仇恨感。

「那烏龜居然放火！」憤怒的陸顯仁見了火，示意手下以雪澆滅。眼前是岔路口，他又瞅瞅四個方向，確認都沒有人，便皺眉頭。「他跑哪兒去了？」

「看腳印，少爺，我知道左邊那條街有個狗洞。那龜孫定然鑽洞跑了。」

陸顯仁聽聞，往左邊的巷子走去，邊走邊冷笑，說道：「狗洞？乞丐都不鑽的，他去鑽——」

他話音未落，突然被絆了個人仰馬翻。他糊了一臉雪，驚愕地抬頭看了一眼絆倒自己的東西。眼前是一柄長刀，順著長刀往牆角裡看，那裡臥著一個人，厚衣遮住大半個臉。

那人突然睜開雙眼，目若黑水銀，散發著冷意。

陸顯仁呆了一呆，幾乎是下意識地問了句：「乞丐？」

女子動了動，像是要站起來，身上的雪不住地往下掉，她大半個臉也從青衣中露出來了。雪夜之下，那張年輕的臉透著一股清冷之氣，美得很特別。

「喲！」陸顯仁趴在雪地裡，聲調上揚，嘴角也是上揚的，此時已經把夏乾拋到腦後了。他只說了一個「喲」字，語氣很輕浮，然後慢慢爬了起來，拍了拍衣衫。

大漢們開始調笑起鬨。有些壞事，陸顯仁不是第一次幹了。

然而事情總有變化。那青黑衣姑娘一躍而起，快如青影，落地無聲，比雪花更加輕盈。剎那間，只聽「嗡」的一聲，是刀鋒離地的聲音。寒光一閃，地上的長刀已經揚起，極快極快，幾乎是擦過了陸顯仁凍紅的鼻子。刀鋒亮如皎月，倏忽間升了天，而同時隨刀揚起的還有一大片飛舞的白雪。刀勢極猛，致使這些原本墜落的雪花逆向而飛，直擊夜空。

暴雪驟然而下。

陸顯仁的笑容凝固在臉上。

而此時，夏乾已經從後院翻回了家中。

易廂泉正在收拾行李，見他有些狼狽，驚愕道：「怎麼了？」

「沒什麼。」夏乾摸摸後腦杓。「你要搬回夢華樓了？」

「你爹總是留我，但住夏宅還是不方便。明日他離京，我也可以離開了。夢華樓客房不多，價格便宜，掌櫃的肯讓我住，已經是不錯了。」他揉了揉吹雪的腦袋。「也不知吹雪吃了什麼？一直昏昏沉沉的。我記得只喝了水，也許是今日太冷。」

「我爹沒有發現我溜出去？」

「有我幫你扯謊，自然發現不了。」易廂泉微微一笑。「明天夢華樓見。」

「不要失約！」

易廂泉猶豫一下，又說道：「總之，不要擔心，不會有事的。」

他揮別，自行走了。

夏乾覺得易廂泉有事瞞著自己，但這又不是第一次了。他「哼」了一聲，自己回到臥房，熟練地將書籍擺好，偽裝成已經在家讀了一整日書的模樣。之後便躺在床上，掏出了《聶隱娘》開始看。

他看著看著，便昏昏沉沉地睡過去了。夢裡有青衣奇盜的身影、易廂泉的話語、夏宅的高牆、柳三的笑聲，還有那位雪夜裡睡在街邊，帶著長刀的姑娘。

第二章 上元節猜畫解謎

次日，上元節到了。丫鬟們已在夏宅各處掛好五色琉璃燈、白玉燈、五彩羊皮燈，還備好了乳糖圓子、韭菜餅、細如絲的豬腿肉，一邊準備，一邊吵嚷著說晚上出門穿什麼衣、提什麼燈。

夏乾睡到中午，起床之後在宅子裡兜了一圈。易廂泉不在，夏老爺更是不在了。他去夏至那邊晃了晃，便帶好了猜畫請柬，又翻牆走到了宣德樓前御街的拐角處，再往潘樓街方向走去，便是夢華樓的所在地。

夢華樓前已經張燈結綵，小型燈山也已經搭好，上面掛了花燈，前面橫了三座彩門，還有兩條用草把紮成的盤龍。不遠處就是桑家瓦子，是汴京城最大的瓦肆。往來的江湖賣藝人正在搬運東西，慢慢活動筋骨，準備夜晚的表演。

而幾個捕快模樣的人從夢華樓前面經過，行色匆匆。接著，一個人從夢華樓裡走了出來，四十歲上下，一臉精明商人樣。此人名叫伯叔，姓什麼不清楚，但他也算是汴京城響噹噹的人物，當年盤了不少酒樓，而且人脈極廣，熟人遍布黑白兩道。

夏乾立即上前行禮並掏出請柬來。

伯叔輕輕一笑，小鬍子微顫，寒暄道：「今日夏公子來早了，節目和茶水都未曾準備妥當。我也忙著張羅酒樓之事，多有怠慢。易公子剛才已經去請了，可是房間是空的，人不在。」

「他可能有事在忙。」夏乾覺得易廂泉是不可能閒著的，估摸一早就去查了書卷訊息。

「猜畫活動酉時開始，之前可在樓內看戲。」

「不知是誰舉辦的猜謎活動？出手這般闊綽？」

伯叔笑道：「我只是個管場子的罷了，怎能知曉這麼多？酒樓易主，趕上正月十五，自然要請些能人異士熱鬧熱鬧，也有意結識些權貴人物、各地富商。這才有了此次猜畫的活動。」

「你不是主辦人？」

伯叔搖頭，笑而不答。夏乾心裡直犯嘀咕，又問道：「不知賞錢多少？」

「猜畫和猜謎一樣，賞金在請柬中已經寫明。除去賞金之外，我們會和猜出謎題之人一起去一趟西域跑生意。畢竟絲路因戰事斷了，西域生意不好做，但我們會想辦法重開絲路，這利潤可是巨大的。」

即便是伯叔親口說的，夏乾也難以想像這猜畫的獎賞竟然這般豐厚。伯叔的話搪塞的成分居多，虛實各占五分，夏乾自然是不信什麼「跑生意」的藉口。絲路要是真的能通，商人都知道，見利獨吞，哪有幾人合作瓜分的道理？

夏乾還在思索，卻被小二招呼著進去了。夢華樓樓高兩層，分內場和外場。外場是露天的大院子，裡面有不少賣藝人擺攤，說書的、雜耍的、演傀儡戲的，都有自己的小場子。院子側面一個小樓梯，可以上二樓，只有幾間客房。猜畫活動在內場舉辦，裡面的陳設尚不清楚。然而沒有請柬的百姓只能付費，在夢華樓外排隊進場，最後站在外場看個熱鬧。

幾個演傀儡戲的人從夏乾身邊擠過去。一個說書人正口若懸河地講著殺手無面的故事，這是一個十多年前，在大宋境內殺人如麻的蒙面惡人。

夏乾打了個哈欠，卻赫然發現不遠處的牌匾上寫著「青衣奇盜之庸城記事」。

「你們的故事已經被講過了，很是有趣，可謂棋逢對手，我們還等著後續。」旁邊的座位上坐著兩位胡姬，都穿著舞服，其中一位打量了夏乾一番，開始搭話。她高鼻梁、大眼睛，顯然不是中原人，卻說著一口標準的京腔，還會用成語。

夏乾有些吃驚，她顯然認識自己，自己卻不認識對方。

「京城裡誰人不識夏公子？」她笑盈盈道：「我叫尼魯帕爾，是荷花的意思。」都說西域三十六國，這「尼魯帕爾」不知是哪國人了。夏乾撓了撓頭，又聽得她說：「那位叫易廂泉的小哥之前一直在夢華樓住著，長得倒是不錯，可惜不愛搭理人。夏公子可不是這樣吧？」

「我……」夏乾還沒說什麼，已經是一副呆樣子了。兩位舞姬笑了他一會兒，挽著手進了夢華樓。而此時樓前的人已經少了很多，大抵是都已經進場。夏乾匆忙付了茶錢，也跟了進去。

夢華樓的內場比外場更大，整個場子一共兩層，但是屋頂甚高，可見屋頂絢麗的大幅彩繪；中間空出來一個大舞臺，名為「金玉臺」。二樓可通向外面的長廊，一邊是天臺，一邊通向外場客房。內場布置陳設極度豪華，雕梁畫棟，四周有產自西域的罕見花種，甚至還有冬日難以養活的牡丹，而所插的瓶是上好的瓷器。舞臺四周全是座位，桌椅皆為好木所製。店小二衣著整潔，細細看去竟是上等衣料。他們隨時待命，顯然是訓練有素的。

夏乾懂了，夢華樓不常辦活動，若要有活動，定是汴京城無人可比的豪華。他揀了一張無人的桌子坐下，旁邊空著的椅子，是留給易廂泉的座位。

抬頭向二樓看去，幃帳後面已經坐了好些個衣著華麗的人。儘管距離遠、幃帳遮擋嚴密，但是夏乾仍然從影子裡認出了三、四個當官的，四、五個富商，七、八個闊太太，甚至有幾個似乎是未出閣的富家小姐。

此外，他還見到一張鼻青臉腫的臉。

是陸顯仁。他像是被人打了一頓。

夏乾看到此人就一肚子氣，猜畫本就是有賞金的活動，紈褲子弟沒事來這兒消遣猜謎，自己猜中的可能豈不是又低了幾分？

朝四周看去，竟然看到了剛才的兩個胡姬。她們圍著一個白衣男子，這個白衣公子哥年輕俊朗、風流倜儻，舉手投足之間盡顯貴氣。

夏乾有些不甘心，只覺得那人是個小白臉罷了，隨後暗嘆一口氣，看了看旁邊空落落的座位，打算趁著還沒開場，小睡一會兒。

不知過了多久，只聽「咣噹」一聲，周圍傳來一片喝彩聲。夏乾迷糊地睜開雙眼，朦朧中感覺周圍幾十張桌子幾乎都被坐滿，似乎全都是人。

臺上站了一個人，夏乾認得是掌櫃伯叔。

他注視著全場黑壓壓的人群，定力很足，聲音也足夠洪亮。

「諸位能夠光臨，真是榮幸之至。猜畫規則如下……」

夏乾認真聽著，卻覺得頭皮發麻，莫名感到陰森森的。他抬頭望去，只見陸顯仁正在二樓隔著簾子，似乎正死死盯著他看。夏乾毫不客氣地對他做了個鬼臉。

陸顯仁的目光像是刀子，卻像是落在別處，沒有看他。

夏乾看見他就來氣，想喝茶消消火，側身伸手摸向茶杯，卻碰到一隻冰涼的手，也同樣伸過來。

桌子旁坐了個人。

不是易廂泉，是一位姑娘。她衣裳青黑，頭髮烏黑，正伸著手攜茶杯。

有七彩宮燈數盞，懸於四周，屋內卻不如白晝明亮，終是有些昏暗。昏暗的燈光灑在姑娘側臉上，若是柔和多一分，英氣少一分，眼前的人就不對路了，可不偏不倚，她倒是很耐看。

夏乾睡得懵了，腦中一片空白，半天才支吾說出一句：「這個座有人了。」

姑娘轉過頭看了他一眼，沒說話，站起身來打算讓座。她腰上別著刀鞘，重重地磕了一下椅子，發出了「咣噹」一聲巨響。

夏乾本來是不確定的，可如今見了這刀鞘，像是認出她來了，急急地道：「但是妳可以坐！」

姑娘一怔，點點頭，又慢慢坐了回去，像是個不愛說話的姑娘。

「妳這是刀嗎？叫什麼刀？」夏乾好奇問道。

「青柳斬月。」她的聲音倒是很好聽。

夏乾看了刀半晌，有些摸不著頭腦了。他依稀記得昨夜絆倒自己的是長刀，就像「青龍偃月刀」那種長刀。如今看起來，這刀似乎更短一些，像是捕快佩戴的那種。

夏乾想了一會兒刀的事，又偷偷瞄了瞄她，想著她是誰。這思來想去，鑼聲又響了。夏乾啊了一聲。「伯叔說了什麼？」

他覺得這個姑娘不太愛說話，或者對陌生人戒心比較重。自己沒指望她答話，本想就當作自言自語算了，但姑娘轉頭告訴他：「五幅畫是按難易程度分的，從易到難，賞金是一百兩、兩百兩、三百兩、五百兩、八百兩。」

夏乾第一次確切地聽到賞金數目，有些瞠目結舌。

今日來的除了看戲的百姓，大多都是京城裡有頭有臉的人物，伯叔此語一出，如同板上釘釘，這筆將近兩千兩的賞金定然是要發出去的。可是這筆錢實在太多了！也許猜畫的內容非常難，抑或本無固定解，無人猜出，賞金自然不用付了。

但若是賴帳，必定信譽全丟。商人的誠信若毀於一旦，日後生意不會好做。

姑娘將茶飲盡，又從懷中掏出小酒壺，直接喝上幾口，側過頭來搖搖酒壺，問夏乾：「喝酒嗎？你讓座給我，我當請你喝上一杯。」

夏乾一怔，心想，也許江湖人都會這樣，隨後將空茶碗遞過去，問道：「我在京城見過妳，我——」

夏乾只想問問她的名字，話音未落卻聽得一聲鑼響，觀眾叫好。他心裡覺得真是糟糕，規矩沒聽全，這是要開始猜了。

舞臺上幾名壯漢搬著雕花烏木架子上來，五幅卷軸橫立於上，旁邊有紅色長繩。

夏乾心咚咚直跳，有些期待。他端起杯子喝了口酒，差點沒吐出來——這酒也太烈了！轉身看過去，旁邊這位姑娘也在喝，喝完了又倒，倒了又喝，不知喝了幾碗了。

夏乾暗嘆一聲，還是一鼓作氣悶聲乾了。

姑娘問他：「你還要喝嗎？」

夏乾被酒燒得說不出話，趕緊擺擺手拒絕了。

此時，臺上的伯叔上前一笑，拉住繩索。「大家仔細看好了，這第一幅畫。」

他一扯繩子，第一幅畫「唰」的一聲展開。上面畫了一只普通至極的果籃，果籃之中是水果。大宋的書畫重理法、重寫實、重質趣、重精神，書畫大師技藝精湛，非他朝可比。水果的模樣繪製得格外逼真，重在描摹，缺少了意境美，這點在一般的書畫中並不常見。

圖上繪著四種水果，荔枝數顆，有的已被剝開，果肉黃色，皮卻為藍色。梨子的果皮為白色。金橘的皮為紅色，桃子翠綠。畫卷題名也很怪：〈荔枝梨金橘桃圖〉。

有群眾嚷起來。「這是違背常理的，違背常理！」

周圍人嘰嘰喳喳地說著，場內一片混亂。臺上的伯叔見狀，清清嗓子，用洪亮至極的聲音道：「諸位莫要議論。這是第一題。圖中果子千年不壞，萬年不腐，乃自然之色。請於十五日之內將畫中水果帶入夢華樓，先到者勝。」

他說完，不知怎麼又取下一幅字掛著，像是酒樓祝詞：以誠相待，以德相交。有事相託，莫要推辭。

全場譁然。夏乾癱在椅子上。「怎會有這種東西？明明是騙人！對了，妳還沒說妳的名字……」

姑娘答道：「我叫韓姜。」

周圍依舊吵鬧，夏乾卻覺得此時安靜異常。明亮的燈光似乎要晃了眼睛，空氣中還有酒和茶的味道。但青黑衣姑娘眼眸低垂，聲音很低，那「韓姜」二字的音調也低，那兩字就好像是冬日裡的雪，是凍結的湖面，是寸草不生的荒地。

「『獨釣寒江雪』的寒江？」

她自顧自飲酒道：「不是，是韓和姜，兩個姓氏的組合。」

夏乾哦了一聲，覺得有些奇怪。

她好像不願意多說什麼。夏乾很會察言觀色，立刻轉移話題。「妳說，這第一幅猜畫到底是什麼意思？」

韓姜看了看他的衣飾，又看了看畫，沒作聲。

夏乾見她不說話，便道：「妳肯定猜到了，為什麼不說？」

她搖搖頭。「我猜到有何用？你猜到才有用。」

夏乾急道：「那妳可以告訴我。」

「你都沒說你的姓名。」

「夏乾，乾坤的乾！不是金錢的錢。」夏乾又開始胡亂解釋起來。

「你爹是不是夏松遠？也在京城嗎？」

「對。但他不常來汴京，現下估計已經走了。」夏乾點點頭。

韓姜嘆道：「南夏北慕容，你家財萬貫，為何還要來賺這獎金？」

「我爹說，大宋富商極多，但沒人實際統計過。夏家其實沒有傳說中的那麼有錢，在江南一代也就是小富，但是對下人和夥計很大方，所以大家都誇讚，久而久之我家的名聲就傳出去了。」夏乾吞吞吐吐說著，又是一聲鑼響。群眾立刻安靜了。夏乾與韓姜雙雙閉嘴，眼也不眨地看著臺上。

只見伯叔一拉繩索，第二幅畫「唰」的一下就展開了。

眾人唉了一聲，因為與第一幅畫相比，不論畫風、手法技藝和內容，都比不上第一幅的奇怪水果。它像是某種大型設備，像是水車，又像是沒建好的房子。

臺上，伯叔上前，朗聲道：「請諸位將此物修復，並詳述它的機理。」

看客不滿意地叫了起來，怨聲一片。

夏乾沙啞著聲音自語：「這是什麼東西？什麼名字？它在哪裡？如何修復？」

四周的人全部低聲議論起來，像是無人知曉其意。

韓姜端詳許久，疑惑道：「看起來像是水車，體量應當是不小的，但是卻從來沒見過。水車一般是做灌溉之用，但……」

「哪有這樣的水車？」夏乾有些喪氣，覺得賞金離自己越來越遠。「它右邊的確像是水車，但也許是風車。這活動為什麼不弄些字謎來猜？我猜不出來也就認了。」

夏乾還在絮叨，但韓姜忽然道：「是鐘。」

夏乾一怔。「鐘？」

「你可知漏壺[2]的作用機理？」

「不知道。」

「那你可見過擒縱器[3]？」

「沒見過。」

夏乾簡直一問三不知。而韓姜卻沒有絲毫埋怨或者看不起他的意思。「這應當是擒縱器。大體是如何做的，我卻不清楚。我在書上看過記載的擒縱器以及漏壺之事，很久之前就有人研究過此類物品，譬如東漢張衡、唐代的一行和尚、本朝的沈夢溪。」

她繼續道：「除此之外，還有一位人稱七名道人的人。他是最古怪的一位，研究

2 漏壺：又稱銅壺滴漏，為一種古代計時用的水鐘，利用容器漏水的水面高低對照刻度以指示時間。

3 擒縱器：為鐘錶內部機械零件。以固定頻率一停一放傳動，用來表示時間。中國古代的擒縱裝置是利用重力與水力來帶動運轉。

了不少古怪東西，後來莫名其妙地失蹤，也不知道最後死在何處。相傳，他做過不少機械物事，擅長繪畫和機關之術……夏公子，你在聽嗎？」

夏乾啊了一聲。「叫我夏乾就好。」

他話音剛落，突然想起了什麼。

七名道人和沈夢溪，都在吳村時被易厢泉提起過。吳村那個姑娘的畫像就是七名道人所作，他就是那個被攻擊的畫師。

「那個七名道人好像死在吳村。」

韓姜一怔。「是在宿州的山上嗎？我在那兒的荒地遇到過一個瘋子，似人似獸，還會攻擊人。」

她雖然說得很簡單，但夏乾已經很是吃驚了。眼前的這位姑娘可能就是當初亂葬崗的那位「大俠」，他們竟然在京城見面了！

夏乾還在發呆，而韓姜卻看著畫道：「這幅畫與第一幅畫一樣，我無法得解。但上述幾人，除了本朝的沈夢溪尚且在世，剩下早就故去了。」

夏乾覺得，若是易厢泉在，讓他去請沈大人過來，也並非做不到。想到這裡，他覺得自己有些心潮澎湃了。「這鐘在哪兒？」

「張衡之墓和故居都在南陽，不知裡面會不會有這些東西？南陽距離汴京城說遠也不太遠，說近也不近，剛才在規則裡說了，猜畫的期限截至正月二十夜裡，時間太短，往返來不及，我猜不會在那裡。《唐史》裡關於一行和尚的記述較少，他曾經向玄宗獻過黃道儀，那黃道儀如今仍在長安。但若是推測不錯，他應當是死在長安，不過也說不準，長安距離此地往返五日也太急了一些。」

「七名道人呢？」

「他的足跡遍布整個大宋。但是，我來汴京時在京郊碰巧見過一破落院子，那是七名道人的舊居，不知荒廢多少年了。它造型古怪，大門上掛了七把大鎖。七把大鎖如同鎮宅盤龍，旁人無法進入，何況屋內據說也是機關重重。那裡倒是有些可能。若是有機會，明日我就去一趟汴京城郊的舊宅。」

她講完這些，又悶了一口。夏乾已經聽得呆住，原以為她不愛說話，哪裡知道她喝完酒說了這麼多。

猜畫和猜謎一樣，需要博學的知識。可眼前這個姑娘未免太博學了些。這些被請來的人，要麼是達官顯貴，要麼就有些真本事。

「你們為何什麼都懂？我可是連《詩經》都背不完整。」

「我自幼被寄養在大寺裡，寺中經書不少，古怪的書也不少。你家大業大，平時難道不讀書嗎？」

她這話戳到了夏乾的痛處。夏乾支吾了一會兒，突然不想說話了。自己昨天讀了個《聶隱娘》，再上次是在傅上星醫館讀的《項羽本紀》。這都過了好幾個月了。

她見夏乾不說話，知道他真的不讀書，驚奇道：「那你便是學著做生意了？」

「我……」

就在此時，鑼又響了。夏乾趕緊直了腰，只見第三幅卷軸緩緩而下。

第三幅卷軸比前兩幅要明晰得多，是一份殘缺的地圖，像是城內建築，卻又殘缺不全。而地圖樣式不似平日看到的那般，紙張也不是普通紙張，倒像是動物皮卷之類。

這個顯然是讓人把地圖補全，但這圖上標注之地甚是奇怪，不似中原，倒像是沙漠一帶蠻荒之地。細細看去，地圖上某些部分的確有著沙漠，而且還有文字標注。這文字很是罕見，如爬蟲一般。

「似乎是吐火羅[4]文。」

「什麼駱駝文？」夏乾看看韓姜，欲哭無淚。「這是什麼？」

「它與我們所使用的文字不同，形似驢唇。我只知天竺使用這些文字，西域一些小國也會使用。而圖片之中標著沙漠，可能是西域某地。然而西域三十六國，語言各有不同，即便是使用同種文字，含意和順序不同，詞義也會不同。如今西域國家有些仍在，有些已然滅亡，語言更可謂雜、亂、多。只怕不懂這畫中殘圖無人可解，大家連文字都看不懂。」

韓姜一席話說完，似乎在宣告此圖幾乎無人可解開。這番話讓夏乾瞠目結舌，他轉頭看看四周，這才發現周圍的看客不知何時都挪了椅子過來，偷聽韓姜說話。

片刻安靜之後，周遭看客嘰嘰喳喳起來。

「騙子！」旁邊有人拍案叫了一聲。接著，眾人紛紛罵了起來。

4　吐火羅：古代的西域民族，聚居在新疆塔里木盆地範圍。學者推論其語言文字源自一支已滅絕的印歐語系。

伯叔在臺上毫不驚慌，面不改色道：「諸位莫急，比賽是公平的，即便無人猜中，各位也權當來吃個茶、看個戲，是不是？」

此話倒是有幾分在理。衣著整齊的小二不知是得了誰的傳喚，齊刷刷地上了一壺黃柑酒，一人一碗浮圓子，點心三碟，還有兩枚柳丁。夏乾看了看柳丁，發現頂部是可以掀開的，裡面是蟹。這就是名菜「橙釀蟹」了，製作精細，價格不菲。

眾人見免費的點心上來，火氣消下去一些。今日這茶、這精緻小點心和小曲都是不要錢的，也許這也是夢華樓做生意的手段之一。

夏乾一口吃了三、五個點心，一邊嚼，一邊疑惑著，覺得此事不會這麼簡單。

臺上，伯叔忽然指了指畫中最底端。上面也書寫著一些文字，並非吐火羅文，也不是漢文，像是橫平豎直，每一個字都像是「口」、「回」疊加而成。伯叔在臺上開口道：「畫卷末端的文字失傳已久。若是能單獨解開此文字者，算贏；若是解不開此文字，能補上地圖和吐火羅文的人，也算贏。」

夏乾點頭道：「也就是說，這行像『回』一樣的文字算是附加題？」

韓姜瞧了一會兒，嘆氣道：「我行走江湖多年，本以為自己見過不少奇聞異事。

可這畫中所寫文字竟有三種，除去漢文和吐火羅文，最下行的文字我從未見過。」

臺下的人見了，又憤憤不平起來。伯叔上前舉起雙手。「若是各位心存不滿，過會兒我會記下各位府上住址，送些貢茶和點心前去賠個不是。請各位不要急躁，若是執意鬧事，只得由官府出面來管了。」

韓姜唉一聲。「官府這兩天很忙，街上不安生，無緣無故多了好多巡街之人。我只知道京城三捕快——張鵬、李德、萬沖，他們還有個上級，叫燕什麼。」

「燕什麼？」夏乾和她聊了起來。

「燕……對，燕以敖。聽說武藝很高，能力極強，百姓也愛戴他。但辦事極度不按章法，經常違背上級命令，朝廷一直不敢讓他繼續升遷。我還聽說，南邊有個捕快名叫狄震，也是這個路子。」韓姜低頭吃完了橙釀蟹，又看看點心。「你還吃嗎？」

夏乾搖頭。她便掏出來一些乾淨的紙，將點心包好放到口袋裡，又把黃柑酒倒回自己的壺裡。「我帶回去，還夠我吃上幾頓。」

夏乾瞠目結舌。只聽一聲鑼響，第四幅畫再度落下。畫上畫了一個花紋精緻的長方盒子。這盒子狹長，通體刻著花紋圖騰，不知道是裝什麼的。乍看之下像是裝著犀骨的盒子，但是通身木質。這幅畫是看不出來物件尺寸的，但總覺得這個長盒子的尺寸並不小。

若要識得此物，先要識別花紋圖騰。

夏乾哈哈笑。「這次又是盒子？真有意思，不知何物？」

然而韓姜的目光卻與方才不同。這個盒子出現之後，她雙眸微亮，竟連剩下的點心也不裝了。

夏乾問道：「有解了？」

「沒有。」韓姜搖搖頭，忽然沉默不言了。她看了夏乾一眼，又低頭裝點心。

她一定知道什麼，而沒有告訴自己。夏乾突然覺得心口煩悶，此時才意識到，他與韓姜不過是剛認識片刻的陌生人罷了。

夏乾突然又不想說話了。

韓姜看見他的神情，自己也覺得不好受。她放下了手中的點心，岔開話題道：

「你是不是有個朋友名為易廂泉？」

「嗯。」夏乾老實應和一聲。

「他很聰明？京城的說書場子很是愛講他的故事。」

「當然。」

「那他會不會……我只是說，有沒有可能，」韓姜反覆斟酌著用詞。「勾結青衣奇盜？」

「勾結？」夏乾彷彿睡夢中的人，一下子驚醒了。「他為何要勾結青衣奇盜？」

韓姜搖頭。「夢華樓門口說書的都這麼講，明裡、暗裡都指明了易廂泉是青衣奇盜的同夥，只有這樣才能騙過官府。而且在庸城那些事，神乎其神，易廂泉料事如神，就像提前知道青衣奇盜的計畫一樣。」

「若說那易廂泉勾結青衣奇盜，他們為何不說我就是青衣奇盜？這些話妳也會信？」夏乾有些失落。

韓姜覺得是自己唐突，有些不好意思。「還真有人這麼說過。若不是夏家家境殷實，你還真會被人懷疑。你是他朋友，你信他，我聽了你的話，也信他了。總之，你們要小心些。」

夏乾忙問：「我一個月前來汴京城，未聽得什麼風聲。如今大家為何懷疑他？」

「風言風語總是無端而起，大家都在推測易廂泉的來歷、出身，還有他與青衣奇盜的關係。」

夏乾憤怒道：「肯定是因為他師父邵雍。」

韓姜聽到邵雍二字，微微震驚。她顯然也聽過邵雍殺妻的慘案。

夏乾有些無力道：「他們真的都是好人。」

韓姜點點頭。「閒言碎語是無形的利器，人可能會被這利器所傷，但只要行得正、坐得端，且懂得隱忍避讓，就不會被利器所害。你的朋友不是京城人士，被旁人說閒話是免不了的。我相信日久見人心，他會是一個被百姓稱道的人。」

她簡直一語中的。夏乾剛想表示強烈贊同，卻見臺上幾名女子推出一個更大的雕花鳥木架子。伯叔上前，小心地拉開繩索。

「今日的最後一幅畫，難度最大，賞金也最多。請諸位看好，破解此畫之謎，請找出畫中的女子，並將其屍骨帶回夢華樓。」

「屍骨？」夏乾怔怔一句。

「屍骨。」韓姜蹙眉。

紅繩解下，卷軸展開。

夏乾不抱希望地看了一眼，當他看清，卻噌一下從椅子上跳下來——

是花燈的圖樣，仙女和長青王爺的凌波圖。

第三章 凌波仙女圖

夏乾臉色微白。畫和他買的花燈圖樣真是一模一樣的。清清水灣，紅衣凌波仙子眉目低垂，面頰紅潤，好似活人一般；而不遠處身著華衣的長青王爺痴情而望，凌波於水面上。

靜寂過後，周遭眾人又開始議論。這是汴京城很有名的花燈圖樣，故事也是老一輩人都清楚的故事。然而越是如此，越無法得解。

韓姜不明所以，夏乾就將長青王爺的故事講給她聽。聞言，韓姜蹙眉道：「這是一個如同『爛柯人』的故事。相傳有個樵夫，入山砍柴見了仙人，待他下山歸去，斧柄已爛，而世間已過百年。長青王爺當日夜裡落水，一個月之後才被撈起，也是說見了仙人。兩個故事有異曲同工之處，即存在時間差異；但傳說畢竟是傳說，這種時間差異不可能存在。長青王爺更可能是真的落入了仙島，但他住了一個月，卻不知為何要編瞎話來答。」

夏乾此時已經恍惚了。這故事是猜畫謎題僅有的線索，是仙島存在的唯一依據。可單單憑藉這個虛無縹緲的傳說，怎麼可能找到一個島？即便找到了，怎麼可能找到仙女的屍骨？況且這世間真的有仙女存在嗎？

韓姜忽然一拍案桌。「我想起來了。你可曾聽過京城的童謠〈七個小兵〉？」

夏乾茫然搖頭。韓姜低頭思索。「我初來京城的時候聽到過：『七個小兵，駐守宮廷。無功無過，萬事太平』。但餘下的詞記不清楚了，似乎說的就是長青的故事。這童謠應該是口口相傳，傳說也很可能是真的。這賞金是逐幅增加的，最後一幅一定最難。這若是猜出來……」

「不要再說了。」夏乾聽得心裡涼颼颼的，越發難受。「說不定這些畫統統沒人猜得出來，好歹吃了頓茶。」

正說著話，只見幾個小廝拿著名冊走來，需要看客姓名、手印、住址。夏乾好奇道：「為何不在進場時記錄？」

小廝嘆氣道：「伯叔突然讓我們記錄，我們也沒有辦法。不過有些人根本沒有進場，一開始便在這裡；有些人則中途離開了，如今記錄，倒還能記得比較全。」

夏乾眉頭一皺，總覺得此舉甚是突兀。

「興許是覺得題目太難，對不住大家，要給些補償。」小廝拿著名帖過來，夏乾趕緊斜眼看著韓姜下筆。她似乎很猶豫，按了手印，簽了名，卻未留下住址。

「這位姑娘不留住址，若是到時候掌櫃的分禮品給大家，如何尋得姑娘住處？」這聲音自夏乾身後傳來，他與韓姜皆是愣住轉身，只見一白衣公子站在身後，正打量著二人。

此人手持摺扇，衣著華麗卻又不失風雅，儀表堂堂，溫潤如玉，一看便是有教養的人。

夏乾想起來了，這就是方才那位被舞姬搭訕的小白臉。

韓姜見陌生人搭訕，也只搖頭微笑道：「我漂泊不定，未嘗有住址。」

「姑娘不妨留個常去之地。」白衣公子笑得溫和。

韓姜點點頭，揮筆寫下「東街茶樓附近」，想了想，又改成「孫家醫館」。她的字很漂亮。

夏乾覺得這個小白臉是來搭話的，頓時一臉不快，衝著白衣公子哥道：「恕我冒昧，不知公子與我們搭話所為何事？可否請教公子名諱？」

公子笑笑，剛欲開口，卻聽旁邊有人喚他，便行禮匆匆離去了。

夏乾生平最討厭這種話說一半、裝模作樣的偽君子，在心裡嘲弄了他一句「小白臉」，之後便轉身回來，看見小廝舉著名冊，正在對自己諂媚地笑呢！

「嘿！夏宅的住址不用留啦，誰不認識您哪？」

夏乾簽了名字，卻覺得樓上傳來冰冷的目光。陸顯仁又盯著他了。

夏乾朝陸顯仁做了個鬼臉，卻在二樓的臺子那裡看到了一個人。

那是一個男人。燈光昏暗，幃帳遮住了他的臉。他身材矮小，抱臂，頭微微左傾，正在走廊那裡徘徊，而雙目似乎一直緊緊盯著猜畫的舞臺。

夏乾愣了一下，立即站起。這個身影有些似曾相識，但是他根本不能確定……

「我去去就來。」他和韓姜道別，一路小跑上了樓梯，繞過雕花的紅木柱子，撩起幃幔，卻不見人。幾個小廝模樣的人在把守。

「公子有何需要？要茶水還是點心？」

「來找人。」夏乾踮起腳，四處看去。「你們有沒有看到一個矮個子的男子？」

「方才還在，沒看清相貌，也不知去哪兒了。這廳裡看客百人，我們去哪兒給您找人哪？」

「也許他在裡面坐著呢！我自己過去找——」

小廝趕緊勸阻。「您去不方便。要不去迴廊透透氣？」

夏乾明白了，二樓雅座可能都是有身分的人，譬如陸顯仁，即使有錢也是去不得的。想到此，他心裡更加煩悶了，想掏出銀兩賄賂一下，但發覺身上沒什麼錢了。

小廝趕緊說道：「您從另一側下樓梯，去三樓露天臺子上，那裡夜景極美的。」

小廝說了半晌，只為哄夏乾高興。夏乾覺得他們也是不容易，不想給人難堪，無奈點頭，順著狹窄的朱紅色樓梯上去，是一道門住的小門。推開門，迎接他的是正月十五的一輪金黃圓月，而圓月之下，最北面的街道上沒有行人，也沒有街燈，所有的飯莊都收了牌子，甚至連酒旗都不曾掛起；但再往東邊看去，那街道卻燈火熒熒。小販、老人、少女，穿著錦衣簇擁在街上，那陣仗，像是等個一時半會兒，一身華衣的天子也會從街上走過似的。

東街人頭攢動，北街卻空無一人，這有些怪異。

夏乾瞇眼細看，真的是一個人都沒有。這種現象在汴京城根本就沒出現過。昨日看時，還是好好的。這北街是怎麼了？這像是一夜之間人全消失了。

細一想，北街往北再走不遠，似乎就是定遠將軍府了。夏乾趴在欄杆上，閉起眼睛，仔細回憶剛才見到的那個矮個子男子。他是誰？自己在哪裡見過他？

遠處似乎傳來一陣喧鬧聲。陣陣寒風穿過街道，直至吹散了天際的雲。隨著風聲，遠處似有瓦片墜落的聲音傳來。

夏乾朝遠處望去。正月十五的月皎潔明亮，而月下是空無一人的北街道，片刻之後，卻見一道黑影閃過。

黑影閃過的速度極快，如一陣狂風、一片黑雲，可那並非風和雲，只是一個青黑色的影子，以極度輕巧之態落到了屋頂上，發出了一聲清脆的響動。

他漸漸近了，就像乘雲踏月而來的黑霧，從北街盡頭瀰散過來。直到夢華樓的樓頂，那影子才突然轉身停下。

而屋頂距離夏乾不遠不近，卻可以讓夏乾看到這足以讓他牢記一生的畫面——

青衣奇盜！

他站在灰黑色的屋瓦上，背對著夏乾。屋瓦之下是空無一人的北街。沒有人，沒有燈，唯有天上的一輪金黃明月映著他的青黑色衣服。

在這一瞬間，夏乾瞪大了眼睛。他根本不相信，今夜來此只是機緣巧合，這名銷聲匿跡的大盜竟毫無預兆地落在了眼前。

夏乾的喉嚨像是被扼住了，他怔了片刻，下意識退後幾步，終於掙扎著、磕磕巴巴地喊了有些可笑的話——

「抓、抓賊……」

青衣奇盜微微側首，不曾露出眉眼。

在這一刻，空氣凝滯，夜寒如冰。

夏乾剛剛那句「抓賊」的聲音雖然不大，卻打破沉默，像是將原本緊繃的弦輕輕一挑，「嘣」的一聲斷裂開來。這弦一斷，他不再發呆了，深吸氣，再次以洪亮的聲音怒吼：「抓賊呀！」

他這句話聲如洪鐘，似是有魔力一般，要喚來千軍萬馬。話音未落，卻聽北街傳來一陣馬蹄慌亂之聲、叫喊聲，騰騰而來。那是大隊的官兵捕快。夏乾視線一挪，想看清究竟，而就在此時，青衣奇盜雙足輕移，形如鬼魅，卻在圓月的照射之下顯得有些狼狽，身上似乎帶著一枝紅色的箭——這是大理寺特有的箭。而青衣奇盜繼續向前，如風一般躍入了天臺的小門，「砰」的一聲將門關死了！

青衣奇盜居然進入了夢華樓！

夏乾一下子跳起，整個人撞到門上，大力敲打起來。而門卻已經從內側門上了。一股淡淡的血腥味傳來，門上沾著血。

青衣奇盜受傷了？

就在此時，北街的大批捕快衝了過來。為首的是一個魁梧大漢。他果斷地一揮手，將捕快分成兩隊，一隊人將夢華樓緊緊圍住，另一隊隨他從夢華樓大門直接進入。而捕快之中，萬沖則一馬當先，順著灰牆靈敏地攀爬到了頂部臺子上，氣喘吁吁來到夏乾身邊，目光中帶著厲色。「人呢？」

「他進去了！」夏乾拽著門吼道。

萬沖自然知道「他」指的是誰。他左手持刀，插入門中挑鬆了門閂，吼道：「一起撞開！」

二人退後，合力撞了三次，木質門閂終於斷了，門板「哐噹」一聲砸了下來。屋子裡揚起一陣灰塵，只見門內的地上滴著點點鮮血。萬沖低頭一看，快速地順著鮮血的痕跡直追過去。

夏乾也緊隨其後，耳畔呼呼生風，心中卻已經明白了幾分。

青衣奇盜方才一定是在哪裡偷竊，被守衛用箭射傷，血流不止，這才落入夢華樓之中，竟然被夏乾撞了個正著。

二人翻過欄杆，跳下樓梯，血跡一路向前，直至外場，向著客房的方向去了。

房間內外圍了一群捕快。他們是從正門進來的，比躍上天臺的萬沖快上一步。

夏乾剛要過去，卻被人攔下。他抬頭一看，此人非常魁梧，約莫三、四十歲，威嚴得像門神鍾馗，看起來是個捕快頭頭。

「夏公子，不要過去——」他的聲音很粗。

「我看到他了！」夏乾急匆匆喊道：「他過去了！」

大漢異常冷靜，嚴肅道：「我們會在那邊重點搜查，你不懂武藝，青衣奇盜如甕中之鱉，身受重傷，如果做困獸之鬥，唯恐使你受傷！」

寥寥數語，但所言有理。夏乾乖乖讓了路出來。

就在此時，夢華樓內亂成一片。金屬磨擦聲、腳步聲、男女說話聲，還有樓梯板嘎吱嘎吱的聲音，像是很多人同時踏過。場內的看客都紛紛驚懼地站起來，不知發生了何事。

魁梧大漢則慢慢進入內場，將大門推開了。他個頭很高，長得粗獷，一身戎裝。他身後密密麻麻跟了一群捕快、士兵一樣的人，將內場團團圍住。

百名看客見狀立即安靜下來，不知出了何事。

伯叔趕緊上前來，一臉震驚。「請問您是……」

「大理寺少卿燕以敖。」大漢行禮，目光炯炯。「奉命特來捉拿朝廷要犯。」

伯叔一怔。「要犯？」

燕以敖沒有立即回答，而是用鷹一般的銳利目光掃視了周圍一圈，吐出了令在場人都震驚無比的四個字——

「青衣奇盜。」

他聲音低沉，卻如巨石落海，驚起千層波瀾。所有人都愣住，隨即又開始一陣熱烈的討論聲。

夏乾默默站在扶梯一旁，欲冷靜一下。如今事發突然，又偏偏被自己撞見了。

此時又有捕快進門，對燕以敖耳語幾句。燕以敖先是一怔，隨即將目光唰的一下盯向夏乾，快步向他走來。

「你今日見過易廂泉嗎？」

他出口這樣一句，夏乾有些詫異，搖頭道：「沒有。」

燕以敖面色一凝，沒有吭聲。

夏乾認真道：「你若是有事轉達，可以直接告訴我。」

「你跟我來。」燕以敖聲音很低，步履匆匆，帶著夏乾出了場子，邊走邊低聲道：「實不相瞞，青衣奇盜幾日前曾發消息，要去定遠將軍府盜竊。」

夏乾詫異道：「我消息算是靈通的，也不知道此事！他去偷什麼？」

「青衣奇盜的事鬧得滿城風雨，天子腳下不能傳出這種消息，鬧得人心惶惶。大理寺卿和開封府尹商議過後，決定隱瞞此事，就連易廂泉也不知道。」

夏乾趕緊打斷。「你還沒說那青衣奇盜偷什麼？」

「夜明珠。」燕以敖皺起眉頭，麻利地轉過走廊。

「他以前都偷不值錢的東西，這次怎麼……」

「青衣奇盜一案，原本只是噱頭大、影響壞。他們所盜之物雖然做工精巧卻並不值錢，且他們在盜竊時未傷人性命，按照大宋律例，頂多將其發配到千里之外的牢城。而此次偷竊卻不一般，說是夜明珠，其實是顆很大的黑珍珠，是個值錢的物件，估計可以重判。」

夏乾聽此，心裡突然一涼，總覺得哪裡不對勁。

燕以敖停下腳步，臉色不佳。「他今晚偷了珍珠，我們一路追他到此，還射中他一箭。」

夏乾震驚道：「你說青衣奇盜現形了？你們……還當街追捕，居然能射中他？」

「汴京城的守衛比其他地方強上很多，能迫使青衣奇盜現形、射中他一箭，都在常理之中，我們親眼見到他逃入夢華樓。」

夏乾搖頭。「你們沒見過青衣奇盜，他不是這麼簡單的盜賊。易廂泉已經很厲害了，都沒能抓到他！」

「易廂泉確實厲害。」燕以敖對他讚賞有加。「他曾在我們這裡幫忙處理陳年舊案。小案兩、三日之內即可破解，大案五日到七日就能水落石出。」

二人穿過外場人最多的地方，卻見柳三在門口，臉紅脖子粗地隔著人群嚷嚷道：「夏小爺！我可算趁亂混進來了！這猜畫活動居然限制入場人數，你們——」

夏乾剛要說話，燕以敖面色凝重。「有話過會兒再說。」

不等夏乾答話，燕以敖三步併作兩步，將他帶到角落的房間。這是走廊最後一間。門關得死死的，裡面時不時有人影晃動。

夏乾止步，他的心突然開始緊張。只見萬沖突然推門出來，看了看燕以敖，又看了看夏乾，垂目低語道：「人贓俱獲。」

燕以敖沉著臉推門進去。屋裡站滿了捕快，中間的地上有一個黑衣人，旁邊有一個擔架，是欲抬黑衣人下去的。

黑衣人並未蒙面，夏乾一下子就看見他的臉。

「易廂泉！怎麼回事？怎麼可能？」夏乾驚慌地看著地面的黑衣人，上前拽住燕以敖的袖子。「這一定是個圈套！你們中計了！易廂泉是被人擱在這兒的，就等著你們抓他！」

眾多捕快皆是一言不發，萬沖臉色蒼白，轉眼問燕以敖道：「頭兒，你說怎麼辦？要不要……」

「不行！」夏乾堵住了門。「你們明知道這是圈套，還偏偏往裡面鑽！不可能是易廂泉！你們要是帶他回去，那正中了青衣奇盜的下懷！」

萬沖打斷他，怒道：「聽我說完！要不要說『沒搜到』？」

夏乾一怔。「可以這樣？」

萬沖低下頭去，有些緊張。「易廂泉的為人我們都清楚。他前一陣在大理寺幫忙，短短幾日就幫我們破了不少陳年舊案，我們都欽佩有加，但如今大理寺的上層剛剛換了人，我怕——」

燕以敖卻忽然打破沉默，朝周圍的部下們看了一眼，沉聲問道：「有誰同意帶他走的？舉手。」

夏乾萬萬沒想到他們會來這一齣。燕以敖居然有了徇私枉法的念頭。這才忽然想到之前和韓姜聊天時道聽塗說的那些話，都說這燕以敖能力雖強，卻根本不按章法辦事。更令他詫異的是，這群捕快沒有一個舉手的。

易廂泉在汴京城逗留過一些時日，解決過一些案件，興許這群捕快對他多多少少有些了解，如今這些人敢為他開這個後門，想必是內心對他很是尊敬了。

一群人面面相覷片刻，燕以敖沉聲道：「動手。把他夜行衣脫下來，再把他帶回衙門。對外就說他被青衣奇盜打傷，動作快！」

突然聽得一陣腳步聲傳來，燕以敖一個箭步衝上去關門，同時怒道：「官府之外的人，都不能進！」

夏乾不知道燕以敖為什麼衝得這麼快。當然，他事後才知道，若是燕以敖此時的動作再快一點，把人都堵在外頭，事情就不會演變得更加複雜。

門還沒被燕以敖關上，卻「砰」的一聲被打開。一個中年男子盛氣凌人地站在門口，威嚴地看了燕以敖一眼，怒斥道：「怎麼回事？」

夏乾覺得眼前的人有些面熟，卻想不起來在哪兒見過。

顯然燕以敖、萬沖等人是見過此人的。燕以敖臉色鐵青，悶聲行了個簡單的禮。

夏乾便斷定了這人是個大官，這個大官八成剛才在內場的雅座那裡坐著猜畫。大官進來掃視。「抓住了？」

燕以敖沉默不答。方才捕快們認出這是易廂泉，事情尚有回旋餘地，畢竟是自己人。但是，這個大官進來的那一刻，便木已成舟了。

「這是……這是易廂泉！爹，我認得他！」一個人緊緊跟在大官身後進來，一驚一咋地喊道。

夏乾一扭頭，看見的是一張令人生厭的臉，臉上還掛著烏青。是陸顯仁。

他立刻就明白了，眼前的這位中年男子，是陸顯仁的爹——大理寺卿陸山海。相傳這陸家憑藉自家親戚連帶關係，一路升遷，乃至在朝中的勢力越來越大。再看萬沖一行人陰沉的臉色，這群人對於這位頂頭上司應是大大不滿。

陸顯仁如今可算是有人撐腰了，輕蔑地看了夏乾一眼，又幸災樂禍地看著眼前這些人。

夏乾覺得腦中嗡嗡作響，燕以敖一言不發，捕快們沉默不動。

陸山海上前，捋了捋鬍子，低頭看著易廂泉的臉，又不敢湊得太近，生怕這個

「青衣奇盜」會突然清醒撲過來一樣。他看畢站定，瞇眼問道：「究竟是何人？」

燕以敖剛要開口，卻被陸顯仁搶了先，亮起嗓子道：「爹，你有所不知。這易廂泉可是汴京城名人，大家都知道他和青衣奇盜勾結。我早就覺得他神出鬼沒的，跟他混在一起的人都應該帶走，嚴加審問。」他聲音尖細，帶著怨恨。這一喊，又有一些人擠了進來，見了易廂泉，紛紛驚呼。

陸山海聽此，看了看萬沖與燕以敖一干人等。「前一陣子在大理寺幫忙的就是他？你們這群人，真是什麼人都敢用！如今還磨蹭什麼？還不抓？」

「此事有蹊蹺，大人——」萬沖趕緊上前一步。

陸山海怒道：「你們追捕青衣奇盜到此，就搜出了這麼個黑衣人，居然還不抓？要造反不成？」

夏乾瞅了陸大人一眼，插嘴道：「就算他是青衣奇盜，怎麼無緣無故暈了？明擺著等人來抓。反正他暈了，跑也跑不掉，不如弄清楚再說。」

陸山海這才看夏乾一眼，一時沒認出是誰，大概是覺得夏乾眼熟。陸顯仁聞聲立即向他爹耳語幾句。陸山海聞言，臉色一變，惡狠狠瞪了夏乾一眼，立即補了一句：

「帶走！」

燕以敖上前一步，抱拳答道：「追捕時，青衣奇盜中箭，那箭上淬了毒液，百步後人便會昏迷，所以現在……」

燕以敖不停地解釋，夏乾的耳畔卻迴響著他那句「淬了毒液」。在庸城的時候出過同樣的事，易廂泉被劍所傷，劍上淬毒，易廂泉傷口沾毒就昏迷了。如此場面，分明是庸城事件的翻版。這青衣奇盜居然想把偷竊的罪名全都嫁禍給易廂泉！

燕以敖依舊在求情，而陸顯仁戳了戳他爹的肩膀，低聲說了幾句。夏乾豎起耳朵，聽見他那些尖酸刻薄的言語，時不時飄來幾句「幕後主謀」、「賊喊捉賊」之類。

陸山海的臉色越發陰沉起來。

陸顯仁語畢，縮回頭，得意地看著夏乾鐵青的臉，彷彿這是世上最痛快的事。

「少廢話，帶回去！」陸大人怒道，甩袖離開。

角落裡，萬沖低聲問燕以敖道：「頭兒，要不要帶回去？」

「都他娘的愣著做什麼？等著發銀子不成？說什麼都晚了，抬回去！」燕以敖黑著臉。一聲令下，眾捕快立刻手腳麻利地抬起擔架。

萬沖迅速地將易廂泉的臉蒙住，將他如同冰冷屍首一般抬了出去。

捕快匆匆離開，夏乾趕緊上前拉住燕以敖，問道：「帶回去之後呢？這是要怎麼辦？用刑？」

「絕不用刑。」燕以敖拍了拍夏乾肩膀。「汴京城的捕快幾乎沒有不認識易廂泉的。一切等他醒來再說。你暫時先不要去監牢，明日再去。」

「為什麼現在不能去？」

「怕受牽連。明日提審才是正式程序，明日問話，你可見他一面。我不止一次聽到傳言說易廂泉是青衣奇盜，你是他的同夥，所以庸城的盜竊才會這麼曲折。」燕以敖認真地看著夏乾，似要讓夏乾記住自己的一字一句。「這是個圈套，從易廂泉住店到夜明珠丟失都是圈套。待易廂泉清醒，以他的智慧，脫罪就是早晚的事。」

聽到「同夥」二字，夏乾的面色沉了幾分。這才意識到自己也身處於這圈套之中而不自知。他開口問道：「易廂泉穿著夜行衣被捕，所有情形皆於他不利，你確定廂泉會無罪？」

說到此，燕以敖轉身看著他，吐字清晰，聲音有力。「去年他在汴京城揭皇榜時我就注意到他了，也是我向上級舉薦，他才會去揚州庸城。他雖然是個算命先生，卻很是聰明，一定會平安無事，成功脫罪的。」

夏乾聽了這話，頓時覺得心安許多。燕以敖帶著一行人匆匆離開。此時，樓梯之下，人山人海。周遭的燈籠已經高高掛起，如進場時一樣，大家在燈火的照耀下都一團喜氣，面紅耳赤，議論紛紛。橫生的意外如同高懸的彩燈，看客自然喜歡看這抹亮色。但是有亮就有暗，究竟是哪些人的心還沉在暗處，誰遭了罪、誰倒了楣，這些都與旁觀者無關，只是茶餘飯後的談資罷了。

紅木地板上投著五彩花燈妖嬈的影子，捕快們沉著臉走過去，將樓梯邊上所掛燈籠撞得一晃一晃的。夏乾下了樓，四處張望著，心情沮喪到了極點。

柳三窩在角落裡，遂揮動手臂朝夏乾跑來。「嘿！找我呢？」

夏乾思緒煩亂，不願搭理他。柳三急忙道：「我先問你，陸顯仁剛才帶著好些人從屋裡出來，出來之後就在那邊嚷嚷，究竟是怎麼回事？」

「栽贓！」夏乾生氣地說出這兩字。

柳三一聽，急了。「不會牽連上咱倆吧？我可什麼都沒幹！我今日去端了盤子，越想越覺得自己沒出息，想來找夏小爺，卻又混不進夢華樓來。在路上徘徊的時候碰見了萬沖。平日裡他是最喜歡找我碴的，但是他神色匆匆，我就覺得出了事。」

「那是何時的事？」

柳三搖頭。「不記得時辰，但天幾乎黑了，估計在猜畫開始之前。我就偷偷跟他幾步，他居然去了定遠將軍府。我遠遠地朝大門看，這一看，那將軍府裡黑壓壓的不知道有多少人！我還發愣呢，猛的一下子，天空中唰唰唰飛出一大堆箭來！嚇得我喲！」

柳三唾沫星子橫飛，夏乾有些嫌棄地看著他。「你便趕緊跑了？」

「跑了！這麼多箭，我若是跑得晚，哪裡還能回來見你？但是我剛要開溜，眼看著屋頂上有個黑影，像是個黑衣人，他跑得比我快多了！然後一枝箭飛了過來，我看到那個黑衣人中箭了！那個黑衣人的功夫好得不得了！捕快那速度真是快，一下子大隊人馬都殺氣騰騰地跑到夢華樓門口來。我就想著，機會終於來了，所以趁亂……嘿嘿！哪知猜畫結束了。」

柳三搓搓手，似乎等著夏乾接話，而夏乾卻沒有說什麼。此時，大門突然發出沉重的「嘎吱」一聲，一下子被關上了。張鵬、李德一行人像一群天兵、天將一樣，凶神惡煞地杵在南天門口。

夏乾立即明白——燕以敖雖然是帶著易廂泉走了，但是並沒有就此罷手。青衣奇盜在眾目睽睽之下落入夢華樓，而樓被包圍，易廂泉分明不是竊賊，那麼青衣奇盜此時可能還留在這裡。

萬沖帶領一干人又開始搜查，所有在場者都要被問話。柳三見狀戳戳夏乾。「青衣奇盜像是還在。」

夏乾心不在焉地嗯了一聲。他心裡打著小算盤，這是好事，即便找不到竊賊，說不定也能發現線索，若是有能證明易廂泉清白的證據，那便最好了。

柳三又推了推他。「青衣奇盜會不會裝成捕快，然後把易廂泉送出去？」

夏乾搖頭。「他們彼此相熟，這是不可能的，青衣奇盜又不會變臉。」

此時一個捕快跑去，朝不遠處的萬沖彙報，大意是：大廳窗戶開了一扇，看了鞋印子，有人翻窗戶跑了。猜畫活動害怕看客擁擠，跳窗入戶，所以今日窗戶緊閉，不容易打開。

窗戶只開了那一扇，在內場。

夏乾聽此，趕緊偷偷繞到萬沖身後不遠，豎起耳朵聽著。

萬沖挑眉。「什麼人跑了？這麼多捕快圍在門口，竟然讓他跑了？」

「那人武藝太高，帶著酒氣，竟然打傷了五個大理寺的人——」

萬沖已經生氣了。「他若是青衣奇盜，那你們該當什麼罪？」

捕快趕緊道：「夢華樓老闆讓在內場的所有人都留了姓名。雖然統計不全，但我們透過名單，先確認了一部分人現在是否還在場。名單上只有幾十人，其中……」小捕快遞了一張紙給萬沖。

賓客名單上，「韓姜」的名字被圈了出來。

「所有的賓客都核對過，目前全部在場，除了這個人。」小捕快認真道。

第四章

荒郊舊居

「韓姜？從未聽過，是什麼人？」萬沖愣了一下。

旁邊的小廝走上來，看了看萬沖，又有些猶豫地指了指夏乾。「那人一直坐在夏公子旁邊。」

萬沖立即把目光投向夏乾，眼神中透著幾分不屑。

而夏乾回憶了一下。「她一直坐在我旁邊不曾離開，而且全程全神貫注地在忙著猜畫，應當不會分身去做青衣奇盜。」

萬沖仍有疑心，卻也點了點頭，不願意與他再多說一句話。

「他就喜歡看不起人。」柳三悄悄朝萬沖做了個鬼臉，拉了拉夏乾的袖子問道：「那些畫……究竟是什麼？快與我講講。」

「都什麼時候了，還想著猜畫呢！」

柳三撓撓頭。「金子大過天。」

「自己進內場看看去，畫還掛著呢！我走了，回去想想明日怎麼辦。」

話音未落，柳三已經興沖沖竄入內場。夏乾心中一團亂，便早早回家歇息，欲想出解決方法，卻難以安眠。

次日清晨，夏乾出乎意料地早早起床了。昨夜輾轉反側，尋思著青衣奇盜的事已經害得易廂泉入獄，若是繼續坐以待斃，只怕大理寺卿不會輕易放過他。本想和父親商量對策，但夏老爺昨日已經離京了。

夏乾叫下人做了飯菜，提著飯盒到開封府左右軍巡院，待被詢問之後便進了牢獄。一個小吏帶他走到牢房盡頭，打開一道枷鎖，卻見萬沖和燕以敖從牢內走出來。二人雙目通紅，顯然是一夜未眠。他們朝夏乾點了點頭，什麼也沒說就離開了。

夏乾看看牢內，只看到了一團白色的身影，像是睡著了。他把食盒往桌上一擱，敲了敲老榆木桌面，發出咚咚聲。

易廂泉動了動。他睜眼轉頭，看到是夏乾來了，才站起來理了理衣襟。他穿得很單薄，裡衣外面套了一個不太符合他身形的罩衫，顯得消瘦虛弱，面帶倦意。

夏乾把飯菜端出來，問道：「你身體怎樣了？你的衣服呢？」

「身體還好，至於夜行衣——」易廂泉嘴角微微上揚，聲音卻沒有疲憊之感。「剛剛拿去檢查了，布料為汴京城的衣裳鋪子的陳料，查不出貨源，也毫無特點。線倒是挺特別的，材質不錯，而針腳細密，估計出自女人之手。針腳這個東西，如同字跡一般，這是很重要的線索。有趣的是，衣裳還算是比較符合我的尺寸。」

夏乾愣了一會兒，昨夜發生的事太多太亂，他一時不知從何處問起。

而易廂泉似乎沒有要回答的意思，竟捧著飯菜吃了起來。「這是汴京城特產木魚？滋味還挺——」

「廂泉，」夏乾急得背著手走來走去。「昨夜究竟是怎麼回事？這次是青衣奇盜幹的嗎？」

「手法像——透過藥物讓我昏迷，隨即派人抓捕。人在犯罪之時，若是第一次的手法成功了，很容易接二連三地重複。青衣奇盜偷盜的本事雖大，害人的伎倆卻很少使用，除了在庸城那次。你可還記得在庸城時，他們把我弄暈的情景？」

夏乾點點頭。「兩次事件像極了，怪不得我一直覺得心裡不踏實！客棧、藥物昏迷。但是、但是——」

「但是我沒喝。」易廂泉狡黠一笑。

夏乾愣住了。牢房裡很是安靜，他確認自己沒有聽錯。

「你沒喝？一口都沒喝？那我們昨天看到你的時候，你是清醒的？」

易廂泉點點頭。「全程都是醒的。在離開夏家之前，我給吹雪喝了一些茶水，牠有些不對勁。青衣奇盜也真是……用的藥都和庸城時用的類似，我怎麼會連續中招兩次？」講到這裡的時候，他有些嗤之以鼻。「當時大理寺對我封鎖了青衣奇盜要去將軍府偷盜的消息，我看到這杯茶水時，還不是很確定是不是青衣奇盜又下藥了。當時有兩個辦法，一個是將茶水帶去大理寺查驗，但若真的是青衣奇盜所為，此舉無異於打草驚蛇，這事恐怕就沒有下文。我仔細考慮之後，選擇風險極高、但是有可能收效巨大的法子。我飲了一小口茶水，選擇在夢華樓房間的地板上躺到了半夜。」

他一說，夏乾一下就明白了。易廂泉在遇到問題之後，短時間內做出了決斷：想用自己的清白換取和青衣奇盜一次近距離的、正面的接觸。這樣的決斷無異於賭博，但他們不是沒有贏的可能。

「半夜的時候來了一個蒙面人，為我號了脈，確認我飲過有問題的茶水之後，還給我套上了夜行衣。」易廂泉開始在案桌的廢紙中翻找。

夏乾聽得很是震驚。「你看到他的臉了沒有？」

「只見過眉眼。」

「你當時若是反抗呢？能不能抓他入獄？」

「你也知道青衣奇盜的武藝，若我當時反抗，可能打不過他。更何況，青衣奇盜從來都不是一個人。即便抓捕了他，他拒不開口怎麼辦？他不供出同夥怎麼辦？若他不承認自己是青衣奇盜，只承認自己是個入室小賊，又能怎麼辦？」

夏乾被問得啞口無言。而易廂泉捧著飯菜吃了起來，慢悠悠地，吃得很是精細，還非要把魚的骨頭吃成完整的一條，和小刺一起排在桌子邊上。

夏乾看他吃飯都覺得著急。「若是捉不到他，你也脫不了罪呀！」

易廂泉慢慢說道：「勾欄瓦肆裡的說書人已經把我說得人不似人、神不似神、盜不似盜了。如今青衣奇盜來了這一齣，恐怕是想讓青衣奇盜一事快速結案。青衣奇盜處理掉了夜行衣之後，肯定還在夢華樓。栽贓這種事，一定是要看到結果的。我被捕快帶走時，估計他也在場。」

語畢，他擦了擦嘴。然後從案桌旁邊一堆紙張中抽出一張，上面繪了人像。那人蒙著面，只露出眉眼；眉毛很濃，眼睛小而細長。

夏乾看了看，急得拍了拍桌子。「這人只露眉眼，如何找得到？」

「萬沖他們在房內查到了一個不到七寸的鞋印，一般鞋印的七倍就是身長。根據我的目測、鞋印的尺寸，可以看出這個男人不高。」

夏乾搖頭。「但是汴京城內百姓極多，事發當時，夢華樓內場的觀眾有一百多人，雖然登記了名字，但這麼多人可不好找。那柳三當時就是混進來的，身後還跟了一大群看客。」

「柳三是誰？」易廂泉一怔。

「我朋友，瘸三一個。」

易廂泉看了夏乾一眼，眼裡好像在蔑視「你這堆狐朋狗友都不是什麼好人」，奈何夏乾瞪著他，他只得繼續道：「總能找到的。那人雖然只露眉眼，但是身量不高，這樣的男子也許並不難找。」

夏乾的眼前忽然浮現了一個影子，他垂頭沉思一會兒。

易廂泉敏銳地捕捉到了他的神情。「怎麼，你見過？」

「在夢華樓的幃帳後面，有個個子不高的人。讓我想起庸城風水客棧打傷我的店小二，可我根本不敢確定。」

「幾成把握？」

「半成。」

「什麼時候見到的？」

「青衣奇盜入場之前。如果真的是他……也就是說，青衣奇盜和他的同夥都在夢華樓？至少兩個人？」

「你見到他的時候，他站在哪兒？在做什麼？」

「站在二樓的幃帳後面，看著內場的舞臺，似乎在看著臺上的畫。」

易廂泉很是訝異，他低頭沉思，半晌才說道：「那個地方視野很好，只讓王公貴族坐。」

「對，但是他沒有落坐，只是站在走廊上。」

「沒有請柬的人只能在外場那裡擠著看，有請柬的人統統落坐了。只有少部分人才能混進來，又沒有座位，只得挑個視野好的地方看著全場。」易廂泉沉思了下，說道：「他若是想接應自己的同夥，應當找個無人的角落，避免被人發現才對。但他站在那兒做什麼？」

夏乾剛想回應，卻發覺獄卒在催了，他手忙腳亂地把食盒收起來。

易廂泉趕緊說道：「記得照顧好吹雪，牠又自己回去夏家了。那些丫鬟一直給牠餵吃的，讓牠少吃些，不要越餵越胖。還有，不要把今日的事和任何人說——」

「好了、好了。」夏乾嘟囔幾句，提著食盒出了門，走到潘樓街。這一帶聚集了諸多的雜耍、賣藝人，而金雀樓門口的擂臺旁聚滿了人。數名女颭[5]聚集於擂臺上，輕裝上陣，正欲打個酣暢淋漓，引來看客聚集。這女颭之後，才是真正的武擂。

看著這臺子，夏乾想起自己因一時衝動而押在金雀樓的銀子，心中酸澀，想著去要回來。他剛想踏進金雀樓，卻在往來看客、商販中看到一個猜球的攤位。

猜球，算是一種把式。桌子上仨碗一球，一碗扣住球，餘下兩只空的，幾只碗來回交換，看客則負責猜這球會落入哪個碗裡。此舉看似拚的是眼力，實則是要求變戲法的人手速極快，躲過看客的雙眼，乃實實在在的技巧活。這種古典而陽春的戲法在這個大場子裡顯得小巫見大巫了。那唱曲的、吞鐵劍的，個個都比這猜球來得熱鬧有趣。

如果說猜球是在變戲法，吸引住夏乾目光的是那個變戲法的人。那個人坐在那裡，個子似乎不高，頭習慣左偏。

這樣的身形和動作讓夏乾感到熟悉。他有些緊張，隨手拉住一個路人問道：「那個角落裡變戲法的人是誰？認得不？」

被拉住的路人看了看遠處，皺了眉頭。「阿炆。醜得都有名了，有點駝背，小矮

5 女颱：宋代女性相撲選手的稱呼。

子，倭瓜臉。喲！瞧你的樣子，莫不是夏大公子？久仰、久仰……」

未等那人說完，夏乾便一下子走過去。他離得近了一些，心又咚咚直跳。

這個阿炆的確和易廂泉的畫像中那人有點像——濃眉毛、眼睛細長。

猜球攤旁邊寫著：十文一次，猜出賠付三十文。

阿炆面無表情，兩隻大手輕輕地推著三只碗，三個碗互相換著位置。他輕、他快——碗像是自己在飄動，而非他的手指在運作。眼看三只碗越來越快，俯身望去，就像三個圓球在桌上滾動。

夏乾慢慢靠近，但不敢驚動他。他想等阿炆站起來，也許確認一下身形和其他特徵也好，若他能開口說話，再辨認一下他的聲音——

「這不是夏小爺嗎？」柳三背著個包袱，見到夏乾很是訝異。「我正要去金雀樓端盤子，居然又碰見你啦！那個猜畫如何了？要說有人下手快，已經猜出來啦！咱們要不努力一把，興許可以贏呢！我聽說了，那可是千兩白銀啊！」

夏乾急了，想讓他小聲一點，但是再一轉頭，那名叫阿炆的人不見了，只留下一個猜球攤子。小紅球孤零零地躺在桌子上，慢慢滾落到了地上。

夏乾捶了一下柳三的腦袋，匆忙往那個方向擠。今日是正月十六，部分燈山還未拆，如今天色慢慢暗下去，燈也被點亮了。街道的人提著花燈，如流水一般推搡著。夏乾在人群裡如同一塊頑石，行走方向恰好截斷了人流，待他艱難地走到攤子前面，連個人影都看不見了。

「怎麼啦？」柳三也擠過來問道。

夏乾生氣地看了看柳三，他知道柳三這個人不壞，但很是聒噪，又愛傳話。自己想起易厢泉的叮嚀，便道：「沒什麼！那人像偷了我錢袋的小賊。你呀！偏偏要在此時同我講話！」

柳三開始憤憤不平起來，擼起袖子說要抓賊。夏乾又和他寒暄兩句，便匆匆打發他走了。如今天色已晚，最好就是回到大理寺報備。現在已經知道了那人的姓名，不管對方是不是青衣奇盜，背地裡查查也好。

「小公子是在找那個猜球人嗎？」賣筍肉包子的老婆婆因為沒有生意，一直在看著夏乾，好心道：「他出城了！唉！攤子也不要了，不知在想什麼？」

夏乾朝城門口望去，可以看到一片小樹林。那個阿炆是逃了嗎？夏乾有些沮喪，迷茫之際，卻突然想起韓姜昨日說過的話。轉念一想，便問包子婆婆：「那樹林裡是不是七名道人的故居？」

包子婆婆搖頭。「不知，但出門向東走有個舊宅子。那裡長年無人，荒得很，小公子若要去，小心喲！」

夏乾趕緊道謝，用幾個銅板買了包子，想出城看看，說不定會看到一些線索。

城外向東行，是一片幽祕的小樹林。樹林深處的樹木往往比邊緣的樹木高大，在夕陽照射下投出黑灰色的、雜亂無章的影子。前行一陣，天色昏暗，幾乎目不見一物，夏乾開始懊悔沒帶燈籠。

再行進許久，遠處隱約能看見一座破舊的院子。雪早已停，此時月亮已經從東方升起。月色慘白，冰冷地照在遠處破舊荒涼的院落上，荒涼可怖。

周圍沒有人，阿炆肯定也不在。

夏乾猶豫地向前一邁，不知道踩到了什麼——剎那間，一張大網從地上「呼啦」一下升起，夏乾只覺得天旋地轉。片刻之後，他才意識到自己被一張大網吊到了樹上。他亂蹬幾下，卻如同被漁網捕撈上來的大魚，徒勞無功地在漁網中掙扎。

「喂！有人嗎？放我下來！」他在巨大的網中窩成一團，根本無法直立身體，只得拚命拽住網的粗線，使勁晃動著。「有人嗎？」

皎月之下，樹林安靜異常，貓頭鷹被嚇得撲棱棱地飛走，在天際留下一道黑色的小影。因為夜太靜，除了鳥翅撲騰的聲音，遠處傳來一陣窸窸窣窣的聲音，似乎是人的腳步聲。接著，是一陣咕嚕咕嚕的聲響。

像是有人步行推車而來，偶爾還會踩響幾根枯萎的樹枝和草木。

夏乾聽得清楚，聲音重疊，這不像是一個人的腳步聲，至少兩人，卻逐漸遠去，消失無聲。

「有沒有人哪？」夏乾嘶吼一聲，不停地晃動著網子。

無人回應，不遠處應當就是七名道人的故居了。月下老宅，荒草叢生，毫無人氣，連傳說中的七把大鎖都看不到。

既然荒無人煙，若是再不行動，恐怕要在此地吊上十天半個月。掛網雖高，不如速戰速決。思來想去，他索性賭上一把，迅速從袖子中抽出徐夫人匕首，對準大網狠狠劃去。大網轉瞬即破。只見他一手拉網，一手扒住樹枝，然後雙腿夾著樹幹，狼狽地滑了下來。

他渾身疼痛，卻未傷筋骨。抬頭向前望去，只見月下老宅靜臥於叢林深處。宅子很大，周遭是一圈幾尺高的鐵籬，內有一屋，隱隱看不清楚。夏乾繞了一周，見到正門，門上果然拴著七把大鎖。

但是有件奇怪的事。院子門口本是雜草叢生的，眼下卻獨獨空了一塊方正的地。這不是一塊普通的地，而是一塊木質地板，很舊，在此地卻很是突兀。夏乾思索一番，從周圍找了塊大石，直接朝地砸去，但地板並未砸壞，而是「嘎啦」一聲翻轉起來，那塊大石墜入地下深不見底的地方。

這大石掉落之後，木板再度翻轉回來，竟與方才翻轉之前別無二致。夏乾嚇得後退一步，再抬頭看看那七把大鎖，額間頓時冷汗直冒。單單瞧這門前陷阱就與普通的埋坑陷阱不同，屋主不知存了什麼念頭，將屋子改造得危險至極。哪怕撬開這七把大鎖，入了院子也不知還能不能活著出來！

他痴愣片刻，遙望了一下那七把大鎖，冷汗直冒，想立即遠離這危險之地。

貓頭鷹落在枝頭，再次咕咕叫起來。明月高懸，老宅陰森古怪。夏乾不想在此地久留，拿著樹枝一路小跑，卻見地上有一道車轍，上面散落了幾張紙。他撿起來，藉著月光看到上面隱隱有些文字和圖樣，卻再也看不清楚了。

他把紙張捲起放入袖中，又加快了腳步。待行至汴京城門口，全城已經燃了燈，城門口的包子蒸籠冒著騰騰熱氣。夏乾狼狽不堪，只覺得今日走了霉運，人跟丟了，自己也受了點傷。他慢悠悠地走著，本以為可以安全抵宅，卻在這繁華的汴京城街頭遇到了不該遇到的人——

是陸顯仁一夥。

陸顯仁穿著昂貴的白狐裘，喝多了酒，正在街上閒晃，勾搭著街上好看的姑娘。他見了夏乾，忽然噗哧一笑，猩紅的雙目微微瞇起，醉醺醺道：「你老相好的命，可握在我爹手裡。」

夏乾想了一陣，才明白他指的是易廂泉。

陸顯仁從旁邊的婆婆那裡抓起一個筍肉包子，錢也不給，直接塞到嘴裡。「我爹可以用刑，可以流放，也可以……」

他把包子吐了出來，啐在了賣包子的老婦人臉上。「呸！真是難吃！」

他這是故意找碴。夏乾最恨欺負老弱病殘的人，何況這裡的包子這麼好吃！他火從胸中起，怒道：「我到時候買下金雀樓，就讓這大娘給我做廚子去，到時候誰都能進，就你不行！」說畢，狠踹了陸顯仁一腳。原本就醉醺醺的陸顯仁撲通一聲倒地。

「回家讓你爹給你餵奶去。」夏乾罵他幾句，頭也不回地走了。街上的行人幸災樂禍起來。而待陸顯仁狼狽爬起，瞪著猩紅的雙眼四處張望，夏乾已經消失無蹤了。

待夏乾走到夏宅門口，寒露在門口站著，見了他，急道：「大理寺的人來了，說等你回來，就速速過去一趟。」

夏乾應了一聲，拉扯了一下自己的袖子，隱藏了傷口，卻被寒露拉住，塞給他一個食盒、一盒點心。「這是一些糕點。老爺雖然離京，但是來信了，說出了這種大事，怎麼也應該去疏通一下，讓你拿著東西去送給大理寺卿。另外一盒是給易公子的飯，裡面做了他最愛吃的魚。」

夏乾瞅了瞅點心盒。送誰不行，偏偏是陸顯仁的爹。他剛要脫口而出「我不去」，一想是為了易廂泉，又遲疑了。

寒露哭了起來。「你們還是不是朋友？出了這麼大的事，你難道不擔心嗎？」

夏乾硬著頭皮接過盒子來，覺得它有千斤重。月色皎皎，他就這樣一路走到了大理寺，見張鵬正在門口巴望著。

「閒雜人等不能來的。如今陸大人去彙報此事了，現下不在。你快進去。」

夏乾趕緊進屋，連忙把食盒端上來，把給陸大人的禮物偷偷塞在身後。食盒裡又是飯和魚，還有一些小菜、一壺酒。

易厢泉似乎不餓，拿起筷子，懶洋洋地在盤子裡翻了翻。「魚眼睛呢？」

「你吃它做什麼？」

「我喜歡吃。魚眼明目，應當不會輕易去除。上次吃這魚，就沒見到眼睛。」易厢泉有點挑三揀四。「這廚子也不是特別懂得料理。」

夏乾覺得他是在嫌棄，想起方才寒露擔心的神情，心裡就覺得生氣。「不想吃，別吃啊！」

易厢泉還是吃了。吃了一半，抬頭看到夏乾受傷的手臂，皺了皺眉頭。夏乾心知他有疑問，則一五一十地告訴了他自己遇到阿炆的事。

易廂泉很是吃驚。「你確定是他？街上遇到的？」

「眉眼看不清楚，但是有點像。他……」夏乾撓了撓頭。

易廂泉放下筷子，有些吃不下了。「只怕是打草驚蛇了。」

「都是我的不是……」

「不，你能遇到他，已經是萬幸了。」易廂泉想了想，又重新拿起筷子。「一會兒讓李德去找人。若能找到，一切都好說，若是找不到……」

「那你豈不是要一直在牢裡？」

易廂泉慢慢問道：「他躲你，這倒可以理解。但他為何去那舊居？青衣奇盜做了這麼大的事，還不急著逃出城去？」

「那裡是七名道人的故居，擒縱器是猜畫的題目。」

易廂泉狐疑地看他一眼。「誰告訴你的？」

夏乾沒想到他這麼敏銳，低頭沉默一會兒。「和我同坐的人，看起來是好人。」

「那個姑娘？」易廂泉擔心地看他一眼。「總之，這些事不要往外說。你太容易被騙了。若阿炆真的是大盜，根據他當夜站的位置、他的行為，很有可能在猜畫。」

「為什麼要這麼做？按理說，在事發當夜應該等著同夥來，方便接應啊！」

「你把猜畫的幾張圖畫出來我看看。」

夏乾直接拿了案桌上的紙筆，歪歪扭扭地畫了五幅圖。易廂泉看著夏乾畫得如此之差，頓時開心不少。

「這第一幅畫是普通水果？」

「不是。」夏乾撇了撇嘴。「荔枝數顆，有的已被剝開，果肉黃色，皮卻為藍色。梨子的果皮為白色。金橘的皮為紅色，桃子翠綠。伯叔說它『千年不壞，萬年不腐，乃自然之色』。」

易廂泉將這幅鬼畫符拿起來端詳一陣，認真道：「畫只能表象其形，不能表現真正的樣子。此畫看似是水果，但顏色不符常理。若是普通水果塗上顏色，則不符合『千年不壞，萬年不腐，乃自然之色』一句。反之，『千年不壞，萬年不腐，乃自然之色』給了此題太多限制，也縮小了範圍。千年不壞，萬年不腐，是不新鮮的物品，而不是水果。自然之色，它本身就有這些顏色。藍色、白色、黃色、綠色、紅色。」

夏乾沉思片刻，突然愣住。「藍寶石、白玉、紅瑪瑙、翡翠？」

易廂泉認真地點點頭。

夏乾有些詫異。易廂泉居然這麼快就解出來了！聽起來很有道理，但他還是搖搖頭。「這出題人瘋了不成？讓人用金銀珠寶雕刻成水果。然後把水果帶去夢華樓？」

「不清楚出題人的意圖，就算有人猜出來，誰會帶著這麼多珠寶去夢華樓？這種人本身很是有錢，這又何必？」

夏乾不知如何回答，但易廂泉像是處理完第一幅，完成任務一樣，把畫一丟。他抽出夏乾畫的另一張畫，是那份殘缺的地圖，端詳一會兒。

「這是哪裡的地圖？」

「西域某地。圖中標注漢文、吐火羅文和不知名文字，那些東西我著實默寫不下來。你就湊合看看。」

「我聽說猜畫活動獎勵千兩白銀，還有西域之行。如今邊關告急，絲路早就斷了。此行可以保障你們暢通無阻地走絲路，去西域進些貨品，這一趟價值可是不小。」

易廂泉端詳一會兒，實在看不出來夏乾畫的是什麼。「吐火羅文……是不是龜茲、焉耆、樓蘭[6]一帶的文字？」

夏乾坦誠搖頭。「不清楚。」

「那……誰告訴你這是吐火羅文的？」

夏乾心裡一驚，這易甪泉可真是精明，什麼都瞞不過他！「還是那個姑娘。」

易甪泉又瞅了他一眼，皺眉道：「若是樓蘭古城地圖，可就麻煩了。它曾經作為往來商隊的中轉站，故而富裕無比，貨品齊全。而後不知因何原因覆滅，眼下怕是剩下一片廢墟。說不定可以在古籍之中找到地圖全貌，奈何吐火羅文複雜多變，龜茲、焉耆都是用吐火羅文，但各有不同。懂得這種文字的人少之又少。」

「那這幅畫沒解？」

易甪泉皺著眉頭。「好難哪！」

夏乾簡直懷疑自己聽錯了。「你說難？」

「難。」易甪泉將此畫丟到一邊。「都怨題出得太過奇怪。」

6 龜茲、焉耆、樓蘭：皆為新疆一帶的西域古國名稱。

夏乾有些心寒，易廂泉都覺得難，這怎麼可能有人能解？他想了想，接著道：「不只兩種文字，一共三種。第三種文字在畫卷底端。伯叔說，單獨解開第三種也算贏。解不開第三種文字，補上地圖解讀吐火羅文也算贏。」

「第三種文字是什麼樣的？」

夏乾猶豫一下，伸手畫了一些。「還算有規律。有些像重複寫了幾次的『回』字，又不像。是橫豎組合在一起……」

他慢慢畫了出來。易廂泉見了卻突然一怔，一下子伏到案上，仔細端詳著。

「怎麼了？」

易廂泉不作聲，接過筆墨，又在紙上連續畫了幾個類似的字。

夏乾瞪大眼睛，震驚地看著紙張。「好像就是這種文字，又有些不一樣。你、你見過？」

易廂泉扔下筆，眉頭緊皺。「這是青衣奇盜留在犀骨內的字條。」

他話語一落，如冷水般灑下。兩人皆不出聲，牢內瞬間安靜異常。

夏乾深深吸了一口涼氣。伯叔對於此幅猜畫的規矩是解開卷底文字之謎，或是解開吐火羅文以及補全地圖。換言之，若是單純能解開卷底文字，可直接獲勝。

韓姜算是很博學的，而這卷底文字，她卻從未見過。而通曉這種文字的人，多半只有見過字條的人而已——即青衣奇盜和易廂泉。

易廂泉道：「若真的是同種文字，難怪阿炆會關注猜畫。」

「青衣奇盜就會通曉這種『回』字一般的文字？」

「也許。我當初見了犀骨筷內的東西，就懷疑青衣奇盜偷的那堆東西到底是不是都有用。會不會……那些曾被青衣奇盜偷走的簪子、扳指之類的東西，都和犀骨筷一樣內藏乾坤。那些『回』字形字條有可能是一整張書信，被分割成一份份的，之後藏在不同的物品裡。青衣奇盜想偷的是東西還是字條，我們不得而知。不過從庸城事件可以看出，他應當是兩個都想要。總之我會讓燕以敖好好去查那個叫伯叔的底。」

易廂泉又掏出兩幅畫。「還剩這兩幅。這是個……古董盒子？上面的圖騰真是古怪，但應該是可以查到的。這題考的應該是圖騰的來歷，若是我出獄，去有眾多訊息的地方找上一找，說不定能比對出上面刻的是什麼圖……這最後一幅，是凌波仙子？」

夏乾道：「凌波仙子圖是最難的，雖然是汴京城人盡皆知的傳說，卻無從考據，又神乎其神。汴京城外某條河中，長青王爺夜半掉入水中，一個月後才被撈起。據說他被仙子所救，回宮之後心心念念那位仙子，最後跑到郊外，凌波於河水之上，最終消失不見。」

易廂泉點了點頭，表示他聽過這個傳說。他拿起畫端詳一會兒，似在思索。夏乾以為他真的有線索，瞪大眼睛，豎耳聆聽。

「畫得真醜。」易廂泉說完這句，就把畫丟開了。

夏乾立即把食盒一拎，怒道：「你還是快想想怎麼出獄吧！」

「夢華樓是一定要查的，但是我懷疑是否能查出來。」易廂泉摸了摸下巴。「大理寺的人辦事成效雖高，卻風風火火。」

語畢，萬沖果真風風火火地進來了，見了夏乾，皺眉道：「你怎麼還在這裡？」

感覺他莫名討厭自己，夏乾剛要辯駁，易廂泉便看著萬沖說道：「今夜試著夜探夢華樓，而夏乾可以去找伯叔套話。」

夏乾一驚。這是個什麼計畫？自己還沒同意呢！

「今晚就去？」萬沖猶豫了一下。「這計畫咱們之前說過，不是說過上幾日？」

「事不宜遲。」易庮泉說。

萬沖轉頭對著夏乾，意在詢問，但是眼神中透著「你靠不住」的感覺。

「聲東擊西？」夏乾摸了摸後腦杓。「可以是可以……」

萬沖語氣有些生硬。「在夢華樓打烊之後，閉店關門之前，你趁機進門和伯叔說話，拖住他至少一炷香的時間，越久越好。你進門之後，我會去夢華樓二樓他的房間翻找東西。若有問題，你就打翻一張桌椅，我聽見聲響，就提前跳窗逃走。」

夏乾聽了計畫，還是有些震驚。

易庮泉悄聲道：「他們私下辦事一向膽子大，這事是燕以敖同意了的，放心去做。還有，萬沖人不壞，他不是處處針對你。他家境也不錯，但仍然努力當差，想多為百姓做點事，所以最討厭遊手好閒的紈褲子弟。」

夏乾一下被冠上了「遊手好閒」的名號，嘆了口氣，還是老實答應這事了。

易庮泉也哀嘆道：「去吧！若是可以，我真的想親自去。對了，回來記得給我拿一份汴京城郊的地圖。」

萬沖站著不動，看了夏乾一眼，又看了易庮泉一眼，才說道：「那個叫韓姜的姑娘，我們查了，暫時沒有查到案底。她說她從夢華樓逃跑，只是因為在猜畫的時候偷了夏乾的錢，心虛，趁早溜了而已。」

易廂泉瞥了夏乾一眼。「你還真是什麼人都信。」

夏乾猶豫了。「我回家數了錢的，沒丟呀！」

「總之，」萬沖打斷他。「今晚不要遲到。」語畢，他一個轉身便出門去了。

夏乾有些不甘心，和易廂泉抱怨兩句，也離去了。待他走遠，易廂泉低頭，卻發現夏乾遺落了一個精緻的點心盒子。上面有一封書信，寫著「大理寺卿陸山海敬啟」，是夏老爺的筆跡。

易廂泉慢慢打開。不出所料，裡面全是白花花的銀子。

第五章 夜探酒樓

快到三更了。汴京城的夜市即將關閉，小販們七手八腳收著攤子。酒客們和妓女揮別，戀戀不捨地打道回府。夢華樓的客人也一一從樓內出來，樓內的燈滅了幾盞。

今夜夏乾和萬沖是分開走的，反正兩人不甚投緣，看不見彼此，心裡都痛快。

夏乾買了酒和點心，便偷偷蹲在門口不遠處的棚子那裡吃喝起來。待他吃完了一大包膠棗，三更的梆子才響。夢華樓的客人幾乎都走光了，透過大門，隱隱可見伯叔走了過去，似乎要盤帳。

夏乾悶聲喝了一口酒，把瓶子一丟，裝作喝多了的樣子。這樣似乎也沒什麼用，大概只是想讓伯叔少點防備。

他剛要過去，但是就在此時，韓姜竟然從夢華樓裡出來了。

夏乾一驚，連忙躲在柱子後面。在門口，伯叔和她行禮，韓姜便出門離開了。她步子輕快，還哼著小曲。

緊接著，阿炆竟然也出來了。

阿炆走得很快，消失在遠處的街角，又不見了。夏乾的心很是緊張，往四周看去，既看不見即將潛入夢華樓的萬沖，也看不見本應跟著阿炆的捕快李德。大理寺的這群人功夫好得很，像黑夜裡的貓，腳步是無聲無息的。

不遠處傳來一陣咕咕聲，像是鳥鳴，這就是萬沖給夏乾的信號。夏乾定了定神，穿過外場院子，直接進了夢華樓內場大門。和那日的富麗堂皇相比，樓內黑暗了許多，桌椅都已經被推了進去，整個大廳安靜而空寂。

伯叔關上了櫃子的門，看到夏乾，有些訝異。

「夏公子？」

「我路過此地，看這裡還亮著燈，特來問問猜畫的事。」夏乾帶著一絲酒氣，表面裝作若無其事的樣子，心中卻七上八下，也不知萬沖上樓了沒有。

伯叔笑道：「今日打烊了，夏公子可以明日來問。」

「我明日要去探監，你也知道，易廂泉出了事。猜畫活動我也該放棄了，但是又有些心有不甘，這才來看看。」

「五幅畫，四幅已經得解，只剩凌波仙女圖了。」

伯叔很淡定地說完這句，慢慢鎖上櫃子，又去盤帳了。夏乾愣在一旁，很是震驚。這僅僅過了一天，易廂泉只是猜個大概，然而夢華樓的五幅圖居然被人解了四幅！

「京城裡的能人很多。夏公子若是動作再不快一些，只怕讓人占得先機，這便可惜了。」

夏乾在此刻突然有一絲難受的感覺。他是有私心的。若是猜畫成功，他就有了正當的理由去西域，說不定此行可以賺取更多的銀兩，這樣他便自由了。可如今希望渺茫，更何況比猜畫更為要緊的是，易廂泉能不能出獄呢？

他胡思亂想。伯叔看了他一會兒，笑了笑，又低頭盤帳。

「幕後是什麼人哪？若我猜出，能去西域嗎？」

「幕後人渴望聘請有智之人。西域旅途並不是那麼順利，我們途經長安，前往西夏[7]，可能會抵達回鶻[8]，談些生意。這一路怕生是非。每位獲勝者可以帶一個人去，食宿我們全包。」

「但是這出的題也太奇怪了一些。」夏乾真的不理解。「這凌波仙女一事究竟是不是真的還未可知，還要帶回仙女的骨頭，這……」

「夏小爺是不是認為夢華樓只是以此作噱頭，還是只為了圖個名聲？」

夏乾不好意思地笑笑。

伯叔搖頭道：「的確，我們從未公布獲勝者姓名。是因為他們自己渴望隱姓埋名，這便尊重人家了。若是夏公子覺得此舉只是個噱頭，可以不用去猜。」

他收拾好手頭的東西，轉身吩咐小二：「再把房間查探一遍，關門了。」

樓下的小二應了，馬上轉身上了樓梯，開始查房間。

但這一切使得夏乾措手不及，他還沒給萬沖信號呢！他離桌椅太遠，只得反手就打了一個大花瓶，「咣噹」一聲，那漢代花瓶摔了個粉碎。

伯叔詫異地看過來。

「對不住！我賠給您！不過您得去夏宅取錢。」夏乾雖然心疼，心裡卻巴望著萬沖快些離去。

伯叔有些懷疑地看著他，而此時，樓上有個聲音傳出來，驚恐道：「有賊！」

只見小二抓了一個人出來，不是別人，正是萬沖。

夏乾的心提到了嗓子眼。他看了看伯叔，而伯叔則瞇起眼睛，打量了萬沖一眼，又看了夏乾，竟然笑了一聲。

此情此景很是窘迫。萬沖身為朝廷命官，像個小賊一樣被店小二拉著。他很快地推開對方，理了理衣襟，慢慢下樓來，臉有些發燙。

「萬大人，」伯叔很是禮貌。「若要問話，直接來問便是。」

他這一句「萬大人」叫得很是諷刺。萬沖沒有搭腔，而是慢慢和夏乾站到一起，兩人都沒有吭聲。

夏乾深吸一口氣，決定自己來接這個茬兒，問道：「我們只是想知道猜畫的幕後人是誰？還有，會不會和青衣奇盜有關？」

---

7 西夏：宋代興起於今日內蒙古一部分及甘肅西北邊的國家。

8 回鶻：散居新疆南部的少數民族之一。

他問得很是直白。如今之計，只得實話實說了。

伯叔呵呵一笑。「夢華樓的老闆是皇城司顧大人，猜畫的題目也只是從一些舊書中隨意擬定的，至於其他的……」

他笑了笑，沒有明說的打算。

今夜最困窘的莫過於萬沖了，他又偏偏是愛面子的人。

夏乾算是看出來這點了，只得不停替他問話。「雖然我是個外人，但大理寺的人可能還會來訊問。」

「不必來了。」伯叔笑了笑，從懷中掏出一塊梅花令。

「真是荒唐！什麼『夜探夢華樓』？這是誰出的主意？」陸山海靠在案桌邊上，怒道：「是不是那個易廂泉？萬沖，你年輕有為，剛剛得以升遷，為了一個囚犯，這是在拿自己的前途開玩笑！」

萬沖低頭不語。燕以敖趕緊上前道：「陸大人——」

「還有你，身為朝廷命官，縱容手下做些偷雞摸狗之事，讓朝廷顏面何存？更何況，京城這些飯館子你們又不是不知道，這皇城司的人是你們能隨便查的嗎？人家要是不掏梅花令，你們是不是要把人帶回來問罪？」

「大人，」燕以敖仍然理智地說著：「梅花令真的不能再查？夢華樓裡應當能查出來一些端倪。」

陸大人眼睛一瞪。「梅花令自大宋建國以來就是鐵令，整個大宋不超過十塊，能拿到梅花令的人怎麼會是青衣奇盜這種雞鳴狗盜之徒？你們查不了夢華樓，案件就停滯了不成？我來之前你們是怎麼辦案的？不知道從易廂泉口中查？」

萬沖急道：「他分明是被陷害——」

「你還好意思替他說話？」陸大人恨鐵不成鋼地看著萬沖。「你們把人抓了，還好吃好喝地供著他？」

燕以敖還要說什麼，而在此時，門外有人來報，說開封府尹要和陸大人商議。陸山海什麼話也沒說，瞪了眾人一眼，直接揮袖子出了門。

門口，夏乾還在眼巴巴等著，見陸山海從屋內離開，趕緊進門去。

「以後少來。」張鵬趕緊拉住了他。「這次惹了事，只怕很難平了。」

他還沒說完，萬沖就生氣地衝出門，燕以敖跟在後面拉住他。「以後小心些。」

萬沖壓著怒火，低聲道：「頭兒，你都看到了。陸山海調任過來，又完全不懂辦案。扣押易廂泉也就罷了，該查的又不敢查，這樣下去大理寺早晚被他給攪黃了。」

「萬沖，」張鵬拉住他。「你別衝動，這次事情本來就是你的不是。」

「若是一直如此，這個官不做也罷！」萬沖冷冷地說：「若是抓到青衣奇盜，讓燕頭兒去做大理寺卿，那個陸山海要升遷便升遷，我也不去管他。」

燕以敖似乎沒有理會二人的爭論，而是沉思了下，忽然問道：「我倒是奇怪，以你的身手，昨夜怎麼會被店小二發現？」

「昨夜我剛剛跳窗進去，關上窗開始打量周圍，就聽見花瓶碎掉的聲響，那個小二眼看進來了，我想推開窗跳出去，窗戶卻打不開，像是從外面卡住了。」萬沖皺了皺眉。「房裡沒有什麼東西，都是一些古籍、書卷之類。」

「窗戶怎麼會忽然打不開呢？」燕以敖狐疑地看了他一眼。「是不是有人看你進了屋，從外面閂了窗？」

「不太可能。那裡是二樓，若真跟著我，總會有聲音的。除非那個人的武藝比我高許多。」

夏乾插嘴問道：「那可說不準。」

萬沖搖頭。「就我目前所知，汴京城只有燕頭兒的武藝比我高。」

「青衣奇盜也是很厲害的。」夏乾嘟囔道。

二人剛要吵嘴，燕以敖打斷道：「阿炆那邊盯了嗎？」

張鵬回應：「李德一直在盯著。他每天接觸的人都會被記錄，但是目前沒有動靜。夜行衣的布料倒是查到了出處，也許可以查出售賣給哪些客人。現在最重要的是不要打草驚蛇。」

「不能再拖下去了。」燕以敖做了決定。「阿炆的事三天之內必須了結。我一會兒去和易廂泉商議。」

張鵬緊張道：「頭兒，你這樣是不是太相信……」

他顧忌著夏乾在一旁，這才沒有說下去。萬沖反問道：「如今這個情形，你信誰？陸山海還是燕頭兒？」

「這還用問嗎？可是——」

燕以敖沒有直接回答，轉頭看向牢內。「信易廂泉也好，陸山海也罷，能抓到耗子的才是好貓。我的目的只有一個，要讓那個江洋大盜蹲在這牢房裡哭出聲來。」

不遠處的牢房顯得很是陰森。易廂泉被關在一側，而另一側似乎多了不少人，不過都是易廂泉破了舊案、幫著大理寺抓的一些案犯。

此時，一個小吏端著一個木桶進去。萬沖側過頭查了一下。「這是木魚？一會兒進牢房盤查，應當是不能送入的。」

「易公子要的。這魚只在汴京城郊外的水域生存，抓到一條活的不容易，就怕一會兒死了。」

夏乾也看了眼。確實是一條木魚沒錯，牠沒有眼睛，像死了一樣地在水裡漂著。

燕以敖看了夏乾一眼。「陸山海在正廳，你不便進去，可以晚上的時候再來。我們一會兒和易廂泉說，夢華樓這線索斷了。」

夏乾看了萬沖一眼，有些同情。

萬沖才不需要他同情，抱臂道：「賭上這份差事，我也要把青衣奇盜抓了。要麼讓陸山海走人，要麼我就辭官。」

「別說啦！」張鵬趕緊勸他。

夏乾嘆息一聲，便離開了，留下大理寺一行人在門口喪氣地站著。

正月十七，雪霽天晴。昨夜的事折騰了一宿，如今日頭升起，積雪漸融。大抵是幾日未曾見到太陽的緣故，夏乾走到街道上，竟然覺得這外面的街道比牢房要暖上許多。他伸了個懶腰，打算回家去，再想對策。

待行至舊巷口，突然聽得身後一陣大笑，笑聲淒厲無比。而今日晴好的天氣被這笑聲擊成碎片，似是再次墮入冰天雪地。

夏乾扭頭望去，只見不遠處民家屋子外頭坐著個瘋婆婆。婆婆白髮蒼蒼，瘋瘋癲癲地在街上走來走去，衣衫不整，髮髻散亂，滿口胡言。小孩子們遠遠地站在瘋婆婆後面，笑著、叫著，朝她扔石子，而瘋婆婆從不還手。

夏乾覺得她很可憐，便兩步走上去，想轟散孩子們。

瘋婆婆見夏乾走來，也猛然抬頭，用渾濁的雙目與他對視一下，似是恐懼生人，便走到小巷子裡，從牆角盯著夏乾看。

「瘋婆子，去、去，回家去。」左邊來了一位老奶奶，頭髮全白，不知年紀，估摸著六十多歲。而瘋婆婆又鬧了許久，老奶奶一邊拉扯她，一邊指了指破落的院子，對夏乾道：「去，小夥子，開門去！」

老人經常這樣，喜歡支使年輕人，也不管這年輕人是誰。

夏乾倒是特別老實，趕緊喔了一聲，連忙去打開院子門。這門上貼了一對門神，被風雨淋得破舊不堪。待門一開，裡面一股霉味。一共三間房，中間那間便是瘋婆婆的屋子。小小的房間沒有窗戶，黑漆漆的，裡面擺了一張床鋪、一個灶臺。案桌上擺了一個牌位，名字是劉仁，時間是慶曆八年。

瘋婆婆被拉回屋裡去，坐在床上，從花被子裡摸出一柄劍來，慢慢撫摸著。

老奶奶將她安置好，轉頭退出房門，對夏乾道：「小公子這是怎麼了？沒見過破屋子？」

她問得很平靜，沒有諷刺的意思。夏乾只是看了看周遭陳設，覺得心裡不是滋味，也慢慢出了屋子。「這位婆婆的兒子過世了？」

老奶奶點頭。「以前是當兵的，有一天值班，半夜回來了一會兒，凌晨又離開。之後就只送了個牌位過來。」

「之後她便瘋了？」

老奶奶嘆息一聲。「以前她是賣包子的，丈夫死得早，兒子就一個，還有一個姐妹住在隔壁，如今還在街口賣筍肉包子。」

夏乾一聽便知道是誰了，就是在城門口給他指路、被陸顯仁欺負的大娘。再看看屋子裡的婆婆，覺得她有些可憐。「她兒子是病死的？聽說那年鬧了一場瘟疫。」

「他死在瘟疫之前。宮裡的人說是害了病，屍體被焚，母子不得相見了。這婆子不信，用積攢的錢賄賂了太監，半夜溜進宮門，想看看兒子的屍首，哪知道兒子的脖子上一個大刀疤，哪裡是病死的？分明是被人殺害了！之後她便這樣了，時好時壞。清醒的時候就和麵做包子，讓自己的妹妹拿去賣；糊塗的時候就摸著那柄劍。」

她寥寥數語，很是簡單地涵蓋了這位婆婆的一生。

夏乾聽後，怔了半晌。「是誰做的？沒人去管嗎？」

「小公子喲！」老奶奶眨眨眼睛，看了看他。「宮門內的事，誰敢問呢？」

她說完，顫顫巍巍地走了。夏乾回頭看了看破舊的房屋，卻見那瘋婆婆也抬頭看了他一會兒。

「小公子，你過來、你過來。」

夏乾猶豫了。他的確有些害怕，但是想了一會兒，還是踏進去了。

瘋婆婆笑著從鍋裡摸出幾個包子給他，還是溫的。「拿去吃！」

夏乾應了一聲，接了過來。

「包子本來是給我兒子溫的，他昨兒半夜回來，什麼也沒吃就走了。天天值班站崗，估摸著他今天也回不來。」

夏乾覺得有些可怖，但又不忍心走，正好餓了，就硬著頭皮吃了。但沒想到特別好吃，和街口的筍肉包子是一個滋味的，於是吃了一個又一個。

瘋婆婆笑著看著他。「若是用木魚做餡，更好吃一些。我兒子在雁城碼頭當差，有的時候會和漁民買上一些，但那魚可真是貴呀！」

夏乾連吃了八個包子，撐得不行，想付錢，發現身上沒有幾文了。

「不用給啦！」

「要給的，給您兒子娶媳婦。」夏乾不知怎麼，開始編瞎話了，而且覺得有些心酸。他今日說要去看易廂泉，沒想到竟然在此和孤寡老人寒暄起來。

瘋婆婆哈哈笑，把碗洗了。「快嘍、快嘍！我兒子很快就不這麼忙了。他一直在雁城碼頭駐紮，昨兒半夜回來，說以後不用去了，長青王爺找到啦！」

夏乾一怔。

「長青……王爺？」

「對呀，他昨兒半夜路過家門口說的，長青王爺找到了，以後就不用駐紮啦。說完急匆匆地走了。唉！他怎麼還不回來？」

瘋婆婆還在洗碗，洗得很是認真。洗好了排放整齊，又坐在床上撫摸劍柄。

夏乾愣了半晌，想再問問。「婆婆，長青王爺——」

「我的兒子為什麼還不回來？」她抬頭看看夏乾，看了一會兒，似乎想哭。

「您——」

「我的兒子為什麼還不回來？」

她開始哭了。夏乾沒了主意，將錢袋裡的錢統統倒了出來，留在桌子上。看了她一會兒，她也不說話，夏乾只得從屋裡出去。

門外明月已經升起，那褪色的門神還在門上掛著，風一吹，失了魂一樣地飄。夏乾心思極亂，再也沒有睡意，稀裡糊塗地回到了牢房。

張鵬正從門裡出來，見了夏乾道：「陸大人不在，你可以進去一會兒。」

夏乾應了，隨著小吏進了牢房。小牢房內堆了許多書籍。易廂泉拿了一根竹子，在餵食桶裡的木魚。

「廂泉！」夏乾氣喘吁吁地坐下。「我有事要說！」

「夢華樓的事我知道了。實在是對不起萬沖，若他因為此事降職……」易廂泉頓了頓，很是自責，閉上眼睛，又道：「夢華樓真的十分可疑。他們有梅花令，卻又查不得。燕以敖已經派人盯住阿炆了，但不可太久，就怕他們發現。若是這幾日再找不到他的同夥，只得先抓捕了他再說。可我總是覺得，阿炆似乎參與了猜畫活動。」

夏乾倒是一愣。「他們猜畫做什麼？是要跟去西域？」

易廂泉搖頭，卻抬手揚了揚紙張。「你從汴京城郊撿的紙張，我仔細看了，估計是七名道人的手記。上面畫了一根木頭，內裡中空，看著像是——」

「犀骨筷！」夏乾激動道。

易廂泉低頭。「不好說，但是製作手法有些像。我從庸城出來之後查過一些書籍，《考工記》中並沒有提到和犀骨筷類似的東西，但和你拿回來的這頁紙張反倒有些類似。若七名道人真的是犀骨筷的製作者，那應當可以從他的身上查出一些端倪。據我們所知，他死在吳村，而且並不是很有名，估計整個中原只有沈夢溪大人一個人對他有所研究。」

夏乾點點頭，知道他說的是吳村山腳下的沈大人。

「我在進入吳村之前拜訪了沈大人，他正在寫《夢溪筆談》，恰好在整理七名道人的手稿。七名道人所製作的一部分東西散落在大宋境內，在〈澶淵之盟〉[9]簽訂之後，被送到了遼國，一部分在西夏建國後，被送往了西夏，據說回鶻也有一些。但這些消息並不確切。」

「你可以寫信問他？」

「寫了。」易廂泉點點頭。「就等著回信，但是他未必會清楚。」

夏乾搖頭。「如果青衣奇盜真的參加了猜畫活動，那一定猜出了四幅圖中的某一幅。也許是那幅駱駝文地圖，但他們為什麼去西域？若是青衣奇盜真的參與了猜畫活動，可以等到他們去西域的時候一網打盡。」

易廂泉認真道：「不行，因為西域不在大宋境內。」

夏乾一愣，沒有想到這一點。

「西夏和大宋已經兵戎相見，若到時帶兵捉拿，只怕會生事端。而夢華樓的事也很是奇怪，伯叔像是青衣奇盜一夥，又不像一路。」易廂泉哼了一聲。「梅花令這東西不是只有皇親國戚才有嗎？那長青王爺從宮中逃亡當日不是也偷了一塊？」

他恰巧說起長青王爺，夏乾匆忙將瘋婆婆的事講給他聽。易廂泉有些訝異。

「你說，瘋婆婆家的牌位上寫的是慶曆八年？」易廂泉皺著眉頭。「長青王爺凌波發生在距今五十五年前，即天聖五年。換言之，長青王爺在淩波事件發生的二十一年之後，在雁城碼頭出現了？」

夏乾撓撓頭。「聽起來確實不可思議，不過似乎是真的。」

「若是真的，這件事可不是猜謎了。那個姓劉的兵，是不是因為此事而死，還有待查證。但是你說雁城碼頭……」易廂泉從一堆書卷中抽出了一份地圖。

「汴京城郊的地圖？」

易廂泉點頭。「圖上島嶼眾多。咱們來看看懷疑對象：逐鹿、白鷺、靈狐、碧鴛四個大島，各有不同。甲、乙、丙、丁、戊、己、庚、辛八個小島，也散落各地。圖志上說逐鹿島最大，碧鴛島的綠植覆蓋最大，白鷺島最近，靈狐島上曾有人的蹤跡。」

夏乾也垂頭看去。甲在河的最中間，四通八達；乙離碼頭近，靠近兩個大島，交通最便利。丙、丁如雙生子相連，戊形狀如帶，上面有巨石。己最靠近千歲山。庚是豎

9　澶淵之盟：宋真宗景德元年（西元1005年），北宋與遼國（契丹）在澶州訂定的合約，明確約定宋、遼兩國邊界。

著的，在地圖的西側，而辛最小。

夏乾問道：「在地圖北側盡頭的千歲山一帶，通向哪兒？」

易廂泉翻了翻其他的圖志，道：「不走水路繞過去需要七、八天。山路崎嶇。而我們這側，汴河是從城內延伸出來的，有兩個碼頭，其中雁城碼頭來往船隻最頻繁，也是最靠近這些小島的碼頭。所以，整個地方被圈起來，我們的目標就在這片水域了。」

「應該有人也探聽過雁城碼頭的事吧！但這麼多年，這麼小的地方，他們居然找不到一座仙島？」夏乾搖頭嘆息。

易廂泉皺眉。「那是因為有木魚在。雁城碼頭的漁民目睹了長青的凌波之行，長青是順著金曲河方向走的。」

「往東南走呢？」

「東南是航運要道，往來船隻頻繁。但是往北，則是汴河支流金曲河，順著能看到所有小島。但是所有小島都暗礁叢生，普通船隻幾乎無法到達。何況在白鷺與逐鹿島之間，木魚開始出現了。」

「不走金曲河，走白鷺島西側去庚島，如何？」

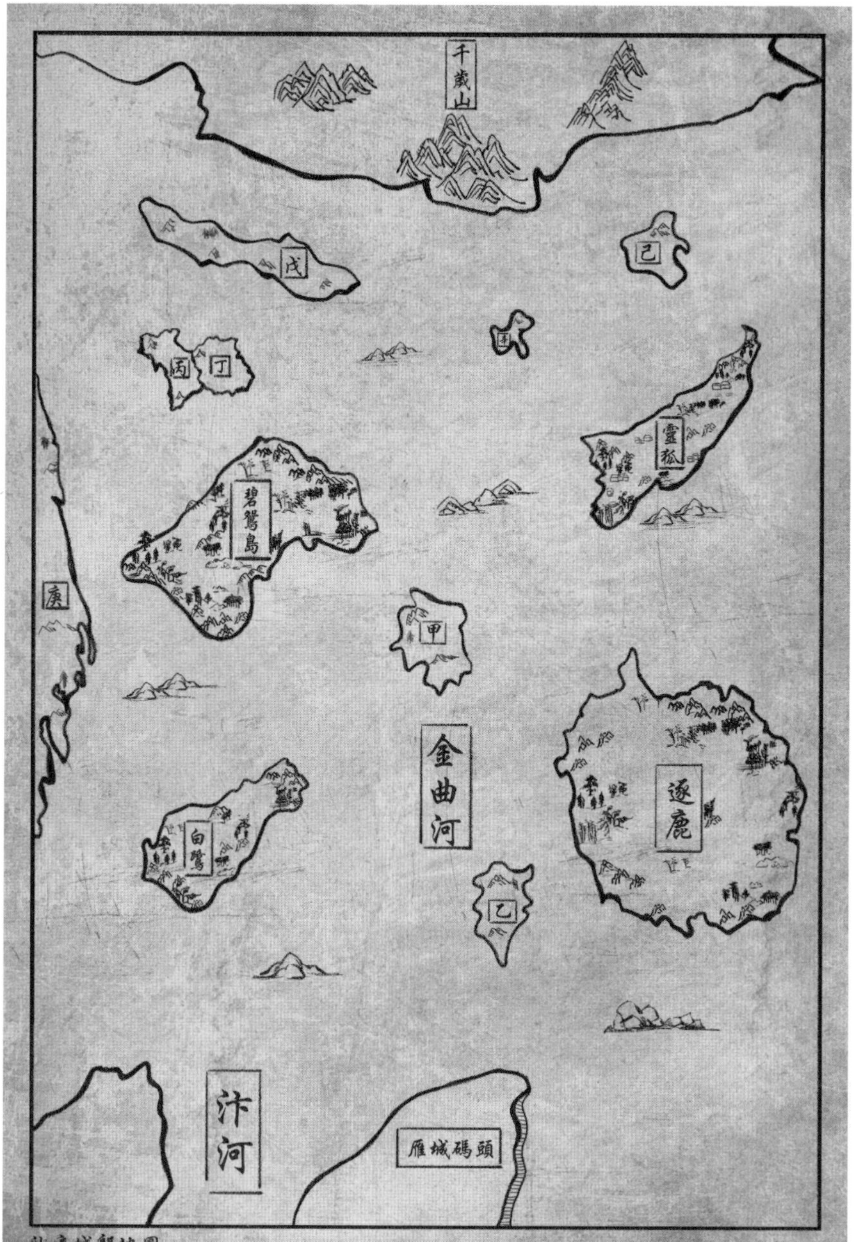

汴京城郊地圖

「都有木魚。」易廂泉轉身，又餵了木魚一根竹子。

夏乾哎一聲。「要不就不要查這件事啦！去查查夢華樓——」

易廂泉本來沒說話。他看著盆裡的木魚，看著看著，突然有了主意，轉身再看地圖，驚道：「我……可能解出來了！」

夏乾驚呼。「真的嗎？」

「在仙島的故事裡，所謂船隻極難到達，一般得滿足這三點：木魚、暗礁、湍急的水流。」

二人低頭看著那份汴京城城郊地圖。易廂泉接著道：「湍急的水流，可能是因為暴雨，或者是地勢高。而木魚食用木頭、竹子，所以碧鴛島和丙、丁島最可疑；近山，地勢相比其他地方高一些，還有綠植。」

夏乾趕緊點頭。「咱倆想到一塊兒去了。」

「跟你想到一塊兒去了，那便錯了唄！」易廂泉一瞪眼。「幾日前吃魚，我就奇怪，魚眼睛怎麼沒了。今日見到才知道木魚幾乎無目。木魚食木，附近必然有綠植生長。而地勢高、水流急，是山地。木船無法行進，是木魚聚集之處。但木魚喜歡激流，其聚集處多半是山底瀑布、激流落下之處；所以與其說地勢高，不如說牠們最喜歡山腳下、瀑布下。然而，木魚幾乎沒有眼睛，是因為長久處於黑暗之中。長期處於黑暗中的動物，經過數十年、數百年之後，眼睛則會消失。符合這種條件的只有山洞、水潭，那是木魚的老家。至於白鷺島和逐鹿島一帶的木魚，只是游過去的而已。」

夏乾一震。「你是說……仙島在山洞裡？」

易廂泉點頭，伸手指著地圖最北道。「誰說仙人一定住在島上？洞天福地，素來是仙人居住的地方。順河而行，地勢最高、綠植茂盛、人跡罕至的地方，肯定就是湖水盡頭的千歲山。近山體、水氣足、綠植茂盛，爬山虎之類的藤蔓植物很可能將不大的洞口遮蔽。而瀑布底端，水急流入山洞，黑暗一片，便可遇上成群的無目木魚。我猜，撥開一些植物，隨後進洞前行一陣，興許越發寬闊，行至山中無人之地，即可見『洞天』——四周皆山，唯有方寸天空。樹木向陽生長，水氣充足，故而樹木極其茂盛，這就成了仙島的樣子。」

夏乾撓了撓頭。「聽起來很像〈桃花源記〉所描述之地。你是說，他們找了很久的仙島，並不是島，而是河對岸的陸地？」

易廂泉點頭。「千歲山雖可繞路抵達，但地勢險要，幾乎無法行進的，和與世隔絕的島嶼相差無幾。何況，那些士兵在這些小島搜尋，竟然這麼多年都未發現仙島。就是因為它根本不在『島』上，而在對面的陸地上。」

易廂泉突然沉默不作聲。

夏乾不知他還想著什麼，便問道：「那……那個『凌波』是怎麼回事？傳說，那個王爺第二次是獨自一人跑去仙島找仙女，當時，有人看到王爺持篙而行，徐徐前進，凌波於水面上……你可知是為什麼？」

易廂泉愣了片刻，搖頭。「不知道。我剛才只以為找到仙島，任務便完成了。」

夏乾嘆息一聲。「找到了島，也過不去呀！這夢華樓的題目真的好難，看似是一題，實則是兩題。」

「雁城碼頭連通雁鳴湖。」易廂泉看了看地圖。「是鹹水湖嗎？」

「是的。那是木魚的生存環境。」

「若是鹹水湖，就無法——」他說到一半，愣了一下。「也不一定。」

「怎麼了？」夏乾看著他。

「這件事應該一天就能解決。」易廂泉有些興奮，重新掏出了地圖。「若我能出去，咱倆先去一趟仙島。」

「雖然知道了地點，但我們用什麼船去？長青王爺凌波於水上，我……」

「咱們也凌波。」易廂泉眨了眨眼睛。「不用木製船的行船方法有很多，如果你願意，咱們一起用長青王爺的方法試驗一下。」

夏乾搖頭。「我並不覺得有很多種『凌波』之法。長青王爺手持竹篙，步行於水上，這不可能。」

「這個問題困擾了我太久，其實根本不值得思考。凌波，分明是不可能的。故而我想，有人覺得是凌波，是因為長青王爺的船在黑夜裡不明顯。漁民距離長青太遠，只覺得像是人踏在水上。雁城碼頭至千歲山的距離很遠，王爺不可能不用船隻過去。那是什麼船？非木製，而且很不明顯的船。」

夏乾撓了撓頭。「竹筏？踩在腳下，遠距離看，就好似沒有踩著任何東西。」

易廂泉搖頭。「剛剛餵木魚吃竹子的時候我就在想。換作是你，你有急用，不能是木船，那你用什麼做船？」

「泥巴？」

易甯泉好氣又好笑。「泥巴能沾水？」

「陶罐？」

「我想過陶罐之類，這是第一種答案。陶罐、大水缸之類可以載人，但要求比較特殊，而且在水中很容易翻倒。然而巨大陶罐、陶瓷的燒製需要耗費時日，長青王爺並未選用，估計是工序複雜之故。我猜，他急著出宮，是在極短的時間內找到的替代品。第二個選擇是羊皮筏子，渡河時，用整張羊皮吹起，拴牢製成筏；黃河兩岸的百姓會用這種古老的方法渡河，但那羊皮筏子只得順流而行。而從雁城碼頭出發至千歲山，是從低處向高處走，是逆流而行。換言之，只能用羊皮筏子回來，不能用羊皮筏子過去。而長青王爺養尊處優，對此類物品接觸相對較少，興許不知道有這麼個東西存在。」

易甯泉接著道：「更重要的是，這兩種東西的形狀都很是怪異，瞧來並不符合凌波之相。」

夏乾想了想。「沒有這種東西。不是木頭、不是皮、不是泥土，乘上去像沒有乘一樣。」

「長青王爺被關進宮裡，『凌波』尋仙有可能是與親信提前計畫好的，也可能是臨時起意。但凌波之法，一定是身為貴族的長青所能想到的、短時間能找到的東西。這東西不用費時費力、加工成船即可浮在水面上，而且它比水輕；黑夜裡，肉眼幾乎難以看出來它的存在，是因為它接近透明。」

夏乾一愣。「是冰？」

易廂泉點頭。「對。冰是我第一個考慮的，只要河水凍住，走在水上就像凌波一般。可雁鳴湖是鹹水湖，冬日不會結冰，因此這個答案被我第一個排除了。但反過來想想，即便雁鳴湖冬日不結冰，但是他不能弄一塊來嗎？長青王爺是皇族，夏日用冰是常態，而冰比羊皮筏子之類的更容易聯想，也更容易弄到。」

「城郊有冰庫，應該不難弄到。」

「猜畫是有時限的。你先去汴京城的冰窖找一塊冰來，問好尺寸，讓工人搬運至碼頭，看看能不能乘人；畢竟是鹹水湖，不知冰塊何時會化。若我能出獄，會陪你一起去。到了島上，看看有沒有墓，可能是需要掘墓的。」

他說完，夏乾愣住了。「你不是在牢內嗎？」

「說不準可以逃出去。」易痴泉眨了眨眼，似是沒有說實話。「再準備一整張羊皮，萬一出事，吹起來做羊皮筏子用，還能漂浮一會兒。你長在江南，泅水能力自然不差，應當是安全的。」

「那我們一起去？」

「一起去，不會出事的。」易痴泉很誠懇地點頭。

夏乾忽然覺得，撇開青衣奇盜的事，易痴泉是不是只是單純地覺得猜畫可以掙到錢，能幫著自己盤間店？但如今看看眼前的情況：易痴泉身陷囹圄，青衣奇盜毫無動靜，猜畫一事也沒有著落。他思來想去覺得這些事都很難達成，有些喪氣。

「現在的情況不妙，但總要做些什麼，想想那些好的事情。」易痴泉很認真地對他說道：「我一定會出獄，青衣奇盜也一定會被捕。等你買下店鋪，到時候我們開個什麼店好？」

夏乾心裡好受了一點。「我在金雀樓的武擂押了不少銀子，那家飯店就很不錯。我要賣包子，我還要——」

夏乾還未說完那些宏圖大志，小吏來敲了敲門，時間到了。他收拾了東西，慢慢走出牢房。等他出了牢房，汴京城已經陷入黑夜。他在街道上走了片刻，決定立即行動起來，在一掛著「仁」、「義」、「德」、「信」的店鋪裡預訂了一整張羊皮，打聽了冰塊的事情，得知冰窖貯存處在汴京城郊。如今部分河道凍結，正是儲冰的好時機，但卻無人購買，也不知怎麼購得。夏乾決定先去找柳三，打算託人弄一塊冰來。

「冰塊？」柳三剛從金雀樓出來，戴上斗笠，摸著下巴尋思了一會兒。「夏家的下人弄不到？河道的冰塊是有數的，你若需要，還要提前訂呢！但我有個兄弟是做這個的，明日和他說說，酉時給你送到雁城碼頭。」

夏乾高興得哈哈一笑。「就數你有辦法！記得把中間掏空，就像隻船一樣。」

「怎麼？長青王爺是坐冰舟去仙島？」

柳三倒是很聰明，竟然一下猜出了原委。

夏乾趕緊摀上他的嘴。「不要告訴別人！」

「那玩意兒能當船？這是誰告訴你的？」

「易廂泉。」夏乾嘆氣道。

「聽說庫房統一新做了冰模子，比以前深了一倍。應該挺安全的。」柳三拍拍他的肩膀。「你去吧！我可不和你去。」

夏乾就知道他不可靠，生氣道：「易厢泉會和我一起去的。」

「怎麼，他能出獄？」

夏乾低聲笑道：「說不定是越獄。你不要外傳。」

「青衣奇盜有消息沒有？」

易厢泉不讓他亂講這件事，所以夏乾只是搖搖頭。

柳三抱臂道：「這世道真是不太平，夏小爺，別忙著猜畫啦！有件事你知道不？傳說京城鬧了疫病。大理寺那邊有什麼消息嗎？」

夏乾一怔。「我怎麼不知道呀？」

柳三著急道：「消息被封掉啦！聽著很是嚇人。像我們這種小老百姓，就怕官府封了消息，要是死傷幾萬人，多麼可怖哇！你和萬沖什麼的去打探一下，我先去買些藥備著，實在不行，就回老家躲一躲。」

夏乾笑笑，只覺得他有些小題大作。現在還在正月，疫病一般也是在春天才會發生，何況自己沒聽到一點風聲。

柳三一臉害怕的樣子。「夏小爺，你可別不信。我消息靈通一些，你快去打聽打聽！等打聽出來了，記得告訴我呀，一定要告訴我呀！」

他揮揮手便走了，只留夏乾一個人在風中站著。

夏乾想了想，覺得「疫病」二字著實有些不可思議。不遠處便是州橋夜市，夜市三更才關閉，此時正是熱鬧的時候。賣雞雜的店鋪排著長隊，還有幾個姑娘在小鋪子那裡挑著梳篦，怎麼也不像剛鬧了疫病的樣子。

幾個官兵走了過去，過了橋。橋東多是妓館、酒樓，望春樓、秋水館、夏雨閣三家就占了一條街，酒樓對面是民居，而最可笑的是，酒樓、妓館的不遠處是一家書院。書院的大門緊閉，民居全部黑了燈，酒樓的燈也一盞盞熄了。大概快到了閉市的時間。

夏乾沒有多想，很快回去了。

三更的梆子響了。夜市散場，望春樓裡似乎有些動靜。

第六章 疫病突發

望春樓內陪酒的姑娘都已經準備就寢，只有幾個小廝守著夜。平日裡擦桌子的小丫鬟小染咳嗽好幾日了，始終不見好。她在床上躺了一會兒，準備從幃帳裡鑽出來倒茶，卻發現壺裡的水已經喝乾了。

她披衣而起，「吱呀」一聲把房間的門打開。

青綠睡在另一側，聞聲起身，迷糊地看著小染。「打水去？咳嗽不見好？」

「多喝點水，這幾日總是下雪，可能好得慢一些。」小染抱歉地對她笑了笑，慢慢走出門去。

望春樓的廳堂很大，板凳已經抬到了桌子上。地面乾乾淨淨，被清掃得一塵不染。小染繞過廳堂，去後廚的水缸裡舀水。她剛舀起一瓢，卻聽門外嘎吱作響。

夜深了，也不知是誰？

她咳嗽了兩聲，也顧不得了，乾脆舀起就喝。

門外「叮噹」響了幾聲。像是有一群人走過，站在門口不動了。

守夜的小廝終於醒了，他趕緊點亮油燈，有些驚恐地問門外：「是誰？」

小染也放下瓢，走到了廳堂裡，裹著披風緊張地看著。

小廝有些恐懼，從一旁拿起了掃帚棍子。

門外的黑影越來越多，似乎都舉著火把。突然，門開始響動，緊接著「嘩啦」一聲被撞開了。幾個蒙著面、穿著官服的人衝了進來，看了看四周，舉起了腰牌。

小廝顫抖道：「你們是什麼人？我、我不識字——」

樓上的幾盞燈亮了起來。一個披著鵝黃色外袍的女子出現了，看起來是掌櫃的。她髮絲凌亂，揉著睡眼，眉頭一皺。「出了什麼事？你們是官府的人？」

她看起來很是緊張。其中一個蒙面人沒有看她，只是指了指小染。「就是她。」

餘下幾人麻利地抬起擔架，拿起繩索，把小染綁上去。

小染慌了，瘋狂地叫了起來，披風也被扯掉了。奈何那些人身強力壯，很快將她綁起來，摀住口鼻，硬生生拖了出去。

女子見狀匆忙上前。「你們幹什麼？」

「退後！」蒙面人眉頭緊皺。「她得了疫病，還想活命的話，都回房間去！」

女子一愣。樓上的姑娘們紛紛驚恐地回了房間，她們尖叫著、顫抖著，躲在門後注視著廳堂。

幾個蒙面的官兵看了看大廳，看到不遠處水缸裡的瓢還在動，又看了看淡黃色外袍女子，問道：「妳是掌櫃的？叫什麼名字？」

女子緊張點頭。「是。我是鵝黃。」

蒙面官兵草草地說道：「這幾日你們待在樓內，不要外出，我們會送吃食和水過來。每日有人巡邏，你們若是有人咳嗽，便馬上通報，切記不要再和他說話。萬一出了事，會死人的！」

在這一瞬間，鵝黃愣住了。她沒有見過這種場面，官兵似乎也不想再說些什麼，只是命人抬了一些草藥進來。

「沒有官府的赦令，任何人不得出門去！違者殺無赦！」官兵退了出去，揮揮手，「砰」的一聲關上了大門。

門上閃現了幾個影子，似乎在貼著封條。

官兵的速度太快，一切又來得突然。樓內的人怔了片刻，似乎都沒弄懂。

鵝黃立刻想追出門去。「等一下！你們說清楚——」

門被從外面門上了。

她感到一絲驚慌，似乎此時才明白發生了什麼事。樓上的房間傳來嗚嗚哭聲，幾個女孩子拚命上前拍打大門。緊接著，一樓幾扇大窗也被貼上封條，官兵在門口似巡犬一般來回地轉。

鵝黃慌了，但她強迫自己冷靜下來，必須了解如今的情形，了解自己到底處在什麼局面。於是她匆匆上了二樓，打開了小窗朝外望去。樓下排滿了官兵，一個個拿著火把。小染還在擔架上掙扎，但是整個人被蓋了一塊白布，已經被拖走了。

再看對面的建築，那裡是一排老舊民居。今日入夜之前還是燈火通明的，可如今已然漆黑一片，空蕩蕩的沒有人了。每戶民居都被貼了封條。民居後面是汴河，沿街沒有燈，黑漆漆一片。側頭望去，隔壁的妓館、酒樓也被封了。幾個蒙著面的官兵不時地巡邏，見她開了窗，喝斥她關上。

她繞到另一側，再開望春樓的後窗。後窗對應的是書院的後門，書院裡更是無人了。鵝黃關上窗，心裡似乎明白了。疫病應當是出在這三家酒樓裡，連對面民居也封上了。酒樓往來客人多，若是源頭沒有控制，可能不日就會傳遍整個京城。

青綠抹著眼淚，上了樓來。「鵝黃姐，怎麼回事啊？今日我陪小染出去看病的時候，郎中說只是風寒。」

鵝黃緊皺眉頭。「很多年前京城也鬧疫病，也沒見過這種陣仗。小地方鬧疫病，倒是可能會封村子。」

「怎麼辦呀？」青綠哭了起來。「我一直和小染是同屋，我會不會——」

「不要胡說！」鵝黃很是冷靜。「你們去把二樓的窗戶全都打開，先通風透氣。我就不信，病了一個，還能死一屋？」

幾個驚慌的姑娘趕緊開窗。一個小廝一看這個情形，拚命地撞著一樓的窗戶。待窗戶撞開，他翻身出去，卻很快被侍衛圍攻，又被扔了回來。幾個姑娘想去水缸舀水來燒，卻被提醒，方才小染是喝過的，嚇得她們都躲得遠遠的。

「都冷靜，回屋去！」鵝黃的聲音很洪亮。「明天早上我去找官府商談，我就不信他們能草菅人命！」

次日清晨，夏乾很早就來到了牢房門口等著，卻見穿著官服的人進進出出，似乎很是忙碌。他一個熟人也沒碰見，只等到了萬沖。

萬沖似乎一夜沒睡，急匆匆地從正門出來，夏乾趕緊拉住了他。

「易廂泉今日能出獄嗎？」

萬沖有些奇怪地看著他。「怎麼會出獄？」

夏乾撓了撓頭，不知說些什麼。易廂泉明明說過他能出獄，可能只是一句玩笑話，自己居然還信了？

「我們忙得很，若你要看他，過幾日再說。」

「那京城裡是不是鬧了疫病？」夏乾明明知道萬沖不喜歡他，為了柳三，厚著臉皮問道。

萬沖聞聲回頭了，他緊緊地盯住夏乾。「是誰告訴你的？是易廂泉還是——」

「這麼說是真的了？」夏乾有些吃驚。「易廂泉沒告訴我呀！消息被封了？」

萬沖警惕地看了看他。「不要和任何人說起。任何人！」

語畢，他想走，但走了幾步，又轉頭回來對夏乾道：「疫病的事不要和人提起。若你再和別人說，我和我們頭兒只怕要辭官回鄉了！」他頓了頓，又不放心地看著夏乾。「不要和別人說！」

他竟然囑咐了這麼多遍。夏乾有些發愣，沒想到柳三說的傳言居然是真的，汴京城真的在這時鬧起了疫病。他悄悄退回門後，往裡面看去。裡面的人忙忙碌碌，似乎有人在分發白布。

一場疫病悄無聲息地到來，使人觸目驚心。

夏乾走過街道，想趁著太陽還未落山的時候去雁城碼頭。冰塊約定今日酉時送達，即便今日去不成，也要去和冰塊的搬運工人說上一聲。昨日的州橋一帶仍然熱鬧，但是橋東似乎空了。望春樓、秋水館、夏雨閣還有一座書院，全都大門緊閉，對面的舊居無人出入。他知道疫病的厲害，但是萬萬沒想到會是這種荒涼蕭索的場面。

空曠的街道上散落著紙片、木板、繩索和丟棄的白布。每一間民居的大門上都貼著封條，有些被吹落了，像紙錢一樣在寒風中飄蕩。望春樓如鬼宅一般，裡面似乎隱隱傳來哭聲。

夏乾駐足片刻，被官兵喝斥走了。待他轉身離開街道，卻見不遠處有幾個小販正提著包袱、拖家帶口地往城門趕去。

他們推開夏乾，吼道：「擋在這裡做什麼？你沒聽說鬧了疫病？還不快走！」

夏乾本來對疫病還半信半疑，但此時聽大家一說，頓時覺得脊背發涼，想趕緊離開這是非之地。

疫病是生死攸關的大事，還是趕快通知家人為妙，於是夏乾找到了自家的店鋪，要了紙筆，寫了兩張字條。一張是給自家下人的，另一張怕柳三認不全字，於是畫了一個病倒的小人，讓人給他送去。

傍晚很快就到了。街道燈火點點，百姓嘻笑而行，街上人潮湧動，又不似佳節時那種擁擠與喧鬧。夏乾走在街上，覺得很是不可思議。大概是消息封鎖得十分厲害，只在一小部分百姓中口耳相傳，一時間難以傳遍整個汴京城。除去州橋一帶，其餘各地的百姓似乎對疫病的事毫無察覺。夏乾心情煩亂，決定先按計畫行事，今夜先去雁城碼頭。既然已經通知了自家下人，若疫病真的鬧得厲害，大家也會有所準備。

他順著東街走，踏著燈火，買了一張熱氣騰騰的烙餅，又走了三條街，去「仁」、「義」什麼店鋪那裡領了那整張羊皮。他將羊皮捲得小些，便於帶在身上，又在賣包子的老婆婆那兒多買了幾個筍肉包，臨行前買了一盞燈、一壺茶水。

街上的小孩還在玩耍，唱著歌謠：

漁民笑笑，低頭搖鈴。
叮叮叮叮，叮叮叮叮。
不做犧牲，不可前行。
不要銀兩，不要黃金。
六條性命，留下即行。

第一條命，丟在草地。
第二條命，丟在船裡。
第三條命，丟在河西。
第四條命，丟在爛泥。
第五條命，丟在魚群。
第六條命，丟在石壁。

「第七條命，留給自己。只有他會活著找到長青，只有他會見到淩波仙女！」孩子們大聲笑著，唱完〈七個小兵〉又開始四處亂跑。

夏乾被小孩子撞了一下，覺得十分晦氣。他第一次聽到這首童謠，卻偏偏是在要出城去尋仙島的時候聽見的，頓時憂心起自己的安危來。他看了看城門，深吸一口氣，鼓足勇氣出了城，獨自走向雁城碼頭。

夜很靜，靜得有些可怕。明月高懸，繁星漫天。汴河自城內流出，河道漸寬。周遭本有數位漁家，奈何此時捕魚困難，越往城郊走，人越稀少。

四周懸掛的燈火也少了。在接近雁城碼頭的地方，密林深處有一棟小屋。屋外有破舊木柵欄，像是種過花，不過都已經成了枯枝。一株老樹下面拴了一座孤零零的秋千，在寒風中不停地晃著。夏乾看了看小屋子，裡面亮了一盞燈，藉著微光，可以看到屋後的樹林裡還有幾個小小的墳包。

看到小屋，只是覺得有些奇怪；待看到墳包，夏乾已經有些恐懼了。他想趕緊前行，離開這是非之地，卻聽門「嘎吱」一聲開了。

「你為何在這裡？」韓姜提著一盞油燈，吃驚地看著他。她披著大厚衣站在門口，手裡還提著酒壺。

夏乾也很是吃驚，他看看她，又看看屋子。「妳住這裡？」

「這裡本是漁民的屋子，後來空了，我就搬來住。我去過很多地方，一般都找些空屋子住。」她疑惑地看看夏乾。「天黑了，這裡荒涼得很，你來這裡做什麼？」

夏乾猶豫了，不知該不該說冰舟的事，只是說：「和易廂泉約在此地。」

「他出獄了？」

「沒……」

韓姜見他吞吞吐吐，點點頭，沒有再問緣由。「進來喝茶？」

夏乾看了看四周，酉時未到，送冰的人還沒來，自己也覺得屋外冷，於是點頭進了門。哪裡知道屋內亂糟糟的，有一張小床，被子團成了一個球。桌子上散落著酒瓶子、毛筆，還有吃剩的點心。唯一引人注目的是桌上擺了一只很好看的瓷器瓶子，裡面插著梅花，但花也謝了。

「唐朝的官窯？」夏乾還懂個幾分，問道：「我爹收集過。」

他隨手拿了把椅子坐下，哪知一坐，椅子腿就斷了。

「舊貨市場淘的好貨。」韓姜一腳踢開椅子，用髒兮兮的茶杯給他倒了茶。「我從未見過易公子，只聽過他的故事，一會兒來了，我要見一見。」

她把桌子歸置了一下，讓夏乾坐上。

夏乾看向桌子角落，那裡堆著點心，好像是那日夢華樓送的，竟然還沒吃完！

「你吃嗎？」

「不吃、不吃了，剛吃完筍肉包子。」夏乾趕緊搖頭。

韓姜也毫不在意，吃了幾個點心。

夏乾還在環顧四周，卻碰倒了一箱東西。裡面都是一些舊物、鍋碗瓢盆，還有小孩的畫。

韓姜道：「都是屋主的舊物，我留著看看能不能換錢。」

夏乾趕緊彎腰撿起。「我毛手毛腳，也不知這毛病何時能好……咦？」

夏乾拿起一張畫來。

這像是一幅孩子的畫。畫上有一片蘆葦蕩、四個拿劍的小人、兩個不拿劍的小人、一個蹲在草地裡的小人。上面歪歪扭扭地寫著：慶曆八年王貴。

「這是屋主的兒子，後面那個小墳是他的，全家都病死了。」韓姜把東西收拾起來。「我初來汴京四處找住處，和漁民打聽才尋到這空屋子，說不吉利，沒人敢住。」

「妳就不害怕嗎？」

韓姜笑著搖了搖頭。

夏乾抬眼從窗戶向外望去。這裡能看到雁城碼頭掛著一盞燈，用以提醒過往漁船。燈下是一片延伸出去的長木板，不遠處是一片蘆葦蕩。

他低頭看了看畫。這個叫王貴的小孩子畫的應當是小窗戶看出去的景象。慶曆八年？他想起了瘋婆婆家裡的那個牌位。

「城裡鬧疫病了？」韓姜一邊倒水，一邊問道。

夏乾愣住了。「妳也知道？大多數百姓都不知道。」

「剛剛進城時就聽說了，沒有不透風的牆。好在我在此地居住，離城裡遠，還算安全一些。」

「我看他們封了一條街，很是可怕。」

「這麼大動靜，那不出幾日，百姓就會知道了。」韓姜舉起碗來，不知喝的是酒還是水。「若是強行焚燒屍體，會有百姓不滿的。」

夏乾剛要開口，卻見幾個大漢抬著東西從遠處來了。他匆忙和韓姜道了謝，便急急忙忙地出門去了。七、八個工人模樣的人候在那裡，搓手頓足，似是在寒夜裡等了很久、凍了很久。夏乾速速上前詢問，這群人果然是受了柳三之託，前來運送冰塊的。

幾名工人側身拖著一個巨大的銅器具，手腳麻利地將銅製盒蓋打開。一陣寒氣逼來，盒子裡是一塊巨大的冰塊，幾乎沒化開，凍得結實。幾名工人熟練地將它搬出，「撲通」一聲放到河裡去。冰塊在河水中浮沉著，慢慢地穩了下來。

夏乾呆呆地看著，只見一名工人上前來。「六尺半的方正冰塊。貨運來了，你快結帳吧！」

「結什麼帳？不是說好了將這冰舟的中間掏成盆狀嗎？」夏乾瞠目結舌。

所有工人立刻停了手，這七、八個人將目光直直地投向夏乾。「一兩銀子呀！冰塊錢和搬運工費。先結帳，再幫你稍微掏空一下。」

「錢？柳三沒說要現結啊！」夏乾氣得差點背過氣去。

同他說話的工人，開始還一臉憨厚，此刻臉色唰地變成冰塊。「錢都是現結。」

「為什麼這麼貴？」

大漢怒道：「你當是買包子？」

「我聽說也就一貫錢。」

「大宋建國以來都是六尺半、三尺二的長方冰塊。如今冰模子大了。你若嫌貴，可以，我們從中間鋸一半下來，給你打個折？」

這群人真是不好說話！夏乾心裡暗暗叫苦，連忙搖頭說道：「等我朋友來了再付，這樣行不？」

大漢們互相換了個眼神。「你朋友在哪兒？」

夏乾胡說道：「開封府。」他把後面「牢房裡」三個字吞了。

「我有個兄弟消息靈通，開封府這幾日忙得很！京城查出來疫病，從大理寺抽調人手去維持秩序。不出三日，京城都要人心惶惶啦！我們也要收工回去了。你那個朋友來得了嗎？」

夏乾有些不知所措了。他想，反正今日只是運來看看人能不能站上去，也許能退回去，明日再送一次。說不定易廂泉真的會出獄，然後和自己一起去仙島。

「我告訴你，這可退不了！你以為只有冰要錢？搬運不要錢的嗎？」

夏乾趕緊問道：「你們明日還開工嗎？」

「開什麼工？」搬運工疑惑地看著他。「你還不知道吧？消息流出來了，鬧疫病了，我們都要回老家避難。」

夏乾頓時慌了，疫病、易廂泉入獄、猜畫這三件事都趕在了一起。而猜畫的時限是正月二十日一更，今日是正月十八。工人們剛剛說，自今日起都沒有人來運冰，那之後怎麼去仙島？

他冷靜了一下，理了理幾件事的先後順序。即便疫病真的鬧得很嚴重了，夏家今夜不可能舉家離京，如今應該還在收拾行裝。而易廂泉一時半會兒也無法脫罪出獄，至於仙島……最好的登島時機就在今夜。

想到此，夏乾迅速地瞟了眾人一眼——七、八個人，皆是二、三十歲的壯年男子，手臂有力，幹慣了體力活。這要是群毆起來……

夏乾趕緊掏出錢袋，一數，頓時懵了，抬頭看了七、八個工人一眼，賠笑道：「我就三十文……」

現場霎時間一片寂靜。

夏乾冷汗直冒，伸手摸向腰間，先摸到了那根孔雀毛，又摸到了玉佩。他一狠心，把玉佩揪了下來，戀戀不捨地看了它一眼。「玉佩押給你們好了。」

燈光下，玉白如月色。這是父親給他的雙魚玉佩，上好的羊脂白玉，他從出生時就戴著。

但周圍卻沒人說話。夏乾感到一陣寒意，這才抬頭，發現這七、八個壯漢都死死地盯著自己。

「你沒錢？」為首的工人惡狠狠地問著。

夏乾沒敢接話，他彷彿聽到了拳頭攥緊的「咯吱」聲。為首的工人橫眉豎眼，似乎是說書段子裡描述的山間土匪。他上前兩步，伸手要拉住夏乾的領子。

夏乾趕緊往後縮一步，道：「好漢！玉佩是家傳的，少說也值一百兩！」

工人的目光立刻從夏乾身上轉移到了他手中的玉佩上，一把奪下，細細看去。

「誰知是不是假貨？」

「我名為夏乾，是夏家獨子。南夏北慕容，想必各位知道，夏家商鋪遍布天下。我只是今日沒有帶錢，還請各位——」

「看你油嘴滑舌、油頭粉面的，定然不是什麼好小子！你說話算不算數我們哪知道？我看這玉的顏色不像是真貨。」

夏乾氣得哭笑不得。「羊脂白玉都這個顏色！」

「我看也不像真的，我見過玉的，有點青色。」後面有一個工人上來，嚷嚷著。

「大哥，你說的是翡翠吧？這是玉！」

夏乾還想爭辯，但他卻越發緊張了。這幾個大漢虎背熊腰，有人奮袖出臂，可見手臂上紋著龍虎，不像好人。這裡可是荒郊野嶺，面對七、八個貧窮的壯漢，假設他們真的信了自己是夏家獨子，起了歹意綁架自己……

夏乾一下攥住袖子，袖子裡面是徐夫人匕首。此番動作自然不能逃出為首大漢的眼睛，工人一把攥住夏乾的袖子，一下扯開，匕首露了出來。

「好刀！」工人讚嘆了一聲。

夏乾氣得七竅生煙。「徐夫人匕首！是匕首！」

「什麼娘兒們匕首？就是好刀！就它了，你走吧！」

夏乾愣住了。自己馬上要獨自一人去找仙島，若是奪了自己的匕首，這下真的要手無寸鐵了。

工人們心滿意足地看著那把匕首，議論著、讚嘆著。夏乾呆了一呆，隨即求道：「大哥，行行好還給我！我要去島上，沒點防身的傢伙可是回不來呀！」

為首大漢呸了一聲，轉身要走。

只聽一陣腳步聲傳來，大家抬頭一看，不遠處有人順著河岸跑來，燈光昏暗，對方是孤身一人，卻背著個大包袱。

是韓姜。她站定抬頭，氣喘吁吁。工人們見二人一夥，來人又是個姑娘，便客氣了一些，說明了狀況。韓姜猶豫一下，掏遍全身，終於翻出一些錢財來。

大漢點了點，沉聲道：「兩人一共八貫，還是不夠。」

韓姜咬了咬唇，低頭懇求道：「大哥們行行好。我們此行真的很危險，匕首還是留下吧！這是我所有的錢，我現在……身無分文了。」

她看著眾人，想再哀求幾遍。

夏乾瞅著她，竟然說不出話來。他認識這個姑娘不久，只覺得她是那種不願意、也不擅長求人的人。工人們見她身上的衣服的確洗得脫線，又是姑娘，哀嘆一聲。

「這讓我們兄弟怎麼分？我們都是窮人，一家老小，冬天生意不好做，留著錢財過年呢！」

年明明已經過了。夏乾問道：「你們到底要怎麼辦？」

大漢答：「匕首充錢。」

韓姜嘆息一聲，朝著夏乾道：「給他們吧，回來再要。」

「可是沒有東西防身哪——」

「我來防。」

她說了三個字，沒有繼續再說下去。夏乾卻是一愣。大漢們見狀，一哄而散，各回各家。

月夜，雁城碼頭唯剩下兩人、一冰舟。

「妳也要去？」夏乾吞吞吐吐問道，他是希望韓姜跟去的。

「上去吧！我跟你走一趟。明日不知有沒有人再來搬運了，今日可以先去一趟。江湖人辦事，見人有難，能幫忙就幫上一把。往後出了事，你也幫襯我，對不對？」

她帶了許多東西，腰間還別著酒壺。夏乾哎了聲，勸道：「出門就別喝了。」

韓姜瞪他一眼。「我天天喝。你不讓喝酒，我可就不去了！」她說完，竟然率先踏上了冰舟。

冰塊真如易廂泉所說一般大，夏乾目測一下，冰塊厚一尺有餘，韓姜剛剛踏上，便下沉了許多，而冰塊上端與吃水面還有些距離。夏乾見狀也立即上去了，冰塊沉得厲害。他順手將燈放在冰舟前頭，抬頭看了看遠處平靜的水面。今日無風，水面漆黑一片無波紋，不遠處可以隱約看到小型島嶼。夏乾放心了幾分，他家在江南，自幼喜歡泅水嬉戲，水性倒是不錯，也會划船，現下情形比當初預想的要好上太多。

然而他站上去，才發現沒有可划船的東西。

韓姜從包袱中掏出兩塊不長不短的木板遞給他。「這是從你剛剛坐壞的椅子拆的。坐下划，穩一些。」

夏乾喔了一聲，依言坐下，雙手持板，划起船來。水波蕩漾，冰舟很冷，月色也冷。雁城碼頭的燈微微晃動著，似在和二人揮手告別。

「有地圖嗎？」韓姜盤腿坐在前頭，又開始喝酒，斜眼看了他一眼。「不會連這都沒帶吧？」

「有的、有的。」夏乾趕緊掏出來給她看。

韓姜放下酒壺，抬頭盯著四周，瞧了一會兒。雁城碼頭的燈光逐漸暗了下去，往前看，依稀可見黑黝黝的千歲山的影子。山體之上是暗藍色的夜空，夜空中不僅有一彎明月，也有漫天燦爛星輝。在點點星輝之中，韓姜慢慢辨認出了北斗七星，之後垂下頭，藉著冰舟前燈籠發散出的朦朧燈光，看著地圖，指了方向。

千歲山是可以依稀看見的，但韓姜還是願意用古老的星辰定位法再次確認。夏乾順著她指的方向慢慢划著，這才發現有韓姜跟著是一件多麼明智的事情。

寒風吹面，一更剛過。群山綠樹都已陷入沉睡，唯有木板擊水之聲不絕。

走了一陣，夏乾的心慢慢放鬆下來，感慨道：「易廂泉不在，還好有妳跟著，只怕路上會遇到諸多糟心事。」

「我小時候第一次獨自出門，在渡河的時候被船夫敲了竹槓，錢也丟了，船夫把我丟在一個島上，幾經周折才被人救回去。我師父事後教訓我一通，說：『沒把妳賣了去都是好的。』夏乾，我看你的樣子，就知道你很少去這種荒無人煙之地。這種地方最好不要一個人來，和你走一趟，應該能省掉你不少事。」

她說話時，水面忽明忽暗地映在她的臉上，是回憶的波紋，只是有些不清晰。

夏乾滿懷感激。「不知怎麼謝謝妳才好！」

韓姜擺擺手。「有錢了記得分我一成。」

夏乾趕緊點頭。他今日從順天門出來，繞過金明池，順著汴河沿岸步行。汴河是航運的主要通道，亦名為通濟渠，是大運河的一部分。行至雁城碼頭，遇到韓姜後，才改成冰舟行進。但二人行舟不久，便遇到一條岔路。

這岔路是由島形成的，這是「仙島」的第一個懷疑目標，名為逐鹿島。對應地圖可以看到，逐鹿島附近有三個稍大的島，為白鷺島、碧鴛島、靈狐島，都是以形狀命名的。從逐鹿島開始形成兩條岔路，岔路左側是汴河支流金曲河，金曲河最遠處可見千歲山。金曲河河道細窄、暗礁多，而後地勢平緩，漸漸開闊，連通雁鳴湖。而從金曲河到雁鳴湖是木魚集中之地，也是當年士兵頻繁搜索的地方，尋常的小舟是無法通行的。

雁鳴湖上有諸多小島，極小，有些只能站上去幾個人。而地圖則標示了十二個島。這一帶原本是山地，導致暗礁叢生。雖然是能看見千歲山的輪廓，但也需要繞過所有暗礁，方能到達。

極目遠望，行舟的終點便是三座山峰。這三座大山都稱為千歲山，形如山字，最邊上兩個矮的好像兩個門神。

夏乾一邊划船一邊發呆。他想了想，怕弄混，偷偷給這兩座山取了兩位有名的門神名字——西邊一座叫「尉遲恭」，東面一座叫「秦叔寶」。

但易廂泉在地圖圈了幾個圈，他們所去的山洞可能既不在「秦叔寶」這兒，也不在「尉遲恭」這兒，而是距離這兩位「門神」尚有一段路的中間那座山。夏乾想了想，就叫那座山「包公」好了，誰讓它最黑呢？

他想到這兒，嘿嘿傻笑起來。

「你笑什麼？」韓姜問他。

「沒什麼、沒什麼。」夏乾生怕韓姜說自己傻，趕緊划起來。

水域漸寬，水流卻越發湍急，不得不小心行舟。而前方黑暗一片，此時已經看不到河岸——他們已經身處河的中心，抑或說湖的中心。墨色的河水深不見底，四周除了水就是水。

韓姜抬頭仰望星空，生怕錯了方位。若是方位錯了，會誤入小島群，冰舟為暗礁所傷，只怕二人會有危險。

船向西行，微微繞彎再向北行，只隱隱瞧見第三座千歲山「包公」模糊的影子。

「天空好大。」韓姜看著天，喃喃道：「我們好小。」

「周圍好黑。妳可別掉下去嘍！」夏乾接話，怕她喝多了掉河裡。他回頭看了看，有些憂心。雁城碼頭的燈光早就看不到了。

「易廂泉查案是為了他師父邵雍嗎？」

韓姜也不知想起什麼來了，突然這麼問。

夏乾答道：「為了師父和師母。只要抓到青衣奇盜，也許就能查出師母的死因。易廂泉這個人看著安安靜靜、與世無爭，其實從小就死心眼，認定了的事就一定要去做，不查出來不會甘心的。」他搖搖頭。「可是真的很難。」

「京城鬧了疫病，官兵都在忙。易廂泉只怕很難脫罪了。」韓姜把酒壺直接扔到湖裡。「人活著就是難。」

酒壺在水面漂著，就像一根無依無靠的枯朽浮木。

二更天了。

此時，汴京城內州橋以東，街上一個行人都沒有。不遠處的望春樓內已經哭聲一片了。幾個小廝在後廚找水，青綠不停地咳嗽，大家都驚恐地看著她，不敢靠近。

「鵝黃姐，我們快沒水了。」青綠的聲音沙啞。

鵝黃沒有說話。她看了看屋內哭泣的眾人，上前去拍打著大門，嚷道：「給我們送些水來！」

門外的官兵不為所動。他們似乎只負責巡邏的工作，不管望春樓內人們的死活。青綠黯然地垂下頭，只得回到自己的房間，趴在桌子上哭了。幾個女孩子圍在水缸那裡，想再求些水來。

鵝黃看著哭泣的眾人，面色一凝，沒有說什麼。她回屋換了一套深色的便衣，去後廚找了一個桶，之後很輕巧地跳上了二樓的窗戶。

「鵝黃姐！」幾個姑娘驚訝地看著她。

但是鵝黃沒有理會，她將窗戶推開了一條縫。此時的夜色還算明亮，街上的官兵個個提著燈籠，官兵到底有幾人、這些人又在哪裡站崗，一覽無餘。鵝黃看了一會兒，摸清了他們巡迴的路線，這才猛地開窗，翻身跳出了窗戶，悄然避開了官兵的視線，跳到了後街上。

有幾個官兵走來了。鵝黃躲在了柱子後面，等那些官兵走掉，便快速地跑過去跳上屋頂，就像無聲的影子。她抬頭向前看去，汴河波光粼粼的，就在不遠處流淌著。只要穿過眼前的幾座舊民居，打一桶水不是難事。說不定，她可以來回數次而不被發現。又有官兵過來了，還牽著幾條巡犬。鵝黃心中並不緊張，她已經弄清楚了官兵巡邏的規律。她伏在屋頂，停了片刻，官兵就慢慢走掉了，連巡犬都不曾聽到任何動靜。

他們又走遠了。

鵝黃直起身來抱住桶，打算跳下去。那桶磕在了瓦片上，發出一聲幾乎不可聞的聲響。

「什麼人？從屋頂上下來！」

鵝黃僵住了，她萬萬不會想到有人發現自己。根據方才觀察的官兵巡邏路線，她身後不應有人才對。側眼看去，那人舉著火把，站在望春樓前面。不遠處的幾個官兵聞聲想趕來，被那人抬手攔住了。

「自己下來！」

聲音很粗，是燕以敖。

鵝黃努力保持冷靜，跳下了屋頂。

燕以敖將刀舉起，站在舊居門口，用白布蒙著口鼻，瞇起眼睛打量著她。「妳是什麼人？」

鵝黃慢慢放下水桶。她直面大理寺少卿燕以敖的時候還是有些心慌，定了定神。「我只是去打水。」

「水和藥會在亥時送入望春樓。」燕以敖狐疑地看著她，一字一頓地問：「妳是什麼人？」

「望春樓的掌櫃。我不能看我的人平白無故地死在裡面！我知道你們的手段，若有疫病，統統封樓不讓人出去。你們這群狗官——」

「住口！給我回去！」燕以敖抽出了刀，眼神很是犀利。「若你們得了疫病，水桶、碗筷都是用不得的。這些，」他用刀背拍了拍鵝黃的水桶。「都不要帶出來！如今疫病的源頭沒有查清，你們這些可能害了疫病的人更不能靠近河岸！」

鵝黃怒道：「留著等死？這就是你們這群狗官口中的『大義』？」

「我們的安排自有我們的道理，總比禍害汴京城百姓強！」燕以敖的刀從未放下。「妳忘了嗎？不得出樓，否則殺無赦！」

鵝黃不言。

燕以敖緊緊注視著她。「我們很快就送水給你們，還會有防病的草藥。你們若是有人發病，過會兒也將他們抬出來，送去給郎中治療。孫家醫館的郎中會統一義診，放心，我們只是為了一方百姓，絕對不會草菅人命！」

為表誠意，他率先收回了刀。

鵝黃沒有說話。她看了看空寂的街道，又聽到望春樓的哭聲，猶豫一下，將木桶一擲，轉身回了望春樓。

燕以敖看著她的背影，沒再說話，只是側過臉去，吩咐官兵快點把東西送進去。

「汴京城以前有過疫病嗎？」夏乾注視著不遠處的山，問道。

「應該有過，只是我不清楚。若出了疫病，應當會盡快隔離，將屍體火化。這是天子腳下，更加馬虎不得。」

夏乾點點頭，抬頭看向遠方。千歲山像是夜幕中從西邊升起的黑色雲團，又像是精妙的潑墨山水畫。但畫卷過於漆黑，唯有在月光照射下，方可隱約見到凹凸不平的山體和嶙峋怪石。千歲山駐守江畔，正悄然等待二人到來。

韓姜瞇起眼，她本是坐著的，現在一下子站起，望了望山，又看了看北斗七星。她這一站，冰舟居然狠狠晃了兩下，竟有被水沒過的態勢。韓姜險些摔倒，雙腳一動，一左一右踏在冰舟兩側，立即站穩，冰舟也穩住了。

這一晃，讓夏乾一下子緊張起來。「我們的冰塊比長青王爺的大，而且高了一倍，應該還算安全。而妳……妳喝了這麼多酒，居然還站得這麼穩？」

韓姜得意道：「習武之人，一個打八個都不是問題，除夕那日我還教訓了一幫紈褲子弟呢。但這冰舟雖大，卻乘了你我二人。若是天氣極寒，冰塊可數日不化。而近日是融雪天，時節回暖，何況水中含鹽，只怕冰塊撐不了太久。枉我還帶了不少有用的東西，實在不行，我們就把東西丟下去，減輕重量。你可帶著羊皮了？」

這可是保命的東西，夏乾趕緊點頭。

兩人說著，眼見冰舟逼近了千歲山。夜空深藍，山體漆黑，給人一種濃重的壓迫之感。而山上草木茂盛，依稀可見臨近河岸邊有幾株粗大的樹，垂下深綠布幕一般厚重的葉子，將山體蓋住一部分。

月光明亮，山水即在眼前，卻讓人手足無措。

韓姜拿起地圖，藉著燈火仔細看著。「易公子圈的範圍很大，我們需要貼著山體兩側尋找一陣，登陸時一定要小心暗礁。」

夏乾划著冰舟，心中暗想：黑燈瞎火卻偏要找個山洞，真是比登天還難！看著山，他又覺得有些懷疑。「當年長青王爺被這麼多人搜尋，若是真在這山裡，他們會沒發現？」

韓姜拿起地圖道：「這裡更遠。他們以為是仙島，因此官兵多半搜索的是雁鳴湖全湖和湖上的小島，沒有來過千歲山。」

夏乾撓了撓頭。「走陸路到這裡真的要很多天？」

「繞過雁鳴湖，而且要走崎嶇山路，走陸路真的很難到達。」語畢，她伸手入水，隨意一撈，手中竟有一條肥碩的木魚。韓姜抓起魚尾。「木魚價格昂貴，很難料理，販賣得也很少，這裡居然隨手可撈取。」

「妳是剛來汴京？怎會懂得如此多？」

「我是第一次來，銀兩不多，還想著去賣魚呢！奈何沒有你這划船的好本事。」

「妳……平日裡都如何賺錢生活？」

「想辦法賺。有時候跟著散戲班子去跑龍套，有時候……」韓姜沒有說下去。

夏乾嘆息一聲。「什麼活兒都幹嘍？」見韓姜依舊沉默，夏乾趕緊補上一句：「幹些正經事，挺好，不像我，什麼也不會。」

「我以前在廟裡見過一個常來玩的哥哥。他也是富貴人家的孩子，開朗善良，想著有朝一日可以四處遊歷，看看大好河山。但他是老來子，父母年歲大了，哭著求他留下。他並不情願，卻勉強同意了。於是他在十七歲那年娶了妻，納了兩個妾，擔起了家業。再後來有了孩子，三世同堂，過上了旁人羨慕的日子。」

「他開心嗎？」

「與其說是開心，不如說是看著過得還算舒服。」韓姜看著遠處的山峰。

「那不就好了？」

燈光映在水波上，將河水投射出星星點點的光影。韓姜漠然盯著前方那團影子，閉起雙眼，似乎是被光影刺痛了眼睛。她緩緩開口：「後來家裡落敗，父母病故，他還不清欠債，跳湖自盡了。」

夏乾愣了，隨即咧嘴一笑。「怎麼會走到這一步？這也太——」

「很多事情不好說，但是夏乾，」韓姜轉過頭來看著他。「他真的和你好像。」

韓姜沒有再說話，但遠處水道變得狹窄異常。

水下似乎也有成群的鋒利岩石，冰舟開始晃動起來。她將手探下去，只覺得酥麻一片，水下竟然是大片快速游動的木魚。牠們成群地游著，密密麻麻。夏乾探手下去，感覺像是小顆粒的雹砸在手上，便迅速縮了回來。

「靠岸吧！」她站起來，從包袱裡掏出司南，擺弄幾下，驚詫道：「附近有磁石，司南不能用。」

夏乾心中也一涼。他們如今看得到北斗七星，但進了樹林茂密之處，或者洞穴之中，可能什麼都看不見了。辨不清方向是最糟糕的事。

漸漸地，冰舟已經停靠。夏乾迅速挽起褲腿，也不顧腳上穿的昂貴錦靴，噌一下便下水去。水流雖急，卻也僅僅到了夏乾的小腿。

「小心！很涼吧……」夏乾想伸手扶住韓姜，但韓姜哪裡需要他來扶？

她一跳便上了岸，從背囊中取出兩枚釘子，拴上繩子，一手將釘子扎入冰船，另一根釘子扎入地面，如此，冰船便不會恣意漂去了。

夏乾驚訝。「妳居然準備得這麼周到？」

「這包袱是我常備的，有事直接拿了就走。」

韓姜又麻利地從背囊中取出一盞小燈，快速點燃，遞給他，自己則拿起原先冰舟上那盞，又看了看地圖。

群山環繞，星空璀璨，月上中天。

韓姜滅燈，折了樹枝做火把。四周的樹葉劃破了夏乾的衣裳，二人一路無言，順著易厢泉所畫之地慢慢尋著，但走了很久，什麼都沒尋到，只是不停地在山間打轉。

「這種山洞夜晚實在難尋，我們可以明日再來。我剛才想了想，覺得此行還是太倉促了。現在天寒，總是能弄來一塊冰的。」夏乾氣喘吁吁地轉頭對韓姜道。

正月裡氣溫比較低，二人卻已經汗流浹背了。韓姜也感到疲憊，又拿起地圖細看。「既來之，便尋之，找到入口再回去也不遲。易公子的推斷並沒有什麼問題，毗鄰瀑布之處水流湍急，木魚最多。」

「也許這整片湖都是木魚，但沒人說木魚出沒地就是仙女所在地。整個傳說虛無縹緲，易厢泉的話全都是推斷。他只是覺得官兵搜尋了這麼久都沒搜到，仙島一定不在湖上，那估計就在山洞裡，但是我卻覺得，仙島都未必存在。」

夏乾言下之意，整個事件都有可能是胡編亂造的。

他說得不無道理。韓姜思索片刻，抬頭觀星道：「我們在走回頭路，這是第二座山和第三座山中心處，兩山相連。」

韓姜一愣。「那是什麼？你起的名字？」

「是『包公』和『秦叔寶』手把手的地方。」

夏乾嗯了一聲，沮喪地踢了踢地上的石子，卻聽到一陣細微的水聲，似乎是從不遠處傳來的。

他愣住了，撓撓頭，突然產生了一個新的想法。

「韓姜，地圖會不會標注不全？」

韓姜垂目而觀。「也許。地圖都是人畫的，也不知是哪年畫的了。或許它標注的兩山不相連，實則相連。」

夏乾高興地指了指「秦叔寶」。「那邊有水聲，興許會有地圖上未曾標注的瀑布。激流生木魚，木魚都無目。妳說……山洞會不會不在『包公』這兒，而是在『秦叔寶』那兒？」

韓姜閉目細聽，真的隱隱聽到水聲。她信了夏乾的話，二人提燈前行，走了好一陣，終於回到了「秦叔寶」山下。

它的山峰比「包公」更險，樹木也更密。

二人行走片刻，夏乾便大叫一聲——在瀑布一旁，山體有一處被樹木遮蔽，卻隱約現出一個一人高的洞，若不細看，根本是看不到的。

韓姜率先走了進去，夏乾跟在後面。洞中溪水沒過膝蓋，木魚成群游動。二人皆小心翼翼蹚水向前，水漸淺，夏乾卻急了。「前面沒路！這可如何是好？這下糟糕了，難不成真要回去？」

夏乾抬頭看向洞頂，只覺得漆黑一片。

「傳說仙島可是綠蔭密布的，想必是水源充足、陽光充足之處。必是露天有風的。通常無人打擾的地方，樹木會長年生長、扎根深。如今唯有順風而行，尋找洞口，再看有沒有樹根伸出。」

她一番言論，似是自言自語。

夏乾聽了嘟囔道：「我覺得長青王爺一直在編瞎話，不過，妳懂得也真多。」

「只是你不常出門。」

「不，我常出門——」

「只是不常去野外。」韓姜補充道：「很多事要吃過虧才知道。」

洞內似有微風浮動，二人抬頭看著火苗的方向，徐徐前行。石壁上真的有樹根盤枝錯節，將細小的根莖延伸出來。

韓姜走了幾步卻停了，她發現側邊有一小洞。

夏乾也提燈看去。「我覺得有些奇怪。長青王爺若真的是第一次來，他難道也是爬上去的？這洞也太過隱蔽了些，他又如何得知此處洞中有洞？」

韓姜抿了抿唇，一邊從行囊中掏著什麼，一邊唸叨著：「我也覺得怪異。你我可是知道仙島的確存在，故而來此尋找，還是在易廂泉的指引下才找到的，而長青王爺失足落水，哪裡能找到這種地方？夏乾，你先退後。」她從包袱中拿出一物，引火燃了，丟到洞裡。

只見亮光一閃，洞內冒出些許煙來，夏乾奇怪道：「妳扔了什麼進去？」

「洞內可燃火，表示還是能呼氣的。不過也並不是所有的……有些洞若是隨意燃火，是會爆炸的。」

「爆炸？」

韓姜搖頭。「那種洞應該不常碰到。除此之外，你看那煙向回飄。」

「有風？」

「對，那個洞估計是連通外面的，外面的風要強一些。咱們上去。」說罷，韓姜居然攀著石壁，輕巧地爬了上去。

夏乾本想打頭陣的，哪裡知道她喝了這麼多酒，居然這麼輕鬆地爬了上去！他趕緊跟上，撐起雙臂慢慢爬上去。洞口並不大，只能蜷縮爬行，好在前方隱隱透著亮光。

這個洞真的有風穿過。夏乾覺得那微風清新地拍打在自己的臉上，雖是嚴冬，卻好似春寒料峭之時迎面輕拂的楊柳風，不冷不熱，夾雜著水氣與植物的獨特香氣。

夏乾使勁嗅了嗅，未料卻聞到了從韓姜身上傳來的香氣。「呃，妳身上的味道……是什麼？」

「味道？」韓姜停下，艱難地抬起袖子聞了聞。

夏乾突然覺得自己不該問，趕緊解釋道：「不是什麼怪味，挺好聞的，像是香草之類。」

韓姜動作一滯。夏乾一下就知道自己說錯了話，想改口，韓姜卻回答了他：「就是香草，女孩子總喜歡有香味的東西，那些香花、脂粉對我而言……太貴了一些。屈原不是也很喜歡香草？挺好。」

夏乾卻咧嘴大笑，費力地爬著。「對！香草的味道並不亞於鮮花，花與脂粉未免俗氣了，古人賢士都用香草的。那我下次也用來熏熏——」

「有亮光。」韓姜用刀柄戳了戳他，讓他抬頭看，自己則快速向前爬去。

夏乾緊隨其後，待到了明亮處，山洞已盡。

二人跳了出去，雙腳落地，都吃驚地瞪大了雙眼。

第七章　仙島尋屍

「道家有洞天福地、仙人居住一說，沒想到、沒想到……」韓姜震驚地注視著眼前之景，嘴裡反覆唸叨著「沒想到」。

「……沒想到真的這麼美。」夏乾半天才接話。按理說要吟上幾句詩來，但他想不起來什麼好句，反倒不如這句話簡單直白。

「洞天福地」，所謂洞天也可以指字面意思，即可見方寸天空之地；福地，自然是有福氣與靈氣的地方。環顧四周，全都是山體，黑黝黝的山體環了一周，而頂上卻是巨大的、圓形的天空，宛如一口天井，韓姜和夏乾二人正在井底。洞口離地百丈，似乎離夜空很近，近得能看清夜空中所有最美的星星。浩浩蒼空，如水的月光似乎已經撩亂了，它傾瀉而下，令人能看清眼前的景物——黑色陡峭的石壁與成片的參天大樹。

樹似乎不是單純的綠色了，而是黑夜、月光、樹木天然的深綠混合而成的柔美色彩。它們成片地依靠在山體兩側，似是安靜地站了千百年，吸收著水氣，看著日月星辰整日整夜從這裡升起又落下。

在這人跡罕至的山腰水畔，氤氳水氣輕輕籠罩了此地。黑夜、岩石與樹都被近乎乳白色的水氣包裹住，若隱若現，如同生長在雲端，雲霧與夜空又相互融合。

剛剛從一個漆黑的小洞鑽出來，夏乾、韓姜二人卻能一下子見到這種奇麗之景。那是多少金銀珠寶、綾羅綢緞也換不來的景色，被名師彩繪而成的華麗屋頂也抵不過這方寸土地的一角。

夏乾怔怔道：「韓姜，妳說這裡是不是……是不是……」

「如果這裡不是……哪裡還是？」

女孩子看見好看的東西都喜歡瞧上一陣，韓姜還在張望，夏乾率先走上前去，哈哈大笑三聲。「我們找到啦！」

「沒有。」韓姜拉住了他。「仙女在哪兒？」

夏乾嘆口氣，又往前走了兩步，水氣便將二人牢牢包裹住。他們提著的那兩盞小燈，也成了一團暖洋洋的橘黃色光球。他們走著，水氣浮動著，人的思緒似乎也隨著水氣浮動，遠遠飄散開了，只有腳下的路才能時刻提醒他們是真真實實踏在地面上的。

走了幾步，韓姜突然不動了。她抬起頭，看看四周，又看看夏乾。

夏乾也同樣望著她，傻傻問道：「妳……怎麼了？」

「沒怎麼、沒怎麼。」韓姜低下頭去。「就是想喝酒了。」

「回去再喝！我都想了，用這筆錢盤下金雀樓，我說不定就自由了！」

「開店做生意嗎？」

「我不知道，妳呢？」

「我也不知道。」韓姜看了看遠處的濃霧，臉上的表情也像是藏在霧裡。「我從來都不知道。」

「我還要去很多地方！西邊有沙漠，東邊有大海，北邊有雪山，南邊是我家，是個挺美的小城。東邊、西邊我都沒去過，以後肯定是要去的。人活著就為了看看美麗的東西，對不對？」夏乾興高采烈地盤算著未來。

韓姜似乎沒有這麼開心，水氣很濃，她的臉也很朦朧。

夏乾感覺到韓姜情緒低落，還想對她說點什麼，韓姜卻提燈慢慢地走了。她走得很慢，像是這條路怎麼也走不完。兩個人各自懷著心事，一個一味地向前走，一個傻傻地在後面跟著。忽然，前方空出一大片地來，空地之中有棵參天大樹——樹高幾十丈，直刺天空，樹葉遮天蔽日，鬱鬱蔥蔥；樹身粗壯，數十人方可圍住。

「這樹為何如此高大粗壯？養分好？」夏乾快步上前，提燈照著，順勢望去，只見樹幹之上隱約刻著許多字。這些字刻得比夏乾高些，他只得踮腳細看，一拍大腿。

「好字！」

他本身不會看字，不過這次被他說中了。

「不僅是好字，而且是一刀刀刻上的。」韓姜提著燈籠，踮起腳，仔細看著，字可比她高多了。「這不是隨意刻的，而是先用筆寫上之後再刻的。刻得深淺適當，絲毫不差，應該是用極細的刀一點點刻的，就像畫畫。如此精細的活，一時半會兒是無法完成的。」

夏乾提著燈退後幾步，看著樹上的字，唸道：

寒露成霜已隔秋

故園依稀君安否
不夜窗前風徹骨
相思門外雪白頭

夏乾嘖嘖一聲。「情詩？」

韓姜上前輕輕撥弄著樹幹，又找到題目，唸道：「〈思卿〉，名字真是夠直白的。『卿』，可是長青之意？」

「真的嗎？」夏乾趕緊上前看了看。「沒有落款。」

「枝幹上還拴著兩根紅繩。這當是許願之用，將願望繫在繩子上以求實現。」

夏乾踮著腳，拉著一根紅繩。「除了繩子，什麼也沒有呀！」

「不要著急。過了這麼久，就是有也早被風吹跑了。至少此地真的有人住過，還是有情人呢！我們再找找看有沒有其他的線索。」

二人繼續向前走，順著小路七拐八拐。小路彎彎，像是曾經被人用心修整過，如今卻雜草叢生了。待轉了九曲十八彎，終於見到遠處濃霧中有一座茅草屋。

夏乾興奮地要衝過去，韓姜一把拉住他。「小心些！」

「路都荒成這樣了，不會有人了！」

韓姜嘆道：「有屋子又怎樣？我們要找的是骨頭。」

夏乾聽到此，心裡一涼。易廂泉也要求過他，若是有墓，可能需要挖開，找到骨頭帶回去。夏乾開始為掘墓的事而擔心，韓姜卻一把拉住了他的袖子，臉色微變，指了指遠處的房子。

就在夏乾思緒飄遠之時，韓姜臉色唰一下變白了。

「聲音，我聽見了聲音，是我喝多了嗎？」她啞著嗓子，刻意壓低了聲音。

夏乾無所謂道：「我怎麼什麼都沒——」

他突然不說話了。

真的有聲音，從屋子那邊傳來的。

夏乾低聲道：「怎麼會有人？怎麼可能有人？」

「說不定真有人。」韓姜右手扶起腰間的刀柄，緩緩向前走去。夏乾緊隨其後，

二人走了兩步，卻聽那人聲越發清晰：

不夜窗前風徹骨

相思門外雪白頭

語速極快，有點含混不清。但是那聲音極度怪異，不似人聲，又分明是在唸叨這兩句。

夏乾立刻不往前走了，拉住韓姜。「妳聽見了嗎？有人在唸詩！」

「我聽見了。」韓姜臉色仍然蒼白。「世間哪有鬼怪？所以要前去一看。」

世間的確無鬼怪，但是想想吳村聽到山歌的經歷——無鬼怪，卻有更勝鬼怪的怪物，這樣的情形也好不到哪裡去。

走了片刻，人聲忽然止住了，他們眼前出現一間破舊的茅草屋。萬物無聲，月光下、霧氣中，它顯得格外安靜。這種無人之地的破舊房子一般帶著詭異的氣息，而眼前的房子似乎有些出塵的意味。屋頂上鋪著金黃的、厚重的乾草，粗木的門框反倒顯得有些可愛。

夏乾還在發呆，一旁的韓姜卻已經做好防衛的姿勢。

她謹慎地盯著茅屋，低聲道：「小心，若是有不測，走為上計。」

「好……」夏乾一個「好」字沒有吐清晰，卻聽見屋後撲棱棱的聲音。定睛一看，屋裡居然飛出一群色彩斑斕的鳥。

「鸚鵡？」韓姜詫異地看著眼前的奇景。

一群五彩的鸚鵡搧動著絢麗的羽毛，直愣愣地在樹頂盤旋，又飛向夜空，在圓形的洞口上方盤旋，最後飛過峭壁，一直飛至燦爛星空中去。

時下富人家裡也是喜歡養鸚鵡的，夏乾也養過。肥頭大耳的鸚鵡終日被餵得飽飽的，在架子上渾渾噩噩過日子，也學不會三言兩語。此地的鸚鵡居然充滿靈氣，不僅飛得高，動作敏捷，連學人說話都學得如此之好。

這話是誰教的？

夏乾心裡一寒，難不成有人？

他沒有發問，韓姜卻好像明白他想問什麼，與他對視一眼。「現下不好說。不過，以鸚鵡的數量來看，多半是已經繁衍了好幾代，那句詩也就這麼一代代被鸚鵡口口相傳。」

她話音未落，卻又見一群鳥飛過天空，這次是一群白色的鴿子。牠們揮動著翅膀，彷彿白色的魚游在夜色中，在雲端不住穿梭，夜空也看不出是天還是海了。

霧漸濃，夜如水。韓姜站在屋子前望著夜空，濃霧濕了她青黑色的衣衫，她似乎只是站在白霧與芳草河畔的一個美麗影子。

「屋裡好像沒人。」她踮起腳朝屋裡看去。

茅草屋看起來很久沒人來過，門前有灰。細細看去，茅草屋周遭圍起籬笆，構成個小庭院，似乎種過花草；再遠些，似乎有雞舍。

夏乾好奇心大起。「是不是凌波仙女在此地住過？」

「退後。」韓姜看上去依舊不放心。她非常警惕，讓自己和夏乾站向一側，伸手迅速拉開門。

「嘎吱」一聲響起，塵土飛揚。破舊的木門似乎也是人鋸成的，顯然，這個工匠手藝不好，並沒有鋸齊整。但是這扇門依舊厚實，擋風遮雨足矣。

夏乾見韓姜一副小心謹慎的樣子，不由得笑起來。「妳還擔心有機關不成？開門有人放冷箭？」

韓姜把臉一板。「一看你就不常出門，才會問這種問題。」

她率先進了門。屋內灰塵滿布，韓姜摀著鼻子提燈照射，卻發現屋內陳設齊全，且井井有條。茅草屋很大，三間房，進來後是廳堂，桌椅似乎都是人親手製成，年頭久遠卻依舊結實。油燈、茶壺皆在，有碗兩只。左轉為書房，似乎有不少書籍。

韓姜卻先一步進了內室。內室為睡房：一床、一鏡、一櫃子。

「屋內有女人住過。」韓姜細細地打量著梳妝臺，上面有鏡子和首飾。「居然還有首飾和胭脂，這胭脂應該是自製的，我也自己做過。」

「比妳屋子整齊多了。」夏乾打量四周，隨意地說了一句，沒想到韓姜卻生氣了。他趕緊補充道：「亂點好，夏家太乾淨了，我還不願意待呢！」

「事不宜遲，一會兒還要去找墓。」韓姜瞪了他一眼。

一聽到「墓」，夏乾心中一涼，問道：「一定要挖墓嗎？」

「你是覺得大逆不道嗎？」韓姜輕輕地問。她隨手拿起梳妝臺旁邊的針線盒，只見裡面有一雙虎頭鞋。黯淡的顏色配上那一層灰塵，好不嚇人。她皺了皺眉，伸手細細翻找，又看到了一些大人與小孩的衣物，似乎都是自己織布做的。再轉向房間大門，只見門上有刻痕，一共二十一道。

「我沒覺得大逆不道，就是有些嚇人。我以前也開過棺材，都怪易廂泉。」

韓姜彎腰繼續翻著。「你這種大少爺居然還去開棺？」

夏乾想起吳村那點事，重重嘆氣。「我何止是開過棺哪！就在半年內，我和青衣奇盜交過手，放過著火的紙鳶，被人丟到洞裡又爬進了溝壑，還抓過狼人。」

除了第一句的「青衣奇盜」，韓姜壓根沒明白他後幾句講了些什麼事。她回頭瞧了瞧夏乾，見他一臉狼狽，傻裡傻氣地揪著床上的幃帳，忽然覺得心情輕鬆了一些，忍不住笑了起來。

「妳不信？我自己都不信。」夏乾累得一屁股坐在床上，蹺著二郎腿打量四周，帶著一絲幽怨。「眼下還坐著冰舟跑來尋仙，我要是跟易廂泉過一輩子，什麼妖魔鬼怪都得見一遍。」

韓姜扠著腰，看了看四周。「你只會娶一個好人家的小姐，踏踏實實地過一輩子，就像——」

她不說話了。夏乾問道：「像妳剛才說的那個人嗎？」

韓姜沒有回答。月光透進紙窗來，她的身影顯得有些單薄和孤寂。

而月光照進夏乾的眼睛裡，他的眼睛很亮。他癱倒在床上，認真道：「那個人過得一點都不好，我不要和他一樣。」

「父母之命，媒妁之言，並沒有那麼容易。」

夏乾一下子站起，伸了伸腿。「如果不能和自己喜歡的人在一起，這輩子過得有什麼意思？」

「說得對。」韓姜抬頭看了看他。「你也別再偷懶。這裡水氣充足，並不寒冷，說不定這千歲山附近的水溫偏高，我們的冰舟停在那個『包公』附近，也許……」

「也許船會化。」夏乾有些緊張。「我們是來找仙女骨頭的，我不偷懶了，快找上一圈。」

他剛要出門，也看到了二十一道刻痕，倒數第四、五道旁邊標注了「景兒」。夏乾沒有細看，想著在屋內繼續搜索定然是浪費時間的。二人很快便出了屋子，在附近搜索片刻，在屋後不遠，只見一條小溪緩緩流過，旁邊是山壁和樹。在這山水具備、草木繁盛之地，一塊破舊的墓碑橫立其間。

墓碑字跡不清，顯得破舊不堪。韓姜粗略瞧了瞧，道：「看不清什麼字了，只看清有個『口』字。」接著，便立即從背囊中掏出鏟子，遞給夏乾。「快挖。」

夏乾異常震驚，韓姜居然連鏟子都帶了？

只見她低頭猛挖。「記得，得了賞金，分我一成！」

「可以。」夏乾答得痛快極了。賞金肯定是自己去領，當初說好了五五分成，哪知易厢泉推斷錯了地點，如今把易厢泉的那份扣出來給她即可。

夏乾蹲下，跟她一同挖了起來。二人沉默了一會兒，這種感覺有些奇怪，死者為大，這是所有人都知道的。在大宋，違背禮教之事一旦發生，必遭人非議。掘墓開棺同犯罪一樣，天理難容、律法難恕，定要遭報應。

夏乾自小受的也是這種教育，敬畏之心總是有的，但他不覺得做這種事要遭報應。他心裡想，這一輩子尊老愛幼的好事也做了不少，挖個墓還能折壽不成？人都死了，對死去的人帶著敬畏之心即可。若是真有下地獄一說，歷朝歷代的君主士兵殺了多少人，全都下了陰曹地府的話，那地方還不擠死人？

夏乾想到此，停下來對著墓碑拜了拜，又毫不猶豫地挖下去。

木製棺材上面只是一層薄土，如今已經現形。韓姜停下來，看了夏乾一眼，只見他一個勁地認真刨著，衣服、褲子上全是泥巴。她嘴唇動了動，張口要說什麼，卻似乎難以對其做出評價。

「你可真不像個富家少爺。」猶豫了會兒，韓姜說了這麼一句。

「嗯？」夏乾手下不停地刨著。

韓姜繼續道：「總有些富家公子哥，不拿人當人，吃喝玩樂、欺壓百姓。那些道貌岸然的，也是端著架子，喝酒聽曲，日日錦衣玉食，連鄉下土路都不肯走。最好的那種，也是為官為商、樂善好施，倒還不錯。」她停下，扭頭看了看一身狼狽的夏乾。「再看看你，聽一個算命先生的話，來這裡尋仙，挖的卻是屍骨，弄得滿身是泥。」

夏乾懊惱地低頭挖了兩下。「妳就是說我傻唄！」

「不傻，挺好的。」

夏乾困窘道：「小人和君子哪裡都有，窮人有，富人有，和錢不錢、官不官並無關聯。我只是家中有錢，不做惡事，感覺就是好人了，實則什麼都不會。就連那些青樓女子，有些也是命苦的好人家出來的，詩詞歌賦都比我強。」

「你不想學著做生意嗎？」

這個問題有些突然，夏乾不知所措，抬頭想了想，又認真道：「也許吧！若數年之後，我真的成了古板的商人，終日奔波於商鋪之間，想幹些荒唐事都是奢望了。如果下半輩子定了局，那就上半輩子過得快活一些。」

他說了這幾句，便沒再繼續說下去，只是吭哧吭哧地挖著。韓姜沒有看清他的表情，但她覺得他並不開心。

二人又挖了幾下，棺材的蓋子幾乎要掉下來了。韓姜麻利地清理著棺材四周。

「埋得不深，估計埋棺材的這個人沒做過這個。」

夏乾疑惑道：「埋棺之人莫不是長青王爺？」

韓姜搖頭表示不知。這是一個再普通不過的棺材，不是外面訂做的那種。紅事、白事，在城內都有專門訂做棺材的店，什麼材質的、長寬高多少，那都是有講究的。何況喪葬習俗本就複雜，避回煞、燒紙錢、看風水……而眼前的棺材很是簡陋，一看就是隨意伐木製作而成的，裝殮後就被草草埋了。墓址選得隨意，墓碑刻得潦草，也就更加不易辨別墓主人的身分了。

韓姜用鏟子的另一端將棺材輕輕撬起，「嘎吱」幾聲，崩開了。

一陣濃烈的屍臭傳來，夏乾下意識地後退，用袖子遮住鼻子和眼睛。卻想，這麼遮擋著眼鼻終究不是辦法，按照猜畫的要求，是要將仙女的骨頭帶回去的，自己這麼遮擋著，莫非讓韓姜去做這種事？

夏乾果斷一甩袖子，看向前方，卻見韓姜臉色蒼白，一動不動地望著棺材裡面。

他心裡一陣涼意，正欲上前，她卻搖頭道：「不要過來了，不是。」

「不是？什麼意思？」

韓姜指著棺材道：「棺中屍骨是男的。這下糟了……」

夏乾不甘心，提燈小跑著上前看，但是他剛剛瞥了一眼，便忍不住往後退開。

韓姜臉色不佳，無奈道：「都說了讓你別過來。我看這屍骨是男子，而且像是老人的，腿骨折斷，估摸死於骨折。普通骨折不礙事，不過換作老人，可能就是要了命的病症。我們隨意挖了人家的棺材，真的是……」

「妳為何連這些都懂？」夏乾一邊乾嘔，一邊難以置信地看著韓姜。「妳到底是幹什——」

「總之，我們現在的處境很是糟糕。周圍太黑，天也不寒，我們搜索一圈，若是無果，只得日後再來。」

韓姜拍拍身上的土，剛要站起，往棺材旁邊一瞟，卻突然快速挖掘起來。她動作極快，手腳麻利，片刻之後，突然一聲驚呼，大笑起來。

「挖到了？真的在這兒？」夏乾驚喜道。

「陳釀！棺材旁邊陪葬的酒！」韓姜趕緊把罈子拉出來，一張臉高興得通紅。

「太好啦！」

夏乾哭笑不得。韓姜快速地站起，抱著罈子，二話不說，麻利地向出口走去。夏乾稀裡糊塗地跟著韓姜走。「妳拿了酒，我們這就走了？那之後怎麼辦？再來一趟？我不想再來了。」

「有酒就不錯了。」韓姜指了指天空，只見原本明亮的夜空漸漸被雲籠罩，月色逐漸朦朧。

夏乾一怔，道：「要下雪？」

「下雪不怕，只怕是暴風雪。如今天候若要突變，我也不知如何是好。若是風大，我們乘冰舟行進也是有危險的。如果現在走，可能途中遇到風雪；不走，萬一下得太大，我們會在這裡困上數日。」

夏乾瞧了瞧四周。「困就困，渴不死、餓不死。」

韓姜搖頭。「誰來救援？你來這裡和你家人說過沒有？看你的樣子，肯定沒說。若是讓你涉險，就是我的不是。」

她此話一出，夏乾突然產生了一種想法。這位韓姑娘興許是個武藝高強之人，被他爹夏松遠雇來看著自己，又答應他爹不能被他發現。夏乾覺得這個想法異常切合實際，但是心裡忽然有些難受。

韓姜奇怪地看了他一眼。夏乾轉移話題道：「不會有事的，我們找一圈再說。剛剛那墓裡究竟是誰？」

「不知道。看那樹上所刻之詩，再看屋裡的陳設，這裡至少住了一男一女。若是夫妻，死後說不定會合葬。」

「對。」夏乾點點頭。

「方才所見老人屍體，已經入殮下葬，老人死的時候是有旁人在的。根據屋內情況，有對夫妻曾經生活在島上。那個老人的身分只有兩種可能，要麼他是丈夫，要麼他不是。若他是丈夫，他死後妻子埋葬了他，按照年齡，此時兩人年事已高，棺材應當是早早備好的。那最後妻子去了何處？」

夏乾一頭霧水。「那長青王爺怎麼回事？相傳他在島上成親了，若那對夫妻中的丈夫是長青王爺，那個老人的屍骨難道不是長青？」

韓姜搖頭。「我猜這老人不是長青。長青王爺活到如今才算是個老人，可這位老人下葬的時間更早。」

夏乾覺得韓姜的猜測有些道理，長青活到今天也才是個老人。不過，六十歲的老人屍骨和八十歲的老人屍骨，誰能分得清？何時下葬，誰能知道？

而韓姜似乎明白他心中的疑問，對他道：「這一點我不會弄錯的，剛才那個墓至少存在了幾十年。」

「咱們還是快些離開這裡，我回去問問廂泉。」

二人走了兩圈，草叢、樹叢全都翻了一遍，卻不曾看到任何墳墓。待二人走到樹下，夏乾瞅了一眼情詩，又看了一眼不遠處的洞口，忽然不動了。

「若島上住了一對夫妻，埋著的老人不是丈夫，而是島上的第三人。那丈夫和妻子的屍骨會去哪兒？」

「不知道。」韓姜搖頭。

「如果……我是說如果，」夏乾有點激動。「如果真的像瘋婆婆說的，長青王爺在二十一年之後出了島，那是為什麼？仙女會不會只是個凡人？她去世了，長青才想辦法離開？那他臨走之前會做什麼？若是仙女的屍骨還在島上，妳說，會在哪兒？」

韓姜吃驚地看了看夏乾，又看了看大樹。

「碰碰運氣吧！韓姜，推想有時候反而不如我的預感準確呢！」夏乾激動地指了指樹下。

韓姜抬頭瞧著這棵樹，樹葉並未完全凋零，枝幹粗大，扎根很深。若是真的在這樹下挖掘，費的可不是一時半會兒的功夫。

「我猜就埋在樹下。有的人刻墓誌銘喜歡用詩歌，何況此樹甚是粗大，吸了養分，樹下定有埋屍。」夏乾走上前去，用腳踩了踩土地，繞了樹一圈。

「就從此處挖！」夏乾隨便一指。

韓姜覺得此舉不妥。她從懷中掏出一個小巧的沙漏，搖了搖。「我們登島至今已經過了兩個半時辰，眼看要變天，我們還是速速離開為妙。」

夏乾勸道：「淺挖一下，不礙事的。若是真的遇上風雪，我們如今出去，只怕不到雁城碼頭便要遇上了。我運氣一向好得很，所以……」

見他賊心不改，韓姜有些不悅，卻沒說任何反對之言。她掏了鏟子分給他，自己選了一處蹲下，默默挖著。

烏雲遮月，嗚嗚風聲不絕。剛剛下鏟，夏乾便聽見這風聲，抬頭看了一眼方寸天空。山間氣候變幻莫測，非常人可預測。他突然覺得自己此舉真的太過不合時宜，如若自己一人在此，挖屍骨也就挖了，等風雪也就等了，可他如今不是一人，若出了事，他自己還好，韓姜怎麼辦？

他立即收了鏟子，走到韓姜身邊拉她。「不挖了，走。」

他這一陣兩火的勁，換了誰，誰都受不了。但韓姜沒動，突然狠狠挖了兩下土。

夏乾以為她生氣了，趕緊愧疚道：「是我不對，我不該——」

話未說完，卻見韓姜臉色一下變得蒼白。她呆呆地看著土，又看了夏乾一眼，低聲道：「真有。」

「有什麼？」

「樹底下……真的有。」

夏乾愣住，覺得有些好笑。「怎麼可能？不是酒了？」

韓姜沒有多說什麼，直接從他手中拿過燈來，單手又挖了幾下。她動作太快，夏乾看都看不清楚，轉眼間，一塊骨頭竟從土中露了頭。夏乾湊近些瞧，卻被韓姜推開了。她見骨頭露出，並沒有直接伸手去拿，而是小心地將四周的土清掉，從懷中拿出一塊布來將屍骨包上。隨著她包袱的打開，一陣草香味飄散出來。這是韓姜身上的味道，也是她包袱的味道。

韓姜將骨頭取出包好，舉在手裡，衝夏乾晃了晃，臉上詫異之色不減。「是女性盆骨。樹下應當有整副人骨，哪想到我一鏟子就挖到盆骨！何等幸運！」

夏乾愣了半晌。他方才說屍骨存於樹下，實乃臆測，甚至是胡言。他沒想到韓姜這麼聽話，真的去挖，更加沒想到真的能挖到。

韓姜難以掩飾臉上的驚喜之情，站起身來，伸手拍了拍包袱，激動道：「盆骨就是盆骨，不管夢華樓的管事究竟有什麼通天本事來檢驗它是不是那個『仙女』的，我覺得，我們可以交差了。夏乾，我這輩子都沒交過這等好運！」

她的眼眸亮了一些，抱著酒罈子咧嘴笑著。

夏乾的心也跟著明朗起來。「我的運氣好，因為好事做得多，積大德！我們現在是要打道回府？」

韓姜應了一聲，便走在前面。不久之後，兩人走到了洞口處，這才發現那裡有一棵紅梅。

夏乾摘了兩朵，一朵放在袖子裡，一朵遞給韓姜。「這裡沒有柳樹，我們折個梅花，就當離別了。」

韓姜接過，把它別在頭上。二人都很是開心，下意識地轉過身去，見烏雲已經遮住了明月。樹、霧氣、幽幽的石壁，似乎從未被人叨擾過，然而叨擾之人將要離去了。

夏乾沒見過什麼好景致，卻也覺得眼前之景彌足珍貴，突然覺得有點捨不得。

「我們不會再來了？」

他轉頭看向韓姜，想得到她的一些回應。她就站在離他不遠的地方，可是霧氣和水氣太濃了，濃得就像是浸透了冷氣的雲層，她在雲裡，他卻在地上。

「應當是不會來了。」她衝那棵大樹揮了揮手，又朝紅梅告了別。

夏乾也揮手離別，再也沒有回頭，鑽入了狹小的洞口。在這個狹小的通道裡，已經能聽聞陣陣水聲。各懷心事的二人沉默著結束了這段奇異的旅程，待他們蹚水出洞，迎接他們的依舊是「包公」、「尉遲恭」和「秦叔寶」黑黝黝的影子。夜色並未散去，抑或說烏雲太過厚重，連整片夜幕都被包裹在它的巨掌之下，唯有陣陣陰風從它的指尖流出，擊打在疲憊不堪的二人身上。

積雪從樹上簌簌落下，夜靜風動，腳下的積雪咯吱作響。夏乾撕下自己的衣衫繫在洞口樹上，做了個標記。

韓姜獨自一人在前面走著，她走得不快不慢，像是走慣了夜路。她的身影就像一顆星星從林子中悄然劃過。

夏乾怕她走得太快摔了跤，趕緊走上前去，提起了燈，替她將路照得更亮一些。

燈火微亮，韓姜停住了腳步，扭頭看了看他。「你怎麼知道屍骨在樹下？」

「猜的。」夏乾答得坦誠，繞到了韓姜的前面去帶路。「我只當自己是長青王爺，若我有結髮妻子，兩人居住於此，本應該快樂一生、白首不離，她卻早早死去，留我孤獨一人。她死了……我是無論如何都不願接受的。我絕不會將她火葬，也不願入棺。在最美的地方，有山、有水、有常青樹，我會為她在樹上刻上一首詩，直到樹枯死，詩也會隨著枝葉落入地下。」

他說完這一長串，覺得自己有些傻。

韓姜卻在他背後說了句：「挺好的。」

「什麼挺好的？」

「你的處世方法與很多人不同。我在遇到難事的時候，依靠的是以往經驗，觀察周遭環境，爭取把事情做得滴水不漏。換言之，我會先想事，而你卻先想人，即便這個『人』是死去的人。」

韓姜的這番話有些莫名其妙。夏乾走在前頭，分不清她這話的含意，卻聽韓姜道：「並無他意，只是覺得你這樣很好。」

夏乾覺得她在誇自己，有些開心了。「妳這樣也挺好的，考慮周全，這點有些像廂泉，但妳比他可愛多了。」

大半夜，他用「可愛多了」來形容剛認識沒幾天的姑娘，卻並未覺得不合禮數。

韓姜哪裡在乎這些，也沒有覺得不妥，笑道：「你那位朋友很有名，我沒見過，不過我猜，他不會是一個『不可愛』的人。作奸犯科之事一直都存在，他只是一個算命先生，卻偏偏願意去管。這不單單是有正義，至少還有一副熱心腸。」

夏乾點頭。「那個吹雪，牠是廂泉在大冬天撿的小貓，一直帶在身邊。廂泉一個大男人帶著一隻小白貓，在中原各地到處遊蕩，照這樣下去，說不定他以後一年撿一隻，最後帶著一堆阿貓阿狗……」

兩人笑了一陣，夏乾又開始胡亂說話，腳下也胡亂地走，一腳踢到一顆石子，似乎是他來時就踢過的那顆。

韓姜一把拉住他。「咱們小心走偏了，烏雲太濃，北斗七星被遮住了。」

韓姜從包袱中掏出司南，擺弄幾下，懊惱道：「忘了，附近有磁石，司南用不得。」韓姜有些焦急。「我們只得順著記憶走，要摸出去應該不難，只是時間問題。腳程快些，只怕天候突變。」

二人提燈在樹林與山影之間徘徊，腳下所踏之地異常崎嶇，因為人跡罕至之故，這山間並無道路，唯有樹林與樹林之間的空隙方可落腳。夏乾想扶住韓姜，怕她摔倒，猶豫半天，卻怕跌倒的是自己，這一牽一拉反倒連累她。

二人低頭前行，一路少言。果然，這一路上夏乾踩空了好幾次，韓姜倒是走得很平穩。

走了一會兒，二人都疲憊不堪，卻似在山林間打轉。

「迷路了？」夏乾擦了擦汗。

韓姜提起沙漏，又瞧了瞧天空，焦急道：「似乎是迷路了。若是風雪真的來了，我們只能返回山洞逗留一夜了。就怕天候寒冷，我們支撐不了多久。」

她說得很淡然，實則很悲觀。

「不會的。」夏乾只說了這一句，便停下腳步。

「你在做什麼？」

「噓！」

他閉起眼睛，聽見風吹樹葉的聲音，也聽到水流擊石的聲音。那些聲音很是微弱，微弱到耳不可聞，但是他卻聽到了。漸漸地，樹木稀疏，風越發急了，也傳來水聲陣陣。二人認出這正是他們來時的路，大喜過望，立即跑到水流邊上去尋冰舟，卻見冰舟裂成大小不一的三塊。

韓姜臉色頓時變得蒼白。「好端端的冰舟為何會裂？莫不是有人跟著我們？」

「有人跟著？」夏乾覺得脊背發涼，望向四周，除了兩山無言相望，便是茂密樹林，並無半點人影，更無人聲。

韓姜立即蹲下，短暫查看一番，用手比了比大小。

夏乾在一旁，單單是目測，便覺得冰舟載人能力已經大不如前。「妳還有釘子嗎？把三塊冰塊連起來，船槳還在，咱們可以快點划回去。」

韓姜拿出了釘子與線道：「舟破裂是因釘子所致，風太大，扯裂了。不知我們能否安全到達岸邊……最小的一塊冰恐怕放不下任何東西。我們以釘與線連接剩下兩塊渡回去，實在不行，就將行李全部丟掉。」

夏乾催促韓姜跳上大冰塊，自己跳上中等的，隨後以繩子相牽。冰舟離岸，夏乾划得謹慎快速，心卻提到了嗓子眼。

「會沒事的。」夏乾心裡害怕，嘴上卻安慰著韓姜。「如果下了暴風雪，我們一見岸邊就盡量靠上去，會比來的時候快很多。」

韓姜沒有言語。地圖在她這裡，上面有明顯標記，雁城碼頭就是靠岸的最短路程，是陸路的盡頭。只要到達雁城碼頭，便可用雙腳踏上堅實的土地。如果他們逢島靠岸，反而會有碰觸暗礁的風險。即便登島，冰舟毀滅，待人救援，在暴風雪的天氣裡，他們也難挨過幾夜。

風越來越大。靠近山體之處的水溫似乎高一些，冰塊化得快，如今行舟片刻，水溫驟降。然而驟降的不僅僅是水溫，他們感受到了越發凜冽的寒風，甚至也看到了夜幕中翻滾的烏雲。

夏乾單手划著，嘴裡安慰韓姜，卻從懷中掏出整張羊皮；韓姜則掏出了狼糞和燧石，準備求救。

「我們就快到了，妳再看一眼這些山，挺美，以後可就來不了了，也沒有我這種船夫了。」夏乾有些緊張，都不知道自己胡說了些什麼。但他不是因為漫天的烏雲而緊張，也並不感到害怕，只是怕韓姜害怕。

韓姜迅速從他身邊拿了狼煙點燃，抬頭看了一眼被風吹散的煙霧，卻發現煙霧太少，夜太黑，根本無人看得見。

風聲捲過二人的耳畔，水聲則淹沒在這巨大的風聲裡。冰舟開始搖晃，韓姜快速將她的包袱扔入水中，沒說一句話。

「包袱別要了！」夏乾扭頭想安慰她，卻發現韓姜腳下的冰沉得厲害，比自己這塊吃水更深。他很是震驚，卻更加手足無措，只得迎著風雪大聲道：「妳吹羊皮筏子吧！我划快些，就快到了！」

夏乾的聲音被裹在風聲裡，一下子消散了。他張口閉口都是涼氣，索性閉起嘴巴，奮力划起船來，臉凍得通紅。

新剝下來的羊皮味道很不好聞，散發著惡臭，韓姜沒有多說一句話，甚至連眉頭都沒皺一下。只是，她奮力吹了數下之後，卻發現徒勞無功。

「有地方漏氣！」韓姜檢查了羊皮，臉色發白。這句幾乎不含感情的話語，卻道出了比湖水更加冰冷的事實。

夏乾難以置信地轉身，按捺不住驚恐。「怎麼可能？」他眼前浮現了那家掛著

「仁」、「義」、「德」、「信」的店，這幾個字真是無比諷刺。

「別慌。做羊皮筏子的時候，整張羊皮不容易被剝下來，來這裡之前，應該事先吹起看看。但你別難過，我不是怪你不謹慎，夏乾……可如今什麼都晚了。」

韓姜坐在冰舟上，頭髮被吹得凌亂，髮帶上的那朵紅梅脆弱不堪，像是隨時要被風吹走一樣。水已經漫上了冰舟，打濕了她的腳面。

「我只問你幾句話。」韓姜的聲音很冷，不像是問，更像是哀涼的陳述。「你怕死嗎？」

她本以為夏乾會回答「怕」或「不怕」，但夏乾沒有立即開口。就在這短短的時間裡，夏乾心中五味雜陳，驚慌、自責，隨後卻變得鎮定且接受了眼前事實。

夏乾說道：「我不會死。」

「萬一呢？」

「沒有萬一。妳不會死，我也不會死！」

「距離實在太遠，水會漫過來……」

她的聲音弱下去，夏乾划水的速度更快了。自從上冰舟之後，他的聲音第一次顯出焦慮，卻也顯得決絕。他音調很高，像是一定要把這些話迎著風喊出來。「這次出行是我準備不周，羊皮的事我無法彌補。這都是我的錯，對不起！可我現在沒時間後悔。划得越快，存活機會就越大，我們絕不能死在這兒！」

他最後一句話幾乎是嘶吼出來的。韓姜無言，點燈看圖，他們現在約莫走了行程的一半。

她重重嘆了一口氣。夏乾還在奮力划著。

她突然明白夏乾比她強在何處了。一來心寬，太過樂觀；二來求生欲望太強烈，根本不相信自己會遇難。夏乾這個人，倘若被人推下懸崖，即便被告知懸崖太險，一旦墜落無法生還，他還是不會相信這套鬼話，而會攀住石頭，一步步爬上來，可能只是為了把推他的人拽出來揍上一頓。

這些事想來可笑，但這很可能是夏乾一直幸運的原因。只是，她卻沒有這麼強的信念。

湖水漸漸漫上來，韓姜的鞋子濕透了。她迅速脫掉棉衣，對夏乾喊道：「脫掉你身上的狐裘，快！」

夏乾聞言立即脫掉，甚至將棉衣也脫掉，扔進水裡。陰風陣陣，他覺得寒冷徹骨，卻仍然速度不減地划著。韓姜開始將雙手伸進冰冷的水裡，用最簡單卻最笨的辦法撥水，促使行舟快些。

夏乾忽然覺得雁城碼頭是那麼遙遠。來的時候覺得轉瞬即到，此時卻覺得自己站在一片秋日落葉上，飄忽不定，似要隨時被浪打翻。

「妳……妳會游泳嗎？若是能看到對岸，換作夏天，我覺得我沒準可以游過去。」夏乾此言有點心虛。

「我也差不多。」

夏乾背對著韓姜，只覺得韓姜此言甚是猶豫，他安慰道：「妳別著急，也許我們連水都不用沾就到了。」

「水快漫上來了，我們應該扔點什麼下去，否則我們……都會死。」

就在寒風之中，他們感到頭上有一絲涼意，這股涼意很快流遍了他的全身。

「下雪了。」韓姜的聲音從他背後發出來，有些抖。

夏乾奮力划著，凍得沒力氣言語。

韓姜突然從後面冒了出來，將包好的骨頭塞到夏乾懷裡，之後又縮回夏乾身後去。「我的棉衣扔到水裡了，懷中沒地方放骨頭，你先帶著。快到逐鹿島了，暗礁多，未必不能靠岸，還能游過去的話，上岸再說。」

突然被塞了一塊人骨入懷，夏乾此刻卻顧不得這些，他的腦子已經一片空白。

「你會怪我嗎？」身後的韓姜問了他一句，顯然是自責。

夏乾覺得這句話簡直可笑，他想都沒想就喊道：「不會，這不能怪妳，本來就不是妳的錯！」

這是夏乾迄今為止說得最大聲的一句。在暴風雪的夜裡，好像風雪、蒼山和水流都聽到了這句話。

韓姜停止了划水，用凍得發紫的雙手抱緊了雙臂。大雪瘋狂地打在她的身上，雪水浸透了單薄的衣衫，但她好像並不覺得冷。她做好了準備，慢慢閉上了眼睛，又突然睜開來。

夏乾還在拚命地划著，他覺得自己的手被凍在了槳上，卻聽得身後人一聲驚呼——

「地圖被吹走了！」

「什麼？」夏乾趕緊扭頭，卻見韓姜叫喊著，指著船頭。「快！飛在前頭的水裡！你伸手應該搆得到！」

夏乾拎起燈就往前面的水裡瞧。只見水流湍急，黑乎乎一片，什麼都瞧不見。他焦急地低頭搜索，頭都快搆到水面了。

「我看不見，在哪兒——」

然而他的話並未說完，只覺得背後被人狠狠一推，他連驚呼一聲都來不及，整個人一下子滾入了冰冷的水裡！

水流如猛獸，瞬間將他吞得乾淨。韓姜看著他跌下去的身影，用凍僵的手提燈放在冰舟前頭。

夏乾還沒明白發生了什麼事，風雪聲一下子就在他的耳畔消失了，世界安靜了，他的耳畔全是水聲。

他沒來得及吸氣，也沒來得及做任何準備。冰冷的河水如猛獸，已經將他含在巨口之中。夏乾在水中閉目掙扎，就像是巨獸口中的食物殘渣，不斷地在利齒之下翻滾。

夏乾使盡全身的力氣向水面游去，他的腦中已然空白一片，掙扎成了他僅剩的一種自救本能。很快，他慢慢向上浮了起來。這得益於他本身良好的水性，也是因為他在之前就脫掉了棉衣。若不是如此，他在落水瞬間便會因為棉衣吸水變重，而被水流迅速拉入湖底。

游了幾下，他順利地冒出水面來。他貪婪地呼吸了幾口空氣，漫天雪花打在臉上，冷風如刀割，但他第一次感到暴風雪的夜空也這麼美，冰冷的空氣滿是甘甜。

但是麻煩也來了。夏乾清楚地知道，他不可能這樣游回雁城碼頭。在暴風雪天游泳回去，比登天還難，他是做不到的，沒有舟，他只會死在半路。

水淹沒他的後背，拍打他的四肢。夏乾覺得越發寒冷。他知道自己應該迅速靠岸，若是像秋葉一般浮在水面上，只怕難以生還。然而他身處湖心，只走了全程的一半多。黑夜漫漫，他游在水上也根本無法辨別方向。

可是，他究竟是如何落水的？

其實，怎麼落的水，夏乾心裡清楚得很，但是他極度不願去回想。

夫妻本是同林鳥，大難臨頭各自飛。何況只是認識幾日、連朋友都算不上的兩人。當兩塊冰舟漸漸沉沒，不可能再乘載兩人時，只要推下一人，剩下的那一人便可倚靠兩塊浮冰存活。夏乾很清楚，在生死之際，又有幾人經得住這種考驗？死亡的恐懼和生存的誘惑，足以讓韓姜在無人之地，對自己悄然下手。

這一推，為己便罷，於夏乾而言卻無異於謀殺。夏乾依稀記得她在落水前曾說過：「快到逐鹿島了，雖有暗礁，未必不能游過去。」大概是良心不安，特地說給他聽的？但夏乾冷靜想想，從落水到如今不過片刻光景，若是韓姜真的推他入水，她和冰舟定然還沒走遠。

風聲、雪聲以及滔滔水聲不絕，而夏乾的身後除了黑漆漆的河水之外，似乎什麼都沒有。

忽然，他看到了一盞燈。

這盞燈浮在風雪之中，若隱若現，卻離他不遠，就像是漂浮在水面上，又漂浮在雪夜裡。夏乾抬手抹去眼前的雪花，只見那燈不在別處，正在冰舟上。

冰舟上卻空無一人。

簡直是如有神助！夏乾連詫異的時間都沒有，在水中一個翻轉，以極快的速度游向冰舟。待他艱難地爬了上去，顧不上出水之寒，只覺得心中一陣狂喜。

冰舟上有一盞燈，燈下是一份地圖，地圖旁的槳正老老實實地躺在冰舟邊上。

他提燈看圖，發現僅剩下三成的路程，繼續向前行，便可到達雁城碼頭。這冰舟若只載他一人，還是可以前進的。可是韓姜呢？難道她划著冰舟，卻不慎落水了？

風雪不減，周遭只有風雪聲，夜晚安靜得可怕。

天寒地凍，大雪紛飛，燈火在冰舟上，顯得孤寂卻溫暖。

大雪不住地打在夏乾臉上，覆了薄薄一層。路途只剩下三成，夏乾卻突然慌了，心裡沒來由地感受到了一種巨大悲痛。他回想著韓姜之前的種種言行，突然明白了。

他明白了為什麼冰舟好好地在這裡，也明白了為什麼地圖、槳，甚至仙女骨頭都在他這裡。韓姜根本不是勸夏乾游到逐鹿島去，而是她自己要游過去，她怕夏乾不聽勸，所以先推他下水！

夏乾心裡一驚，看了看周圍死寂一樣的水面，沒有任何猶豫，一個猛子就重新扎入了水裡。風雪聲再一次從耳畔消失了，這一次他吸足了氣，睜大了眼，卻覺得眼下只是黑漆漆一片，什麼都看不到。夏乾第一次感到這麼驚慌，就好像他肺裡的全部空氣都要被生生榨出去了。他抬頭換氣，另一隻手拉過冰舟——他要藉著這盞燈的光找到韓姜，哪怕燈光再弱，也多少有些光亮。

他游著游著，時不時地抬頭換氣，卻越發絕望。水下除了黑暗便是黑暗，無聲、無人。夏乾連寒冷都感受不到，第一次感到自己如此無能，也感到極度恐懼。在吳村的密室裡，他的腳被卡住，怪物就在他的身後，但那時的恐懼還不及此時一分。

突然，藉著冰舟上的燈光，他看到水下有一朵紅色的梅花。

梅花在黑暗的湖中綻開，像是一朵小小火焰。它從湖底慢慢浮上來，在湖水裡安靜地舒展它的身子，就好像在貪戀湖上的一點點燈光，非要掙脫黑暗浮上來，尋著這點光，再呼吸一口空氣。

這是韓姜出洞之前別在頭上的紅梅。

夏乾一把抓住了它，猛地撒開冰舟，一下子潛了下去。

第八章　巧遇故人

不知過了多久，風雪驟停。

夏乾從水底猛地鑽出，將韓姜拖到了冰舟上。韓姜側過頭將水吐了出來，人卻似乎昏迷了。夏乾一探，發現她額頭發燙，呼吸也微弱。

冰舟是兩塊浮冰拼湊而成，此刻冰化得厲害，夏乾已經無法登上冰舟了，只得抱著冰舟尾部在水中游動，靠自己手臂的力量控制方向。他的身體浸沒在水中，水下的暗礁剮蹭著他的血肉。下過暴風雪的湖水究竟有多冷，只有置身其中的夏乾知曉。

他能辨別大致的方向，卻不敢再看地圖了。他怕自己看見的是遙遠的水路。從落水處到雁城碼頭，行舟不需要太久，然而卻是他想都不敢想的距離。

夏乾現在腦子已經木然了，他只知道划水游泳，也忘記了他方才是有多幸運，又是費了多大的力氣才將韓姜拖上來。就算是推，也要把她推回雁城碼頭！

不知過了多久，烏雲散去，夏乾似乎出現了幻象，好像看到了雁城碼頭的燈光。近了，更近了。

真的是雁城碼頭！夏乾繼續划水，巨大的勞累感讓他幾乎喪失所有感知，只是一味重複動作。

就在此時，一個巨大的、黑色的物品飛了過來，如一隻想捕魚的水鳥一樣，迅猛地扎入水面。

夏乾扭頭一看，是一隻吹脹了的羊皮筏子。他嘴唇都凍紫了，也不知這羊皮筏子是怎麼來的，沒有片刻遲疑，整個人撲了上去。這東西對他來說太過重要，他的雙手已經沒有知覺了，羊皮筏子可以承載他身體大部分的重量。他拖著冰舟划水行進，直到雁城碼頭的燈光變得越來越明亮，卻不知是因為疲累，抑或是被水花糊了雙眼，他的視線逐漸變得模糊起來。

雁城碼頭的燈近了，燈下數丈以外卻隱隱約約有一團黑影。

夏乾划著水，直到他的雙手摸到了碼頭的破舊甲板。他迅速將韓姜背起，奮力爬上甲板。在雁城碼頭高懸的燈籠下，他大口大口地呼吸著混著水氣的空氣，感覺到了從未有過的激動和幸福。

就在此時，不遠處的樹林傳來沙沙聲。一夥人正慢悠悠地朝這邊走來，接著，一個惹人生厭的聲音傳來——

「呵，我就知道你命大。」

這古怪腔調帶著幾分怨氣，也帶著嘲諷和盛氣凌人的意味。夏乾聞聲抬頭，有些驚愕。

是陸顯仁。他正滿臉喜色地看著自己。

陸顯仁臉上的瘀青已退，容光煥發，穿著一身厚厚的棉服，正在岸上看好戲呢！他身後則跟著八個彪形大漢，每個人都有一把明晃晃的刀。

夏乾整個人如泥一般癱在碼頭甲板上，抬頭都很是艱難。他游了太久，渾身無力，手腳因泡水太久，早已凍得腫脹而僵硬，額頭卻發燙。本以為上岸之後就會昏過去，可如今令他萬萬沒想到的是……最不該出現的人出現了。

陸顯仁慢慢挪動著雙腳，輕蔑地朝下看去。「狗一樣地趴著，要不要叫兩聲？」

陸顯仁語畢，身後的家丁哈哈大笑起來。

夏乾渾身無力，血氣卻上湧，牙縫裡憋出一句：「小畜生被打得鼻青臉腫，如今你爹捨得放你出籠啦？」

陸顯仁氣得眉頭一緊，本見夏乾虛弱不堪，沒想到卻會回這麼一句。他帶著惱色，忍了忍，終是笑道：「還嘴硬？你也有今日啊！我們有仇報仇，有冤報冤！」

他這如戲文臺詞一般的蠢話也不知是從哪兒聽來的，讓夏乾聽得生氣。夏乾不肯服這個軟，本想還嘴，卻見陸顯仁慢慢走到韓姜身邊，以輕蔑之態瞅了瞅她。

夏乾罵道：「滾開！」

陸顯仁瞥了他一眼，順手抄起家丁的佩刀，輕輕彈了彈。在雁城碼頭唯一一盞燈的照耀下，刀閃出陣陣寒光，比夜裡的湖水更加寒涼。

「我今日不是來找你算帳的。」陸顯仁蒼白的臉上泛起笑容，那笑容怪異至極，帶著幾分陰毒。「我是來送你上路的，包括她。就是她在除夕夜打傷了我，我可是認得她這柄刀。」

雪花漸疏，空氣凝結。陸顯仁的聲音很輕，說的話卻很清楚。一抹怨毒從他眼中閃過，帶著比空氣更凜冽的寒意，如刀一般直接落到夏乾身上。

夏乾心裡閃過一絲詫異，富家子弟打架鬧事是常有的事，他無論如何都想不到陸顯仁真的會草菅人命。

姓陸的卻哈哈大笑起來，徑直走到夏乾邊上，輕聲問道：「怕了？」

他的話真的讓夏乾氣憤，若是按照以往，夏乾定然二話不說，狠狠罵回去。可眼下對方人多勢眾，而且他身邊……還有韓姜。

若是凶多吉少，至少也放了她呀！夏乾第一次這麼猶豫，目光落在韓姜身上。

陸顯仁察覺到夏乾的顧慮，冷笑了下，內心洋溢著激動和一種古怪的快樂。今日的說辭，他反覆琢磨許久了，特地提高了嗓音，說得慢吞吞的：「要放她，可以。」

這五個字他說得擲地有聲，開心不已，就好像每一個字都打了夏乾一個耳光。還不等夏乾還嘴，他便一腳踹向夏乾的胸口。

他這一腳踹得不輕。夏乾只覺得胸前一陣劇痛，真是痛到了骨子裡。可是他一聲都沒吭，不想助長陸顯仁的囂張氣焰。他挨了一腳，卻更加清醒了，如今的情形於他們不利，比落入水中更加可怕。河水雖然無情，而陸顯仁卻是想要他的命。

天子腳下，真的有人目無王法。夏乾以前從來不信，但是這一刻他信了。

他胡思亂想，想與陸顯仁周旋，看看是不是可以挽回劣勢，可是陸顯仁根本不聽他說話，一拳打在他的臉上。夏乾的鼻子一下子出了血。

「其實我沒有必要殺你。」陸顯仁喘著氣，揪住了夏乾的領子，輕聲咬牙道：「你也沒怎麼惹我，但我就是看你不順眼。」

也不知陸顯仁突然想起了什麼，眉頭舒展，一下子鬆開了他。

夏乾這時候完全趴在地上，鮮血流入眼眶。他視線模糊，但是覺得陸顯仁起身了……這是要動刀子了？

然而陸顯仁只是伸出了腿，想給韓姜一腳。

夏乾萬萬沒想到他是要去踢韓姜，立刻伸出手去拉住他的褲腿，奮力拖住他的小腿和膝蓋。

陸顯仁沒站穩，狠狠地跌在地上。

他的家丁們迅速上前來扶住自家主子。夏乾卻用盡最後一點力氣，背起韓姜重新跳下水去，他將韓姜拖上吹脹的羊皮，讓她上半身躺穩，自己轉身推著她游離碼頭。可游到哪兒去呢？去逐鹿島？可是地圖呢？他不知道，但他清楚自己不能死在陸顯仁手裡，若是他今日真的難逃一劫，他寧願死無全屍地葬在百里湖水之中。

「他們跑了！給我把他們弄上來，否則養你們這群吃白飯的做什麼？」陸顯仁坐在地上吼道，雙目泛紅，指著冰湖就想讓人拉他們上來。

下人們齊刷刷地跑到湖邊，瞧了瞧湖水，似是畏懼初春水冷，皆是不願下去。其中一人說道：「少爺，他們如今只有沉水的分，我們還是不去了。」

「滾去把他們弄上來！」

「別去了……」

陸顯仁將手中的刀一揚，臉色扭曲。「你去是不去？」

「少爺，」家丁手足無措。「若是用刀將那二人解決，我們倒是不好辦哪！畢竟夏家不好惹。如今這是最好的結果了，讓他們自己沉底，這可不是我們幹的。」

陸顯仁好像還是不解氣。但是在昏暗燈光的照射下，他隱隱看到不遠處，夏乾划水的速度越來越慢，掙扎幾下，像一塊沉重的鐵，慢慢地沉了下去。

「他沉下去了！少爺，成了！那個女的還浮著，估計浮不了多久！咱們這次可幹得漂亮極了！」家丁們在碼頭邊上站成一排，齊刷刷地朝湖裡看著。

他們為陸顯仁做過不少罪惡之事，這一次雙手不沾血，自然高興萬分。

「我在這兒等著，要看著他浮不起來為止。他有今日，也是自作孽。」陸顯仁發出一陣放肆的笑聲。此等良辰美景，彷彿就差一壺酒，人生就很是圓滿了。

他站在湖邊大笑著，緊緊地盯著河水那一抹可憐的波紋。

在這放肆的笑聲之中，夾雜著一聲貓叫，細不可聞，像是從不遠處傳來的。

這些嘍囉打手都在看著湖，可湖邊有人在看著他們。

一陣風吹了過來。

這是一陣怪異的風，它吹過了陸顯仁的頭頂，直直地衝向湖面。

陸顯仁突然感到一陣冷意。他不笑了，只覺得有什麼東西貼著頭皮飛過去了。他呆呆地，伸手朝頭上摸去，卻抓住了一大把掉落的頭髮。

陸顯仁腿一軟，癱倒在地，再抓一把，又抓到一把掉落的頭髮。而在這一瞬間，又一陣冷風吹過去，原本站在湖邊的家丁都慘叫了一聲，竟然齊刷刷地落了水！

前一瞬，這些人還好好地站在岸上，此刻八人竟然同時落水。陸顯仁瞪大眼睛，渾身僵硬，壓根不知道發生了何事，只覺得喉嚨被堵住，叫也叫不出來。

周遭一片死寂，岸上只剩他一人了。時間彷彿停在了此刻，陸顯仁突然感到深入骨髓的懼意，他的頭髮還在唰唰地掉落，整個人像個失魂落魄的瘋子。

剛才是什麼貼著他的頭皮飛過去了？

他驚慌失措，掙扎著想站起來，卻覺得一個冰涼的物品貼上了自己的脖子。陸顯仁已經被剛才詭異的場面嚇怕了，他髮絲散亂，顫抖著舉起雙手。「饒、饒命！是人還是鬼？」

身後的人沒有言語。刀鋒冰涼，緩慢卻更加用力地戳進了陸顯仁的脖子，就像是要將他脖子上的肉一片片割下。殷紅的血從脖子中滲了出來，陸顯仁心中頓時驚懼萬分——來人可能要取自己性命！

他顧不得求饒，狠狠踩了身後人的腳，又反手撥開抵在脖子上的刀。這是他爹教給他的防身絕技。

身後的人吃痛而後退，可是那「刀」卻沒有被彈開，反倒發出了金屬磨擦聲，在燈光照射下閃出一道白光。就在此時，陸顯仁發出一聲慘叫——刀片竟然如同花朵一般綻開來，將陸顯仁的右手割得血肉模糊！

陸顯仁「撲通」一聲跪了地，整個人狼狽不堪。而那身後之人沒有任何猶豫，一下揪起陸顯仁的衣領，狠狠地將他扔上了不遠處一隻毛驢的後背，隨後將手中如刀一般的金屬刺入驢的後臀！

那毛驢被刺以後，也發出一聲慘叫，馱著陸顯仁，飛一樣地衝入不遠處的密林之中。人的慘叫、驢的慘叫混在一起，一人一驢竟然就這樣消失在林子裡。

此時，跌入湖中的下人紛紛爬了上來，刀具皆已掉入湖中，他們見到眼前一幕，都傻了眼。

「少爺！」

他們只叫了這一聲，便看見了毛驢絕塵而去的背影，也看到了地上斑斑血跡。

雁城碼頭明晃晃的燈下，站著一個人。

是易廂泉。他一身白衣，手上、衣上都是血跡。他站在八人面前如同鬼魅，收起沾著血的扇子，面色比冬日寒冰更加寒冷。

所有的家丁都沒敢說話。

「驢子受驚逃竄，那廝失血過多，若是現在不去尋人，只怕他會沒命。」

這些家丁看著他，真的像是見了鬼一樣。他們心底也知道，若是公子出了事，自己性命難保，所以只猶豫片刻，便唾罵著跑入林子，沒人敢找易廂泉的麻煩。

而易廂泉說完這句，再無他言。待所有人都走了之後，他轉身，一下子躍入冰冷的湖水裡。

零星雪花飄散在汴京城街頭，深夜的寒涼逐漸散去，空氣裡飄著一絲乾冷清甜的味道。夜場散去，晨市未開，這是汴京城最寂靜的時刻，只聽得車轂轆的聲音在巷子裡迴響。

一輛手推小車進了城門，由幾人推著，七拐八拐地在巷子裡行駛著。車上躺了兩人，渾身濕漉漉的，像是睡得很沉。

木板車滾過街上凸起的小石，「咯噔」一聲，將車上的二人狠狠晃了一下。

夏乾努力地將眼睛睜開一條縫，映入眼簾的是燦爛的星空和高懸的明月。雪停了，烏雲幾乎散盡了。

他側頭摸了摸腰間的孔雀毛，濕漉漉的，竟然還在！他又感到了一股淺淺的、溫熱的氣息，輕輕扭頭，便看見了韓姜的臉。她離他很近很近，雙目緊閉，呼吸平穩了許多。夏乾心中的大石一下落了地——她呼吸這麼平穩，已屬萬幸。

「喲呵，醒了？醒了就知道看姑娘？醒了就自己下來走唄！」

夏乾嚇了一跳，這才發覺推著他們走的人，不是別人，正是今日去雁城碼頭送冰塊的一群大漢。

其中一個瘦高個兒見夏乾醒來，立即停下，粗聲粗氣地說著：「今日真是碰了瘟神，沒錢拿，還要幹苦力。」

走在前方的大漢停了一下，回頭看了一眼，喝斥了那個瘦高個兒，接著一言不發地繼續往前走。

「都送到這兒了，還送嗎？瞅他這東張西望的樣子，身子骨好得很。」

夏乾真是一點勁兒都沒了。他想還嘴，也說不出來什麼。

「到了。」為首的大漢突然停下了。

夏乾瞇眼看了一眼，車子似乎停在了醫館旁邊。

汴京城的醫館比其他各地的醫館不知要好上多少倍。天子腳下，這醫館裡的郎中都多多少少沾點貴氣，不是祖上行醫，就是哪位御醫的親戚或弟子。

然而這些行醫的人收費也貴。窮人看得起病的、口碑好的醫館，汴京城僅有兩家。一家是慕家醫館，而郎中不姓慕，它是北方最大的商戶慕容家注資所建，價格便宜，窮人也看得起病。

另一家，便是這家了。

夏乾抬眼一看，門前燈籠上寫了個大大的「孫」字。他心一緊，怎麼來這兒看病？孫家醫館收費便宜，夜間也開著，據說孫家的郎中醫術高明，但是人也格外古怪。

大漢上前敲門之後，不出片刻，一個丫鬟模樣的女子開了門。夏乾趕緊偷瞄過去，想起了庸城的曲澤，心裡竟然有些愧疚。

大漢低聲道：「姑娘，這兒有兩個病人……」

丫鬟詫異地看了看這七、八個壯漢，又看了看小推車上的人，厲聲問道：「怎麼回事？」這丫鬟脾氣挺差。

「兩人是被救上來的，似乎是溺水後受寒了……」

丫鬟一聽「溺水」二字，便速速上前給二人號脈。片刻，她搖搖頭。「姑娘體弱，抬進來；男的嘛，脈象還算平穩。瞅他這樣子，華衣錦靴，還偷偷亂瞄，命大得很，送回家養著唄！」

大漢看了看小推車，又看了看丫鬟。「只抬姑娘？」

「你又不是不知道我們這兒的規矩。」

夏乾心裡涼了。果然，都說這孫家醫館的郎中賣藥、號脈都是一把好手，而且價格便宜，但是很喜歡挑病人，很少給富人看病。夏乾心裡暗暗叫苦，不由得悶哼一聲，看病就看病，為什麼要分貴賤？

瘦高個兒聽聞，立即踢了手推車一腳。「大哥，這小白臉公子哥真醒了！還哼哼，賴著不走！」

夏乾聽聞，瞪大眼睛想辯駁，卻覺得聲音沙啞。

小丫鬟上前一步，問道：「大半夜的，掉河裡了？」

「差不多掉河裡了。」大漢接話道：「我們本是搬運工，這小公子要冰塊，我們便運去。誰知他錢不夠，我們收了他的匕首以抵工錢，哪知我回家去，在燈下一看是好貨，而且上面鑲嵌的……是紅寶石。」

丫鬟被這一番說辭驚住了。「然後呢？」

大漢搖頭。「我們雖是粗人，但也知道這紅寶石是我們搬幾年冰塊也掙不來的。我娘在一旁見了，大罵我不義，催著我把刀送回去。」大漢頓了頓，繼續說：「我在碼頭站了一陣，覺得冷，就在附近的樹下歇腳喝酒，等著他們回來。哪知突然看見雁城碼頭聚集了一幫人，又打又踹，好像在滋事，似乎還有人落水。打架滋事我們一般是不管的，但是這時節落水可能會鬧出人命。我們上前去，卻聽到一聲驢叫……」

「驢叫？」

大漢點了點頭，瞅著夏乾道：「之後就見一頭驢跑了過來，像是背著一個受傷的人。然後又有一大群家丁一樣的人衝來，我們估摸著雁城碼頭出了事，走過去，就發現一個白衣公子拖著兩個人游上了岸。他渾身都濕了，卻沒有休息，把人交給我們，說自己還有急事要辦，讓我們把人送到醫館。」

天寒地凍，丫鬟故事也聽夠了，便做了個「打住」的手勢，拍了拍夏乾。「知道你醒了，家在哪兒？讓他們送你回去。」

「夏宅，大相國寺一帶。」夏乾好不容易才吐出這幾個字。

瘦高個兒驚呼：「你小子真是夏府的人？那白衣小哥沒騙我們！」

為首的大漢頓了頓，看了夏乾一眼，問道：「要弄死你的人，是不是陸顯仁？」

「對。」

大漢吸了一口氣，沒有作聲。

夏乾頭暈，根本不知道大漢在想些什麼。而丫鬟皺了皺眉，疑惑地問道：「你叫夏乾？」

夏乾心裡一喜，這丫鬟聽過自己大名，也許是要把自己留下看病了。他硬撐著不讓自己昏睡過去，嗯了一聲。

「你可認識易廂泉？」丫鬟眼睛立即瞪大了。「罷了，一定認識。你們等下，我進屋問問孫郎中。」

夏乾一頭霧水躺在車上，一群大漢半夜圍著小推車，此等情形說不出有多怪異。

片刻過後，卻聽得屋內一陣尖銳的女聲傳來。「認識易廂泉的一律不看，讓他自己找人治去！」

這聲音真尖！夏乾一下子被嚇醒了，大漢們也是不敢出聲。

丫鬟急匆匆地跑出來。「你們還是走吧！我家郎中不肯看……」

眾人稀裡糊塗，大漢只得傻傻地將夏乾推走。循著街燈的光，一群人推車回到了夏宅附近。

夏宅大門緊閉，門口正月十五掛的玉製花燈還未摘下，幾個守夜的小廝還在打盹，聽見聲音，連忙睜眼迎上來喊：「少爺！」

眾人將大門打開，手忙腳亂地抬著夏乾。夏乾看了幾個大漢一眼，虛弱地說道：「多謝！」

為首的大漢認真地看著他。「如果你要告發陸顯仁，可以讓我做人證。」

大漢的跟班們連忙勸阻。陸顯仁乃一方惡霸，在汴京城惹事惹慣了，有權有勢，根本沒有人敢告發他，更無人敢出面作證。但大漢似乎很是堅定，眼中似有火焰冒出，良久才慢慢地開了口。

「我今日從碼頭回家，我娘見了刀，連忙問刀是誰的，我說是姓夏的少爺，穿著青袍子，腰間別了一根孔雀毛。她痛罵我一頓，非要讓我回碼頭找你還刀，再賠個不是。她說，她每日在街口賣筍肉包子，辛苦得很，陸顯仁欺負她，你卻總照顧生意。那個瘋了的婆婆是我的姨母，就住在我家隔壁。夏公子，上次那些銀兩也是你留給她的吧？」大漢頓了頓。「人要知恩圖報。」

夏乾怔住了，沒想到汴京城這麼小。

「這些東西你們拿著——」寒露捧了一個盒子出來。

大漢沒有收下，只是接過了寒露遞過來的夏府燈籠。他朝夏乾揮揮手，便和其他人一起離去了。工人們雖然一夜未眠，可推著小車、提著燈，步子卻很是輕快，像完成了重任一樣輕鬆。

夏乾望著他們的背影，突然覺得很感慨。他有很多話想講，卻無力說出來。

夏家的下人將他抬進屋裡的時候，他也很是疑惑，為何自家下人聽了疫病的消息卻沒有連夜收拾包袱離開？但他再也支撐不住，也問不出任何話，昏昏沉沉地睡去了。

就在此時，東邊的天空發白，黑夜散去，五更的梆子響了。

望春樓的人整宿沒有入眠，很多人就直接睡在廳裡，等著官府送東西來。

「我娘不知怎麼樣了？」小廝哭道：「她在門口賣鞋墊，每天接觸的人多，也許染上了病！」

「我娘也是，好想見見她，哪怕知道她下落也好。」幾個年紀小的姑娘也在哭。

門外有了動靜。

「東西來了！是不是東西來了？」望春樓內的人紛紛湧過去，扒著門縫看。

鵝黃讓他們閃開，自己上前去，透過門縫往外看。

昨夜下過雪，街上覆蓋的雪花顯出灰藍的暗色，而東邊的天空逐漸亮了起來。幾個官兵提著燈籠，正在把一擔擔的東西抬過來，似乎有幾缸水，還有草藥和食物，官兵們還在分發。

鵝黃心中重擔放了下來，轉身對大家道：「東西一會兒便來。這一條街有三家妓館、酒肆全部封了，他們興許會一家一家地送進去，會輪到我們的，再等等！」

眾人個個面帶喜色，對親人的思念和牽掛、對疫病的恐慌，似乎在水和食物面前低了一等。不少人焦灼地在大廳徘徊，也有人臥在椅子上養精蓄銳，一句話不說。

大家安靜地等著，等了好久，官兵的腳步聲才又近了。

眾人一下圍攏過去，待門一開，不停地問「門外如何了」、「我們會不會等死」、「我娘在潘樓街賣貨，她怎麼樣了」。

這些話語一直不停歇，官兵一下子亮出刀來，喝道：「統統退後！」

人們不說話了。

官兵抬進來一缸水、兩擔草藥，還有一些吃食，之後便「砰」的一聲關上了門。

眾人一看水，眼睛都亮了，不管不顧地上前飲了起來。鵝黃只喝了一瓢，很快，水缸便空了。

「那些狗官差給這麼點水，怎麼夠喝？」幾個姑娘哭了起來。

青綠哭著上前，問鵝黃道：「掌櫃的，兩天了，水不夠喝，也沒外面的消息，我們還能堅持幾天呀？那些人是不是要我們在這裡等死？」

鵝黃想寬慰她一下，但是哭聲一片，望春樓內的人已經亂了，幾個小廝正在拚命地撞門。

「都安靜！」

鵝黃想喝住大家，但是無人聽她的指令。她自己也覺得嗓子乾痛，不知是因為飲水太少、天氣寒冷的緣故，還是自己也染了疫病？

「等他們走了，我會再去一趟，打些水來。」

「鵝黃姐，」小廝有些沮喪。「那些官兵武藝高強，只怕行不通啊！尤其是那個叫燕什麼的。」

燕以敖。鵝黃眉頭緊皺，她被抓到過一次，若是小心一些，未必還會有第二次。她上次太過衝動，還需要去看守衛的布局、街道的位置，以及……

忽然，一個草藥擔子裡有些動靜。

眾人紛紛回頭看過去，只見一個小姑娘突然從擔子裡探出頭來。她戴著面巾，很是驚恐地看著四周，之後從擔子裡跳出來，跑到了角落裡。

「哪兒來的女孩？」眾人一下都驚了。

女孩窩在角落裡瑟瑟發抖。

鵝黃攔住旁人，率先上前，躬身問道：「妳怎麼在擔子裡？怎麼會來這兒？」

女孩帶著哭腔。「妳不要過來！我娘病死了，沒錢安葬，有人給衛兵塞了錢，又給了我銀子，讓我蹲在擔子裡，過來傳個口信。可是這……這是哪裡呀？」

這女孩不過十一、二歲的樣子，很是害怕。

鵝黃有些警惕。「是誰讓妳來的？」

「城東賣鞋墊的大娘。她不識字，要我給她兒子傳口信，說她還安好，讓他兒子儘早出去，去城郊難民村。」

小廝一聽，一下子哭了。「是我娘！可是我出不去呀！」

鵝黃怕嚇到她，讓所有人退後，自己也退後幾步。「妳不要怕，口信帶到了，說完妳便坐著擔子出去吧！」

有人說道：「鵝黃姐，請神容易送神難。這擔子官兵只怕會查的，這……」

小女孩嗚嗚哭了起來。

鵝黃上前安慰她。「我們一定會送妳出去。」

她哭了一會兒，忽然想起了什麼。「還有，有個矮個子叔叔讓我找人，可是那人叫什麼我不記得了，他說，務必確認她的安危。」

「找誰？」幾個姑娘著急地問。

她像是在思索，急哭了。「我不記得是誰了，那個叔叔叫阿炆。」

其他幾個人議論紛紛。鵝黃卻心中一涼，立刻將小姑娘拉到一邊。

小姑娘急著問：「這是因疫病封了樓嗎？我不知道會來這裡，早知道我就不來了，我不要來這裡——」

「他讓妳說什麼？」

「求求妳送我出去，我不要和我娘一樣——」

「他怎麼樣了？他還活著嗎？」鵝黃死死地抓住她的肩膀。

「還活著。」小姑娘擦了擦眼淚，有些語無倫次了。「他還活著，和那個賣鞋墊的大娘都在城外的難民村裡。他說讓妳確認東西是不是還在。」

「東西？」鵝黃眉頭一皺。「東西都在他那裡呀。」

「洗古什麼，好像沒了……洗古，那是什麼？我不記得了。」女孩抽泣著。「求求妳讓我出去，我不要在這裡，錢都還給妳……」

「犀骨筷？」鵝黃一怔。

「好像是這個名字……」女孩愣愣的。「犀骨筷。」

她將這三個字重複了一遍。

「一直在他那裡，怎麼會沒呢？」鵝黃喃喃一陣，低頭對女孩道：「他是不是被強行帶去難民村的？他屋子裡的東西都沒拿，讓我去確認？是不是這個意思？」

女孩搖搖頭。「不知道，反正我和我娘是被強行帶走的。那個阿炆說，要確認妳是不是安好。讓我確認了之後，躲在擔子裡回去告訴他，萬一落到官差手裡，也不要說這個事。」

鵝黃沒有說話。她從昨夜至今一直沒有休息，沒有吃東西，也才喝了一瓢水，如今面色很是蒼白，努力定了定心神。她低頭看了看眼前的女孩，明白了阿炆的用意。女孩要給小廝送口信，阿炆塞錢借了個東風，即便半途被官差抓到，女孩也只會說是鞋墊大娘派來給兒子送信的。

「我能走了嗎？你們這裡好可怕。」女孩看了看眾人，聲音發抖。

鵝黃把鐲子從腕子上取下來給她。「妳出去告訴他，我還安好。記住，這些事不要亂說！」

女孩沒有答話，拿著鵝黃的鐲子，快速跑到了門口。

鵝黃急道：「不要走正門，一會兒我想辦法送妳到街上，妳——」

女孩把面巾一掀，敲了敲門。門突然開了，不遠處，燕以敖、萬沖一行人全副武裝地站在那裡，不知剛才在那裡站了多久。

女孩衝上去抱住萬沖的脖子，欣喜道：「叔叔，她說啦！她說啦！就是她！」

「在外面不要叫我叔叔。」萬沖有些生氣，但是難掩喜氣。「要叫萬大人。」

鵝黃怔了片刻，望春樓的其他人也慢慢下樓來，震驚地看著眼前的場面。燕以敖快速上前銬住了鵝黃。很快地，她被帶出了望春樓。

樓外的街道依舊冷清，官兵們舉著火把，看到鵝黃之後一陣歡呼，轉身開始拆掉民居的封條。很快，三座妓館、酒樓的封條都被拆掉了，人們從樓內湧了出來。

鵝黃被帶著走了很長一段路，轉了個彎，剛才冷清無人的街道一反常態地熱鬧起來。五更早就已經到了，早市開始了。商人和小販擺起攤位來，把衣物、花環一一擺好。巷口對面的行者敲著木魚，開始報曉「天色晴明」。幾間金銀鋪子、鐵器鋪子、湯餅小店統統開張了，幾個醉漢還勾肩搭背地從酒館出來。

汴京城迎來了新的一日，和往日沒什麼不同。

「燕頭兒，這麼早就有任務啦？在這兒站了幾天啦？還沒收工？」幾個酒店的老闆娘笑著。

燕以敖朝她們打了個招呼。「就兩天，幹完活啦！」

「東邊的街道解開封鎖了嗎？你們把一條街都封了，真是嚇人，還聽說是鬧了疫病！隔壁的小李子都帶著包袱出城啦！」

「沒疫病。」燕以敖開心地笑著。「都結束了！」

聽到這裡，鵝黃看著東邊發白的天空，看著汴京城車水馬龍的街道。她怔了一會兒，看到不遠處有個人正匆匆朝這邊趕來，那人穿了一身白衣，渾身上下似乎都濕透了，但仍在急著趕路。待他看到大理寺一行人，又看到了鵝黃手上的鐐銬，便立刻停下了腳步。

鵝黃看著他，他也看著鵝黃，兩個人都沒有說話。

鵝黃的臉色十分蒼白。從小女孩的出現，再到官兵給她戴上鐐銬，不過是很短很短的時間。她從望春樓出來，親眼看著人們拆掉封條，再走到早市，又聽到這些對話，仍然有些難以置信。晨光並不明媚，黑夜似乎遮住了她的眼睛，她不願意承認，只覺得眼前的一切都是夢境。

直到眼前這個白衣人出現，她才突然覺得這一切竟然是真的！一種恐慌、焦慮、悔恨又無奈的感覺襲擊了她。她看著眼前的白衣人，突然開始大笑，笑得倉皇失措，竟然笑出了淚來。「你們……你們竟然……好哇、好哇！易楣泉！易楣泉！」

「是她嗎？」易楣泉問道。

燕以敖高興地點頭。「她認了。她認識阿炇，也知道犀骨筷的下落，為了抓人，我們硬生生瞞著上級把街封了兩天。走吧！你和我們回去一起聽審。」

易楣泉鬆了口氣，露出明快的笑容。

鵝黃卻慢慢平靜下來。她不笑了，也不說話了，而是低頭走了過去，沒有再看易楣泉一眼。

第九章

易廂泉的推斷

經歷了噩夢般的一夜之後，夏乾終於安全了。

香霧繚繞，錦榻綿軟，他像躺在巨大的雲朵上一般舒服。不知睡了多久，一陣雞湯味傳來，香郁無比。夏乾一下坐起，興奮地掀開幃帳。「夏至！快把湯端過來！」只見一只精緻的小白瓷碗端了來，湯匙玲瓏，雞湯清澈。碗內有一隻雞腿，上漂著枸杞桂圓，正冒著白色熱氣。

「餓死我了！」夏乾餓得兩眼冒金星，激動地接過來，卻發現給他端雞湯的不是別人，而是易廂泉。

易廂泉笑得格外溫和。「沒想到你恢復得這麼好，快趁熱吃吧！」在雞湯的映襯下，他的臉顯得有點扭曲。這種扭曲是極不常見的，帶著躲閃的歉意。他好像還想誇夏乾幾句，但又不擅長誇人，一時間竟然不知該說些什麼。

夏乾愣了一下，盯著易廂泉，又盯著雞湯，又盯回易廂泉。猛地，他像是鬼迷心竅一般，丟掉手中碗筷，上前抓住易廂泉的衣領。

「你非要讓我乘冰舟去，地圖的位置也畫得不對，真的是——」

易廂泉似乎早有防備，輕巧一躲，雞湯一滴都沒灑在他身上，但衣領還是被夏乾揪住了。

夏乾渾身痠痛，骨頭散架，餓得前胸貼後背，只得鬆手，轉身抓起枕頭去砸易廂泉。可哪裡砸得中？他一丟完，又想上前打架了。

「使不得啊！少爺，你先吃點東西，有話好好說！你們都已經多大了，怎麼還打架呢？」

夏至正端著火盆從屏風後面竄出來，趕緊放下東西，上前硬生生拉開兩人。她看看易廂泉，嘆氣道：「易公子，我方才就說，少爺神魂未定，怎麼可能好好交流？你一來，肯定是——」

「找打！」夏乾嘴裡含著雞腿，一邊含混地說著。

易廂泉沒有說話，將桌上的包袱一下子扔到夏乾懷裡。

夏乾猛吃兩口，才放下碗筷，三下五除二地解開。待看到裡面的東西，他的手抖了一下。包袱裡竟全都是銀子！

易廂泉輕輕開口道：「這是猜畫的獎賞。我們贏了，夏乾。」

夏乾愣了片刻，他的表情出奇地誇張，先是難以置信，隨後咧嘴大笑，最後是一臉的憤怒。

「這是我用命換的！」

「對，銀子都給你。」

「你一點都別想要！」

夏乾有些語無倫次，手裡死死地抓著銀子。

夏至看看二人，將夏乾扶住躺好。「少爺，你快歇歇吧！你的命太大了，真的太大了！」

夏乾這才有些憂心自己的身體。「我沒落下病根？」

「郎中剛走，說你年輕，身子骨還不錯，平時能吃能睡，不會落下病來。這次只是受點皮肉傷，人參、雞湯、燕窩、蟲草日日吃著，定然不會有事。」

夏乾鬆了口氣，捣著胸口揉了揉，哈哈笑道：「陸顯仁那草包估計是在寒冷中站得太久，踢人都沒力氣。」

夏至吹鬍子瞪眼。「昨日你失蹤，可把我們急壞了，碰到這種事，你居然敢獨自去，也不和家裡報備一聲！」

夏乾剛想反駁，卻又冷靜了下來。他怕說多了，夏至會向父親告狀，於是趕緊接話道：「不礙事，就是跌到湖裡又游上來了！那個韓姑娘是不是你們派去的？」

「韓姑娘？」夏至只道他又胡說八道，狐疑地看了他一眼。「那是誰？」

夏乾趕緊低頭吃東西，沒有作聲。

「發現你失蹤，我們趕緊出去找，卻看見大漢們把你抬進來了。當時你渾身都濕透了，我們連夜請了郎中，整理衣物時，才發現少爺你身上居然有一塊骨頭。我們聽了易公子的指示，讓人把骨頭帶去夢華樓，交給伯叔。你不知道，昨日是易公子把你從湖裡撈上來的，你睡了一夜，他不食不飲，徹夜未眠。」

夏乾聞言瞄了易廂泉一眼，見他真的面色蒼白，雙眼泛紅，肯定是整宿未睡。夏乾平靜了一下，這才覺得自己方才實在是過於激動。易廂泉能在牢獄中找到仙島的大致位置，功勞極大，而冰舟出了事，自己的責任最大，怎麼也怨不到他頭上呀！

夏乾狼吞虎嚥地吃完了東西，擦了嘴，撓撓頭看看易厢泉，又有點不好意思了。

夏至哎了一聲，問他：「你方才說陸顯仁怎麼回事？和你一起回來的，是不是還有一位姑娘？」

夏乾急忙敷衍幾句，不想讓夏至知道，說了半天才勉強將她打發走。之後，房裡就只剩自己和易厢泉了。

易厢泉見夏至離開，率先開口說道：「陸顯仁受傷了。」他用極度平淡的語氣說了這句，便開始收拾碗筷。

夏乾萬萬沒想到陸顯仁會受傷，他愣了片刻，問道：「你用扇子傷了他？可他家勢力這麼大，陸山海又是個麻煩人物……」

「沒事的。我出手之前就已經想好，這個姓陸的人早該得點教訓，他無視王法又愛欺壓百姓，草菅人命之事不知幹過多少。他做的那些壞事，若要被翻出來細查，興許都能震驚當今聖上。聖上聖明，最厭惡這種狗仗人勢的官宦子弟，說不定會嚴懲。他爹陸山海教子無方，如今只得吃這個啞巴虧。」

「以前怎麼沒人管過他？」

「沒人敢。」

易廂泉說了這三個字，說得很果決，感覺這「沒人敢」三個字後面應該再跟一句「除了我」。

夏乾竟然覺得易廂泉身上多了一絲英雄氣概，方才的怨氣徹底消失了。

「你傷了他，陸家居然能放過你？」

「妄圖殺人者，傷他又如何？何況我們還有證人。夏乾，你要去多買一些筍肉包子，做做好事了。」

夏乾哦了一聲，愣了片刻，忽然覺得哪裡不對。他看看易廂泉，忽然問道：「不對，你怎麼出獄了？你是逃出來的？」

易廂泉輕鬆一笑。「昨天就出獄了，出獄之後，先去雁城碼頭找你。」

「你能出獄，那說明——」

「青衣奇盜落網了。」

夏乾瞪大了眼睛，半天說不出話來。易廂泉見他平靜下來，便開了窗透氣。此刻，夕陽的餘暉照進屋子，隱約可以聽到街上嘈雜的叫賣聲。伴隨著一陣微冷的空氣，吹雪也探了頭進來，瞅瞅四周。

易廂泉伸手將牠抱在懷裡，慢慢道：「我知道你有很多問題，但此事一會兒再說。當務之急是夢華樓的伯叔等會兒要過來問話。他知道你找到屍骨、溺水昏迷的事，就差人先送來了賞金，但要我們在一天之內把島上的事全告訴他。今晚，猜畫的最後期限也就要到了。」他轉過頭來看著夏乾。「在伯叔進門之前，你先把事情的來龍去脈講給我聽。」

夏乾坐回了床上，雙手抱膝，似乎還未平靜。他以前也喜歡胡鬧，嚷著要去捉賊、捉鬼，但那些和在湖裡被溺死不可同日而語。他坐在床上縮了縮身子，覺得有些冷；閉上雙目，就會覺得周圍是冰冷的湖水，再想想韓姜，心就像被扎了一樣。

碗勺「叮噹」作響，易廂泉沒有作聲，又端來盛著雞湯的白色瓷盅，很認真地挑了一塊雞胸肉進碗，淋了一些去油的清湯晾著。

夏乾抬眼，方知這碗湯是給自己的，因為自己吃雞總愛挑三揀四，肥的不要，太油的不要，可他萬萬沒想到易廂泉會知道這些癖好。

雞湯散著熱氣，兩人默契地等了一會兒，誰都沒說話。

「對不起。」

「你說什麼？」

「對不起。」易鬲泉猛然開腔，說得很慢又很誠懇。「我本想著等出獄再和你一同去，你提前去做準備，咱倆一同上路。但沒想到疫病的事走漏了風聲，傳到了百姓耳朵裡。抓捕計畫被延遲，燕以敖他們手忙腳亂，我也沒能按時被放出來……一切實在是太過倉促了。你這一路真可謂九死一生，快和我說說，究竟碰到了什麼事？」易鬲泉將椅子拉到夏乾床前，很認真地看著他。「我知道你不願意回想這件讓你幾乎喪命的事，但眼下必須說。伯叔馬上到，在他來之前，你要先把一切告訴我。」

易鬲泉的眼神很是誠懇，語氣甚至有些焦急，就在此時，卻聽見門外一陣腳步聲傳來。

「夏公子醒了嗎？我有要事要問他。」

這是伯叔的聲音。易鬲泉趕緊做了個「噤聲」的手勢，讓夏乾不要瞎回應。

「少爺剛醒，又睡下了。估摸著要睡到三更半夜呢！要不您晚些時候再來？」

這是夏至的聲音。她答得不慌不忙，很是有禮。卻聽伯叔道：「今夜猜畫就結束了，我就在門外候著。易公子可在？」

「不在，似乎在大理寺查卷宗。您找他有事？」

伯叔說他只是隨便問問，夏至又客套幾句，終於送走了他。

夏乾低聲詫異道：「他為何如此著急？」

易廂泉也壓低聲音。「他生怕我先來一步，交代你一些事，待他再問，你的話便歪曲了事實。」

夏乾並不明白易廂泉此語的含意，卻見易廂泉一臉嚴肅地隔著門，聽了聽屋外的聲音，轉頭道：「伯叔知道我在。」

夏乾翻個白眼。「我們又不是男女私會，他知道又如何？」但是他知道易廂泉言之有理。在伯叔到來之前，自己必定要先與易廂泉講一遍仙島的事，這麼長的故事，時間定然是很緊的。

易廂泉沒有再催促他，只是將雞湯遞過去。

夏乾又喝一碗，填飽肚子之後，終於開口，開始了漫長而冗雜的講述。他講了和韓姜是如何相遇，如何找到仙島地點，仙島上有什麼，又是怎樣狼狽地回程。故事講畢，易廂泉沉默不語。

「怎麼了？哪裡不對？」

易廂泉眉頭緊皺，嘆氣道：「哪裡都不對，好亂。」

「你也猜不透？我覺得整個事件都想不通。誰組織猜畫、讓我們去島上的？仙女骨頭是怎麼回事？島上的老人是怎麼回事？長青王爺最後去哪兒了？」

「不知道。」易廂泉揉著腦袋。「大體而言，要我們調查的就是仙島事件始末。但是我更加想不通……」

「想不通什麼？」

易廂泉喃喃：「你們為什麼會沉底？」

「韓姜將釘子插進冰裡，變成錨使用，大風將冰塊推動，使得冰舟破裂。我們坐在冰舟上回來，半途遇到風雪。後來冰舟不堪重負，幾乎要沉沒……」

「再後來發生了何事？」

「韓姜把燈留在冰舟上，打算自己游回去，後來我又跳下去救她。若不是運氣好，只怕她如今已經命喪黃泉。」

易廂泉一愣，下意識地問了一句：「為什麼？」

是啊，為什麼？夏乾自己都不知道韓姜為什麼要這樣做。夏至並不認識韓姜，她顯然不是夏府派去盯著自己的人。那她為什麼要跟去呢？只是因為覺得自己面善，像是她過去相識的人嗎？還是有別的隱情？

夏乾胡思亂想，易廂泉也胡思亂想。二人都在想，但想的東西完全不同。

「她胖嗎？」易廂泉忽然問。

「什麼？」夏乾趕緊回神，這才明白易廂泉在問什麼。「不胖，但是她帶著一柄很重的長刀。」

易廂泉眉頭緊鎖，將雙手重疊，低頭沉思。他想了好一會兒，找來紙和筆。

「你這是做什麼？」

「不知道真相，所以我們一起想，再用筆記下來。」

「現在想？」

「對。」

「怎麼想？」

「我教你。」

夏乾以為自己耳朵進水聽錯了，沒想到自己落水之後，易廂泉的態度居然變得如此之好。

易廂泉輕聲道：「我畢竟比你年長，你爹也算是我師父的徒弟，這樣從輩分來說，我也算是你的叔輩。」

「你——」

「我也沒什麼好教你的，便教你一些思考方法，唯有如此了。」

易廂泉將紙張撕成數張，對夏乾道：「推斷事物真相的方式有很多種，對應特殊情況，用特殊方法。目前一切似乎不清不楚，其實弄清真相並不困難。只是因為人物較多，時間發生順序有些模糊，事件、人物也有所不同。所以，我們要先把時間、地點、人物關係弄清楚。解決佳法便是分類。」

他將紙張撕成一片一片，提筆蘸墨，寫上很多字，如「女人」、「男人」、「老人」、「長青王爺」、「乘冰舟」、「埋於樹下」等。

夏乾皺眉頭。「這是找聯繫？同吳村那次一樣？」

易廂泉搖頭。「事情不同，推斷之法自然不一樣。青衣奇盜西街一案注重實證，證據都堆在一起，它是最好破解的；吳村一案很是罕見，童謠是線索、也是誤導，破解之法不外乎找聯繫，將幾件小事合在一起，再分散開來，就會有一個大致方向。猜畫一事，又很特別，整體事件並無太大謎團，但是發生得太過久遠，而且很多傳聞都半真半假，因此增加了識別真相的難度。破解之法大致有三：一是探聽，包括查訊息與走訪；二則是在眾多訊息裡將人物、事件與時間關係弄清楚。」

「三呢？」

「三是實證。它很關鍵，卻還沒到時候。」易廂泉將紙片寫好，堆在一起。「我們以排列的方式，很快就可以將事情理通順。首先，你們在島上至少看到了女子、老人兩具屍骨。虎頭鞋，說明也許島上還有一個孩子。再根據瘋婆婆所說，長青在慶曆八年出島，但是這個傳說又不可靠。那麼，我們假設島上有四個人：『被埋樹下』、『女子』是同一人；『長青』、『男子』、『乘冰舟』是同一人；『老人』、『男子』一類。除去女子自己，其他幾人都可以『埋葬女子』；除去老人，其他人都可以『埋葬老人』。『虎頭鞋』是『孩子』的，孩子長大說不定會『埋葬老人』、『埋葬女子』，說不定這個孩子還能變成『男子』或者『女子』。」

夏乾聽懂，卻覺得有些問題。「你怎麼會知道老人不是長青？韓姜的確說過，這個老人的埋屍時年很長，應當不是長青。」

易廂泉道：「一切都有可能。我們把這條加上，只是假想，現在先暫定是四個人，紙片是可以移動的，發現不對再改。你說，樹上曾經刻字，字跡位置比你高？」

夏乾點頭。「比我高不少，但女子屍骨很小巧，老人屍骨我記得也不高。」

易廂泉將紙片移動成如下：

女子　埋於樹下　埋葬老人

男子　長青　乘冰舟　刻字人　埋葬女子　埋葬老人

老人　男子　長青　埋葬女子　刻字人

孩子　虎頭鞋　埋葬老人　埋葬女子　刻字人

夏乾眼巴巴瞅了瞅。「我以為你能得出什麼驚天結論。這裡面有矛盾之處，幾個人不可能彼此相埋，肯定不是全對的。」

「對，其中肯定有東西是要被刪去的。」

「而且我認為『孩子』的存在並不合理，後面還跟了這麼多可能，分明是擾亂視聽。一雙虎頭鞋而已，未必真的有孩子存在。」夏乾說完，忽然想起了什麼，補充道：「茅草屋的房間門口刻了很多橫線，倒數幾道上寫了『景兒』，會不會……」

「幾道橫線？」

夏乾不記得了。「返程時和韓姜聊天的時候，她也看到了。她好像說是二十一道，我沒數。『景兒』那行字似乎在倒數……嗯，四、五道。」

易厢泉眉頭緊鎖。「二十一很可能是刻痕跡的人在島上居住的時年。流落荒島的人不知時間，就會以刻痕來記錄年月。但是，如果有孩子存在的話，事件就變得異常複雜了。」

「問題的關鍵，還是要確定長青的情況。」

易厢泉點頭。「這事件奇就奇在長青王爺身上，若是按照你從瘋婆婆那裡探聽到的消息，他是在仙島逗留二十一年之後出島。當年的太后也是有趣，長青既然沒有實權，又病著，還是她親兒子，且無政治作為，何必蹲守江邊二十一年？」

夏乾聽他說完，又很是失望。「所以呢？」

易廂泉想了想，覺得思緒很是混亂。「我推斷不出來。」

「你也推斷不出來？」

「但是，我可以給你編一套說法出來，給伯叔個交代。」

易廂泉竟然真的開始編造起來了，和夏乾講了半天。夏乾聽懂了，點點頭。

「總之，你先這麼和伯叔說。」易廂泉有點敷衍。「還有，仙島房間裡的情景盡量少提，就說你們沒來得及進屋，孩子的事也暫時不要提，其他的事情實話實說，這件事謎團太多，伯叔那邊謎團也多。在查清楚事實之前，咱們報一半、瞞一半。」

「仙島的情形、遇險的事也實話實說？」

「對。」易廂泉點頭。

夏乾一臉詫異，也點點頭。

兩人彼此相望，皆是若有所思。

日色漸退，黑夜來得極快。夏家人開始點燭，準備點心之類的消夜。

不久之後，伯叔又來問候。夏乾裹著被子，慢慢對他講述了自己在島上的見聞。一席話終了，他嘆了口氣，伯叔卻滿腹懷疑。

「我所言非虛，韓姜也是去了的，若是不信，可以問她。」夏乾以此話作結。

伯叔捋著鬍子，思索了會兒，似老狐狸般盯著夏乾道：「辛苦夏公子了。此行如此凶險，夏公子定是吃了不少苦頭，也不知韓姜姑娘現下如何，你沒去探望？」

夏乾心裡一緊。下面的話，就是易廂泉事先交代自己說的了。易廂泉真的是料事如神，知道伯叔會提韓姜的事。

「我派人去看了她，孫家醫館的人說她早就走了。你們若要求證，要先在汴京城尋人。」夏乾語氣平和。

伯叔只是和善地笑笑，意味深長地看了夏乾一眼。「夏公子所指的仙島位置不會有錯吧？」

「我雖記得不甚清楚，但大致是沒錯的。那真是個鬼地方，你們要去？再白送幾千兩我也不去啦！韓姜也不會去的，真是可怕得很。」夏乾撝住胸口，心有餘悸。

伯叔與夏乾對視片刻，一人目光如矛，另一人如盾。夏乾不知道他要從自己眼中看出來什麼，但自己說的都是實話。

夏乾見他不說話，試探道：「我與韓姜此行真是莫名其妙，不知究竟為何出這種題目？」

伯叔似乎料到他會這麼問，很熟練地嘆口氣，客客氣氣道：「雇主出題，大體我也不太清楚。」

「您之前提過的那位有梅花令的皇城司大人，應該只是酒樓的經營者之一吧？」夏乾隨口問了一句。他自己倒是心裡清楚，一般酒樓的經營者未必只有一位，有些人不便出面做生意，就會有伯叔這種掛名的掌櫃，背後還站著數位真正的「掌櫃」。

「我知道夏公子的顧慮，您放心，您所得銀子是酒樓透過正當途徑掙來的乾淨錢。而且大理寺卿陸大人已經和顧大人談過了，他是沒有什麼問題的。」伯叔將問題繞了過去，以犀利的目光盯著夏乾道：「夏公子所言定然非虛，依你之見，這島上究竟發生了何事？」

夏乾心中早知他會如此發問，一臉困惑地搖頭道：「我和韓姜都不清楚，倒是易廂泉推斷出了幾分。他來探望我時，和我說了一些。」

伯叔聽聞夏乾此番話，吃了一驚。他沉默片刻，目光向下瞧去。

夏乾心知他這是在思索，又補充道：「易廂泉隨口說了一些推論，之後便去忙青衣奇盜之事了。他並未細思，興許是謬論。」

「夏公子不妨說說看。」伯叔飲茶，並無表情。他雖然閱歷豐富，但他的表情卻逃不過夏乾的眼睛。

夏乾覺得他太過鎮定了些，鎮定得像是在掩飾自己的緊張。

夏乾也陪著飲一口茶，淡然道：「這事要從長青王爺說起。但是……依您之見，真相是什麼樣？」

伯叔沒有料到夏乾會反問自己。他只得笑笑，搖頭道：「我不過是個管事的，論智慧更不及易廂泉易公子。汴京城街頭巷尾議論紛紛，他似乎已經抓住了青衣奇盜，如此智慧之人，我一把年紀難以望其項背，何苦再猜？」

夏乾眨眨眼睛。「你說，長青王爺死在哪兒？」

「我哪裡知道？」

夏乾一拍大腿。「死在島上唄！」

「不是傳說他二十一年後回來了……」

「假的、假的！他隱居了！」夏乾咳了咳，覺得自己過於激動，又放慢語速，一本正經道：「長青王爺去尋仙，結果，在島上碰見個女人。這個女人不是仙女，只是隱居在島上的一個漂亮女人。」

「為何有女人隱居在島上？」

「易廂泉沒說，但我覺得，世外高人、前朝逆賊，都可以選擇隱居。這隱居，就是一大家子都與世隔絕，待父母過世，子女自然還留在島上。如果按照年分推斷，那『仙女』可能是哪個世外高人的親眷。」

「所以『仙女』一家人都在島上？可其他人的屍骨呢？」

「可能我們沒發現。」

伯叔瞇眼，表示懷疑。

夏乾又道：「長青王爺落水被沖到岸邊，恰巧遇到了女子。山洞很是隱蔽，若非刻意尋找，很難發現狹窄洞口。易廂泉推斷，女子將長青帶入山洞，二人互相愛慕，互贈情詩。無奈長青王爺身分尊貴，或者是兩人有了小打小鬧，王爺這才回宮，但仍舊對島上女子念念不忘。」

伯叔盯著夏乾，似要將他看透一般。可夏乾表情正常，神情絕非在撒謊。他便應和著問道：「之後呢？」

「然後，長青王爺回宮居住，鬱鬱寡歡，還是忘不了那個女子，便乘著冰舟去了島上，想與女子成婚。然而二人婚後不久，女子病故，長青王爺無比憂鬱，便將女子埋葬於樹下，刻情詩為墓誌銘。他自己也長年住在那裡，再也不回到陸地上。後來，他自己做了棺材，待他年老將逝，自己就躺在棺材中等死。」

「所以，你們去的時候，發現了一個老人家的墓，那個莫非就是……」

「就是長青王爺。因為那是他把自己封進去的。」夏乾說得很是認真，伯叔聽聞之後則有些詫異。

「長青王爺死在島上……而且是活著進墳墓？」

「對。他覺得自己不久就要駕鶴西去，就以當地的樹木為原料，備了棺材。」

「你們發現棺材之時，它並未覆土，反而暴露在空氣之中？」

夏乾搖頭。「上面有層薄土。我們起初挖錯了，以為那是仙女的墳。那棺材周圍都是土，風也不小，棺材有些年頭，風一吹，土就慢慢把它蓋住了。長青王爺估計想著，千百年之後，棺材就被土掩埋了。他也真可憐，一個貴族，駕鶴西去卻連個送葬的人都沒有，只好自己用如此方式下葬。」

伯叔狐疑道：「長青王爺二十一年後歸來，這又是作何一說？」

夏乾一擺手。「當然是假的。這種皇族私奔的醜事都是要掩蓋的，自然什麼傳聞都有。」

伯叔點頭。「也對。」

「這下真相大白嘍！我什麼時候可以去西域呀？」

伯叔輕笑。「暫定二月初二清晨來夢華樓，行李自備。不過興許天氣寒冷，抑或其他人有事，可等到三月。」

「都有誰去？」

「好像有個叫蓉蓉的。」

蓉蓉？聽起來是個姑娘。夏乾在心裡暗笑了一下，雖不知長相如何，但是名字有些太俗氣了。

伯叔又道：「每個人可以帶一名親眷、朋友，你可以與易公子一同去，路上也有個照應。」

夏乾高興得很。二人閒聊幾句，伯叔又探了探夏乾言語虛實，但無論怎麼問，觀其神色也好，聽其語句也罷，都沒有任何問題。夏乾不知伯叔為何要這樣，但他沒問出什麼，離去之前竟然是一副放心的表情。

待伯叔離了夏家院子，夏乾整個人又黏到了床上。

經過幾日晝夜顛倒的休憩，他整個人越發疲憊，頭腦也越發混亂。他身子骨尚弱，無法出去閒逛，遂寫了封信託人送給柳三，又怕他不認字，便畫了一幅自畫像，雄赳赳氣昂昂地站在一堆金銀財寶上。

他差人送信去，又差人打探韓姜的消息，自己則躺在綿軟的床上昏昏沉沉睡去，休養身體。但身子好治，心病難醫，他一閉眼便夢到溺水之景，夢見刀一般的大雪瘋了似地砸下，夢見漆黑水底浮起來的紅色梅花，夢見陸顯仁那張醜惡的臉。夢裡的他驚慌無措，還在水裡拚命掙扎，似乎很快就會有一雙手拽住他的衣領，將他一下子從冰冷的水中撈起。

夏乾在這一刻醒來，氣喘吁吁，一身的冷汗。屋上貓叫聲不斷，他披衣推開窗戶，便知吵醒自己的是吹雪。有時在午後，有時在半夜，牠還會溜進門瞅瞅夏乾。每當此時，夏乾心中竟然覺得分外安穩，心知這是易廂泉在夏府住下了。

幾日過去，夏乾的身子骨漸漸好起來，畢竟年輕，夏府的條件又好。只是，他作噩夢一事卻從未向人提起過。

這幾日，易廂泉住在夏宅的客房裡，每日都會來看夏乾，就像給太歲請安一樣。易廂泉平日冷言冷語，但心裡比誰都機敏，這次事，他有些愧疚，又不知道怎麼辦，只能每日來看看。

「你不用每日都來請安，我又沒死。」

易廂泉應了一句。

「青衣奇盜到底是誰呀？」

易廂泉每每聽到這句，便會一邊盛湯，一邊說：「還在審，等你好了之後，我就告訴你。」

夏乾在家中閒著，轉眼又過去了兩日，柳三來信了。

這信上的字很是娟秀，像是找青樓姑娘代寫的，文謅謅的。信中之言，換成柳三的話便是：「夏小爺沒事就好，我總是求佛祖保佑你呢！那個韓姑娘不知道去哪兒了？最近風聲緊，有債主追我，不敢露面……」

他在信中最後的一些話，大意是：「據街頭巷尾所傳，青衣奇盜是女子。夏小爺，事情到底怎麼回事，你知道嗎？若是知道，改日咱們碰頭，你再講講。還有，夏小爺如果不識字，便讓下人唸給你聽，別畫畫了，畫得太醜。」

夏乾捏著信愣了許久，最後，他披衣前行，打算去客房問問事情原委。

他這幾日臥病在床，很少下地，又因噩夢纏身而不得安眠，如今推門而行，有些萎靡不振，但屋外乾冷的空氣反而使他的精神好了幾分。

清晨朝陽悄然照射著夏宅院內的池塘，波光粼粼的池塘旁邊立著一棵老樹。夏乾往樹上看去，吹雪懶散地臥在樹上，見他來了，懶洋洋地叫喚一聲。感覺牠像楊貴妃，夏乾像倒夜壺的小宮女。

夏乾明白易廂泉就住在這裡的客房，抬手推門。屋內，炭火燒得旺，正發出「嘶嘶」的響聲。油燈在易廂泉身上打上了一層淺淡的暖色光暈，他背對著夏乾，好像在認真擺弄什麼東西。

夏乾移步上前，解開披風，卻見桌子上擺著稻草一類的物事，很是吃驚。「你在做些什麼？」

易廂泉這才轉過身來，臉上浮起一絲笑意。「能四處閒逛了？」

夏乾則上前看了看他桌上的雜物——一些破碎的紙張、一些塗滿墨汁的紙，還有幾卷舊書。

夏乾有些不解，卻聽聞易廂泉長嘆一聲。「很怪。」

「什麼怪？」

「長青的事很怪，總這樣算是行不通的。」易廂泉有些憂鬱地看著桌上的雜物。

「案子發生在幾十年前，時過境遷，所有的線索已經被時間消磨得灰飛煙滅，但……」

他沉默一會兒，拿了厚衣。「我知道你為何而來，為青衣奇盜對吧？走吧，咱們先去街上，你穿厚些。」

夏乾想問些問題，但是易厢泉遞給他一件更厚的棉衣，自己率先出了房門。天氣回暖。二人走在街上輕輕呼氣，一層白霧浮在眼前，隨即消散不見。易厢泉好像刻意走得很慢，生怕身後的夏乾跑丟了似的。

二人買了烙餅，一邊吃，一邊走著。他們路過小巷，幾個小孩在門口踢毽子唱歌，唱的是〈千里行〉：

千里行，萬里追
山河悠悠漠上飛
輾轉幾千回
千里行，萬里追
萬事到頭空一場

皆是離別淚

易廂泉和夏乾繞過他們，側身上了樓梯，在一間破屋子門口停了下來。屋子的門上貼了封條，易廂泉一把推開，環顧四周。裡面是空蕩蕩的一片，什麼都沒有。

「問了附近的人，說鵝黃曾經在這裡出沒。大理寺已經派人來查過了，但是什麼都沒查到。」易廂泉有些心有不甘，又重新查了一遍，嘆氣道：「這裡只是空屋，應該是被青衣奇盜選來聚頭的場所罷了，如今人走了，他們自然不會再來。走吧，我們去下一個地方。」

二人穿過汴京城舊居，走了不久，便看見一座矮矮的灰色屋子，門上也貼著封條。門口放著一盆花，花已經枯萎了。

易廂泉慢慢道：「這是阿炆的屋子。」

第十章 隱藏的線索

夏乾看了看，很是簡陋、普通。

隔壁的幾個大嬸還在門口剝豆子，幾個孩子正在拚命用殘雪堆雪人，幾個讀書人正說著皇上派人修築永樂城的事，討論著大宋對西夏的政策。正月裡，這條小巷平靜祥和，讓人難以想像，這裡曾經住過一位江洋大盜。

「他被捕了？你們審問他了？」

「沒有。」易廂泉臉色一沉。「跟丟了。」

夏乾怎麼也想不到阿炆竟然能丟，這分明是煮熟的鴨子飛了。

易廂泉看著灰色的房屋，臉色有些陰沉。「他在街上走著，忽然到野外去，在林子裡繞來繞去，不知從哪兒拿到了武器，打傷了跟蹤他的兩名大理寺官兵。這事很是突然，他沒有收拾行李，沒有雇用馬匹，什麼都沒有，卻忽然消失了。」

「他是不是庸城風水客棧裡那個打量我的店小二？」

「應該就是他。我們一直未將他逮捕，主要是想追到他的同夥，但如今他的同夥被捕，他卻沒了。」易廂泉有些悔恨。「我入獄之後，萬沖找人日夜跟著阿炆，但他沒有和別人有過什麼特殊的接觸。萬沖還派人潛進了阿炆家中，在他衣櫃中翻找。」

「找到犀骨筷了嗎？」

「沒有，只找到了一些做工精良的衣物，針腳細密，和我的夜行衣針腳極像，應當是女人做的。它的布料、香料只送給了三家青樓、酒肆，都在州橋的東邊，但是這三家青樓、酒肆一共三百餘人。」

夏乾靜靜地聽著，已經到了牢房，易廂泉和看門的點了點頭，便走了進去，自嘲道：「現在我來這裡就像回家。」

夏乾拍了拍他的肩膀。「至少你自由了。」

「其實，當時直接把阿炆抓住，嚴刑逼供，也許能問出來。但我考慮了很多，若他一旦找到機會自盡或逃脫，線索就全斷。或者把三個酒樓的人全都集中起來，一個個嚴刑逼問，也許能問出來，比如誰在去年九月去過庸城之類。但是僅僅憑此很難讓他認罪，更何況三百餘人，只能由經驗最足的燕以敖來審訊，一旦沒有審出來，此舉打草驚蛇，就前功盡棄了。青衣奇盜精明異常，只怕很難讓他伏罪。我和萬沖、燕以敖商量，提出了三套捉拿方法。他們商議之後，決定採用風險最大的提議，就是封閉整條街道，讓這三家店的所有人處在斷水、斷糧、斷消息的全封閉狀態，這樣一來，青衣奇盜心裡會有極大的負擔。」

夏乾驚道：「這種方法風險極高，陸山海會同意？」

「沒報備，直接說查出來有疫病，封了街。再說燕以敖也不是第一次做這種不報備的事了。」易廂泉挑了挑眉毛。「萬沖也參與了。他們二人賭上前途來做此事。萬沖還說，若是這樣再抓不到，陸山海還要做大理寺卿十年，自己肯定忍受不了，這官也就不做了。」

「他也太任性了——」

夏乾居然說別人任性？易廂泉看了他一眼，忍了忍，還是說了。「萬沖原話說了，辭官也沒關係，大不了就和夏乾一樣無所事事。」

夏乾不吭聲了。

易廂泉慢慢向前走著，推開了牢房的門。這裡曾經是他住了數日的地方，已經輕車熟路了。

「封街的風險真的很大，但在那種情況下，人容易喪失理智。青衣奇盜即便懷疑有詐，但他的武藝極高，說不定會獨自從樓內逃出來。封街這件事本打算悄悄進行，但哪裡有不漏風的牆？封了一條街，百姓肯定會打聽原因，於是，當時僅僅封樓一日，百姓們就已經得知了疫病的消息。燕以敖和萬沖雖然不怕辭官，但怕百姓鬧起來頂不住，於是說，實在不行，只封兩日，之後另想他法。」易廂泉笑了一下。「沒想到，望春樓裡有了動靜，有人從窗戶那裡跳出了門，身手不凡。燕以敖看到之後，內心萬分激動，問出了她的姓名，很快便啟用了下一個方法。」

二人走進牢內。一個小女孩正在桌子前嘻嘻哈哈地笑著，一見易廂泉和夏乾，立刻跑來，問道：「易公子，我是不是很厲害？」

易廂泉彎腰摸摸她的頭。「很厲害。」

「行了，現在妳的供詞也記錄好了，快回書院去。」萬沖趕緊上來拉住她。

「她是誰呀？」夏乾問道。

「萬沖的姪女。」易甭泉笑笑。「真的太聰明了。我們教了她兩個時辰，她就進去套了話出來。套話的人，我們選了好一陣，本來在她和一個捕快之間猶豫不決，但最後還是決定讓小女孩出面，至少能讓青衣奇盜放鬆警惕，說一些本不該說的話。」

夏乾還想問些什麼，易甭泉卻轉身向前走了。他們越走越遠，一直走到了牢房深處。幾個守衛在牢房門前走來走去，警覺極高。

這個陣仗，牢房裡面關押的一定是要犯。但是牢內沒有發出一點聲響，真是個安靜的犯人。

易甭泉招呼了獄卒，推開了幾重牢門。牢獄陰冷，灰塵滿布。白日的微光照射到牢獄之中，與灰塵相融，似是一層薄霧，顯得晦暗清冷。

一個淡黃色花衣女子站在牢房中央。她頭髮並不散亂，顯然是自行整理過了。

夏乾看了她片刻，驚道：「鵝黃？」

鵝黃側過頭來，又轉回頭去。她站在霧氣中央，身著常服，依舊嫋嫋婷婷，氣質出眾，在陰暗潮濕的監獄映襯下顯得格外美麗，卻與此情此景格格不入。

見了鵝黃，夏乾有些吃驚。他無法形容這種故人相見的感覺，心裡感覺說不出的怪異。他並未作聲，只是默默跟在易廂泉身後，等著他開口問話。

易廂泉卻沒有講話。憑藉夏乾多年對他的了解，易廂泉平日話不多，但說起大道理來一套一套的，可偏偏不會疾言厲色地拍桌子問罪。

鵝黃慢慢轉過身來。她臉色泛白，卻依舊立在牢獄中央，像個無罪之人，眼神中帶著一絲高傲，彷彿她自己才是一個探監者，而易廂泉和夏乾不過是兩隻被關在籠子裡的傻猴子。

夏乾和易廂泉都不說話。三個人互相對望，一言不發。

良久，鵝黃看著夏乾，忽然冷笑，率先開腔道：「我被冤入獄，不知你又帶夏公子來做什麼？探監？」

夏乾聞言，倒是真的傻了。「廂泉……你是不是弄錯了……」他輕輕拉了拉易廂泉的袖子，低語道。

易廂泉側身小聲問道：「你在庸城見的是不是她？」

「是她沒錯。」

「你們弄錯了，我是冤枉的！易公子如此博學智慧，只怕也有弄錯的時候。小女子一人孤身在外，又怎能跟青衣奇盜沾邊？」鵝黃眉毛輕挑，目中帶著恨意，語氣卻是綿軟溫和的，顯得有些虛情假意。

夏乾看了看鵝黃，又看了看易厢泉，只覺得氣氛詭異。

易厢泉深吸一口氣。「燕以敖明明看見妳跳窗出來——」

「跳窗能說明我是青衣奇盜嗎？」

易厢泉只是直勾勾地盯著鵝黃，面無表情道：「望春樓裡，小女孩問的話都被記下了。事到如今，妳還是不說？」

鵝黃掏出絲帕，很是嫌棄地擦了擦獄中的椅子，然後撩起裙襬，緩緩坐下了。

「說什麼？早就聽聞青衣奇盜的身長、體形分明是男子，讓我蒙冤入獄，對你有何好處？能讓你建功立業、名垂千古？還是我鵝黃欠了你，想用這種方法來討債？」

鵝黃盯他半晌，再也壓抑不住怒火，將桌子上的茶杯猛然向前砸去。杯子「咣噹」一聲砸到牢門上，摔得粉碎，冷掉的茶水濺到易厢泉的衣襟上。

夏乾瑟縮一下，易厢泉依舊沉默。

「好，真是好！沒有人證、沒有物證，就憑你易厢泉的一面之詞，害我入獄！你究竟要為所欲為到何時？大宋律法豈容你一個算命先生說了算？你不怕傳出去落人口實，自己也沒有好下場？」

她說得義正詞嚴，夏乾頓時沒了主意。

易廂泉沉聲道：「妳若是想要阿炆少受些苦頭，說了便是。」

鵝黃面部微微動了一下，她這一細微表情落入了夏乾眼中，夏乾憑藉這一表情，斷定了易廂泉這句話對她還是有些作用的。

幾乎是轉瞬，鵝黃立即收斂神色，冷笑道：「不錯，我是認識阿炆，不過都是泛泛之交，你為何要拿他威脅我？」

「你們在潘樓街附近的舊樓二樓相見，每次都以敲門聲作為暗號——」

「這又是誰說的？」鵝黃看著易廂泉，面不改色、心不跳。「你們親眼瞧見了？還是聽信了誰的一面之詞呢？」

「阿炆親口承認的。他被審訊，目前只認了這些。我只管問話，不管行刑之事。妳不說，便是刑具要他來說。」

易廂泉不過是說了幾句話，卻讓夏乾聽得一頭霧水。他這又是什麼意思？那個阿炆不是跑了嗎？

鵝黃臉色越發難看，狠狠瞪了易廂泉一眼，笑道：「牢房裡安靜得很，你別怪我耳朵太好。易廂泉，我沒有聽到行刑的聲音，也沒有聽到吶喊和呻吟！我不知道你為何用這種莫名其妙的手段逼迫我，我和他也並不相熟——」

「他在刑部，不在這裡。青衣奇盜乃是朝廷重犯，怎會把你們關押於同一府衙串通口供？阿炆自有高官審問，而我負責審問妳。」

鵝黃臉色變得蒼白，緊緊攥住了手中的絲帕。她沉默片刻，忽然笑道：「以你易廂泉的辦事手段，他此時斷斷不會在刑部！你知道阿炆若是被送去，不過就是一死，他死了，線索也斷了。你在望春樓詐過我一次，難道還想再詐第二次？」

易廂泉微微一愣，似乎未曾料到鵝黃會這麼說。

鵝黃見他愣住，更是得意。「怎麼，被我猜中了不成？易廂泉，你現在手裡根本沒有我們的把柄。你還想用他來威脅我，讓我說出背後的隱情？呵！你作夢。」她朱唇輕啟，字字絕情，將易廂泉逼得無話可說。

易廂泉不善與人爭辯，被她逼問得沒辦法，便道：「如此，妳就是承認了。」

「承認什麼？說了多少次我不是青衣奇盜。」鵝黃竟然笑了起來。

「可是那個女孩——」

「小孩子的話能拿來當證詞嗎？大理寺是這麼給人定罪的嗎？傳出去豈不是讓人笑話？你敢帶著她上公堂？敢讓大宋的百姓來評理？」

夏乾站在一側不敢作聲，聽了半天，才終於明白了二人對話的意圖。易廂泉雖有證據，但每一項都很薄弱，於是很想從鵝黃這裡套出一些線索。但任憑易廂泉如何訊問，鵝黃就是抵死不認。只要她不認，關於青衣奇盜的調查就會止步於此，難以再取得任何進展。

易廂泉臉色一沉。「我只想聽聽你們犯案的原因。青衣奇盜犯案十五次，實屬罕見，前八次統統未發通知。我猜你們一開始根本不想聲張，偷了整整一年。可是什麼原因讓你們在第九次犯案時廣發通知，還去庫房裡補上白紙？爾等不過雞鳴狗盜之徒，何況所盜並非貴重之物，若是情有可原，現在為時不晚。」

易廂泉這段話包含了諸多訊息。夏乾聽得懵了，鵝黃卻只是搖頭道：「我都已經說了我不是——」

「我的意思妳還聽不明白？」易廂泉有些生氣了。「你們要是有難言之隱，跟我說，興許可以幫你們。」

「幫？」鵝黃突然噗哧一聲笑了出來。「易廂泉，你用了多麼可笑的字眼！你口口聲聲的『幫』，便是害我鋃鐺入獄，句句威脅？你如今倒是在這裡裝起好人了！沒錯，我是婊子，可我不會像你一樣想立牌坊！你不過就是想問出自己的家事吧？我告訴你，我不知道！」

易廂泉氣道：「今日不說，可沒機會說了。」

「說什麼？認罪畫押嗎？我賤命一條，要認罪也行，你們都是共犯！」

「妳可不要後悔——」

「後悔的不是我，是你，易廂泉！你為了私情多管閒事，總會遭報應的！到了那日，你可不要後悔！」

鵝黃突然發出一陣淒涼的笑，抬起頭來，高傲地看著他。

夏乾知道二人再這麼胡亂辯下去，易廂泉是問不出來的。鵝黃不承認，又有什麼辦法？夏乾看了看二人，深吸一口氣，謹慎地開口道：「易廂泉是好人。」

他的這句話有些突兀。原本激辯的二人聽了都是一愣，鵝黃隨即冷笑一聲，抬起頭來看著他。

夏乾看著她的眼睛，認真道：「青衣奇盜從不殺人，且一向謹慎，妳卻在西街露了面。因為妳想讓我查清碧璽的事，哪怕暴露自己，也想查出來。我知道妳也不是壞人，易廂泉有仁愛之心，妳也有。」

鵝黃不笑了，低頭整理衣衫。

易廂泉用很低的聲音悄聲說：「她敢在西街露臉，只是沒把你當回事。」

夏乾沒聽易廂泉的，依舊很認真地看著鵝黃。「易廂泉帶我來的目的是認人，但妳也看到了，四周沒有官兵，這不是審問。我猜，青衣奇盜偷竊絕不是為了名和利，道理很簡單，你們根本不是壞人，易廂泉也不是壞人。妳可以將目的告訴我們，我們未必會站在妳的對立面。」

鵝黃依然沒有說話。

夏乾推了推易廂泉。「把你知道的先說出來。」

易廂泉明白夏乾的用意，夏家一直從商，所以夏乾從小深諳一個道理：生意往往是基於彼此信任才能談成的。此時，如果想讓鵝黃說出實情，嚴刑逼問是不行的，必須要讓鵝黃相信自己。他沉思了下，決定率先說出自己的推斷。「青衣奇盜，十五次犯案中只有十三次是真的，靈芝和鼎不是青衣奇盜偷的。你們先是悄無聲息地犯案八次，而後開始大張旗鼓地送通知，一般只有這幾種可能：第一種，青衣奇盜是兩個不同的組織，前八次和後五次不是同一夥人偷的，而你們是後一夥。第二種可能，一直都是你們，但是在第八次犯案前後出現了某種變故，不得不改變偷竊計畫，比如庫房中沒有你們要的東西，你們又不清楚盜竊物的實際位置，只得送出通知，引官府注意，將東西拿來看守。第三種可能，和犀骨筷中的字條有關。」

他說到這裡，鵝黃的頭微微偏了一下。

「你們在偷竊的時候，犀骨筷、字條統統都要。可你們盜竊的目的是什麼？你們去西域要做什麼？想用偷盜的東西打開什麼機關嗎？這些我不清楚，但是有一點我可以肯定——簪子、筷子、扳指，如果裡面都有字條，那總共有十多件，數量實在太多。」易廂泉緊緊地盯著她，生怕錯過她的表情。「你們雖犯案多年，但這麼多的東西，你們真的偷齊了嗎？」

鵝黃忽然顫了一下，很快答話道：「我不清楚你在說什麼。」

「你們大費周章地偷竊，一定有重要的目的，或者為了某種極其珍貴的東西。如果這種東西極其珍貴且重要，就不一定只有青衣奇盜在找尋。妳應當明白我的意思。」易甯泉的語氣急促起來。「如果你們沒有將字條偷齊，那剩下的東西在誰手裡？對方是誰？他會和你們合作，還是成為你們的絆腳石？若這個珍貴之物不只是你們在找尋，日後可能就會引來麻煩。如今把話說清楚，總好過以後被黑吃黑。到時候，你們可能尚未達到目的，就已經死在西行的路上了。」

他說了太多的話，只有最後幾句對鵝黃是有用的。

鵝黃轉頭看著他，眼睛閃動了一下，像是要說什麼。就憑她這個表情，夏乾也看出來了——易甯泉猜對了。

青衣奇盜的目的雖然不得而知，但他們顯然已經處於極其被動的局面，他們的敵人可能不止官府一個。易甯泉和官府在明處，還有人在暗處。如果青衣奇盜一意孤行，繼續隱瞞，在兩股勢力的夾擊下，恐怕很難脫身。

易甯泉和夏乾緊緊盯著鵝黃。她說與不說，可能就在此刻了——

「我不知道。」鵝黃緩緩開口，但她的眼神沒剛剛堅定了。

易廂泉深深呼出一口氣，臉色有些蒼白。

三人又僵持了一會兒，夏乾勸說無果，易廂泉也疲憊不堪，而鵝黃的目光從方才的凌厲轉變為黯淡，到了後來，乾脆什麼也不說了。

易廂泉和夏乾只得離開，穿過重重牢門直奔內衙，只見萬沖獨坐案前寫供詞。

易廂泉並沒有一句多餘的問候，只是坐下沉默了。

萬沖停了筆，看了易廂泉一眼，又看了夏乾一眼，蹙眉道：「勸說失敗了？」

「她不招。」易廂泉言簡意賅，口乾舌燥，開始不停飲茶。

萬沖嘆氣道：「我就知道她不肯招，也許用刑可以讓她說出一些實話。」

易廂泉放下茶杯，眉頭緊鎖，說道：「雖然我說了不算，但我是不贊成用刑的。嚴刑峻法不過是對百姓的一種無奈約束，文明盛世不應有任何暴行。何況，即便是用了，阿炆也未必能抓到。鵝黃被捕的時候，阿炆就已經失蹤了。二人沒有聯繫，連鵝黃自己也不能供出阿炆在哪兒。這個女人太聰明，她是打定主意不說了。若是以後阿炆露面，逮捕他，將他們二人分開，再加以挑撥，才有可能套出實情。」

「真沒想到是這種結局，千方百計地抓捕，居然只抓了一個！李德還會因為這件事被降職。」語畢，萬沖嘆氣，對易廂泉道：「若是真的問不出來，就只能一直關著她審著。」

易廂泉嘆息道：「一個女人常在庸城、汴京兩地出沒，本來就可疑得很。她衣櫃中衣物的針線縫合情況，與我的那件夜行衣差不多，更何況她親口承認了，可如今卻又什麼都不說！」

夏乾低頭看了看供詞。「鵜黃說，東西都在阿炆那裡，是在他家裡嗎？」

萬沖沉著臉。「我們搜了他整個屋子，贓物全都沒找到。」

「花盆的土裡找過了嗎？」易廂泉皺著眉頭，敲敲桌子。「犀骨筷什麼的都是小物件，窗臺上有土跡，說明原來花盆可能不止一個，如今卻只剩下一個了，另一個很有可能被人拿走了。」

萬沖急道：「但是李德跟著阿炆，他從來沒有回去翻找過花盆！」

夏乾低下頭去。「比起這件事，我反倒覺得，那個在『暗處的人』比較可怕。廂泉，這個人真的存在嗎？」

萬沖放下卷宗，問道：「『暗處的人』又是什麼意思？」

易廂泉雙手交疊，嘆了一口氣。「我們最初認為青衣奇盜是一夥人，他們連續犯案十多次，從未被抓。但種種跡象表明，除去青衣奇盜之外，可能還有一夥人。這夥人舉辦了猜畫活動，使得青衣奇盜現身。青衣奇盜可能帶著贓物前往西域，去打開某種機關了，而這夥人……」

「也想打開？」萬沖一下子就聽明白了，覺得此事非同小可。「這僅僅是你的猜測，還是有切實證據？」

「猜測，但這才是最可怕的。查到現在，這『暗處的人』從未現身，我也沒有切實證據表明這夥人真的存在。我們去查夢華樓，也得不到任何有效線索。若『暗處的人』真的存在，恐怕比青衣奇盜更難對付，他們勢力更加龐大，行蹤也更加詭祕。」

萬沖思索道：「這件事有必要和燕頭兒商量一下。若這夥人真的存在，說明他們和青衣奇盜有利益衝突，也許可以說服他們和官府聯手。」

易廂泉搖頭。「我不這麼樂觀認為。若他們真的有意聯手，應該早有動靜。」

夏乾看著易廂泉，哀嘆一聲。「就怕『暗處的人』不與官府為伍，反而與青衣奇盜悄悄聯手，這樣一來我們的敵人就又多了幾個。不過，說不定是你想多了，也許這『暗處的人』並不存在。」

易廂泉點頭。「希望是我想多了。但夢華樓伯叔那邊再無線索，鵝黃這邊也問不出什麼，那只能發通緝令去抓捕阿炆了。但我總覺得希望渺茫。雖然青衣奇盜應該是以前就商議過這種棄車保帥的法子，但只要我們追著此事不放，一直跟著他們到西域，應當會有更多的線索浮現。」

「走一步看一步吧！」萬沖把卷宗收起來，低聲嘆道：「至少，我們現在也算是在向前邁步。」

「是啊。」易廂泉朝他眨眨眼。「回去記得犒勞你的姪女。那位陸大人也有機會高升，不會在這裡為難你們了。」

萬沖笑著搖了搖頭。「他調任，並不是因為青衣奇盜被抓，升遷只是個幌子。上級派了幾個明眼人前來調查，發現在抓捕的過程中，所有官兵都是聽燕頭兒的差遣，唯有陸山海被蒙在鼓裡。燕頭兒私自行事，本應受重罰，但大盜被捕，我們這群人功過相抵，官職不升不降，唯獨陸山海被調走了。」

夏乾突然明白了。「他被調任不是因為功勞，而是上面的人發現陸山海沒有能力統領大理寺？」

萬沖笑著點了點頭，伸個懶腰，有種如釋重負的感覺。

易廂泉披衣起身，和夏乾出門去。開封府衙門前的積雪已經化了，變成了點點黑色。二人走入小巷，易廂泉嘆了口氣。「阿炆的事，放長線，釣大魚。我們抓一隻魚，放一隻魚，也不是壞事。」

他只說了這句話，夏乾便立即會意。阿炆並未被抓，但他脫離了他的夥伴，卻依舊要向不知名的地方游去。夏乾問道：「如今我們猜畫成功了，阿炆會不會也成功了？他們會一起去西域？」

「還記不記得我的話？如果他們猜畫成功，青衣奇盜很可能會在大宋境外出現。我會想辦法讓大理寺派人跟過去，抓捕時不能像在大宋境內一般大張旗鼓，但說不定會將他們一網打盡。」

「西域……」夏乾看著天空，對那裡很是陌生。想想易廂泉方才的話，阿炆會不會出現？青衣奇盜會不會在西域被捕？「暗處的人」又真的存在嗎？他撓了撓頭，覺得此行有些危險，但是有機會遠行，總好過在家無所事事。

「放心，我與你同去，不會有事的。」易廂泉轉頭一笑，從手中拿出了一封信。「這是趙大人給的推薦信，我們可以憑此進一趟崇文院，那裡書冊萬卷，可以看看有沒有關於西域、青衣奇盜所盜之物的線索。我等草民，若沒有此信，只能等到七月初七曬書的時候，才能一觀。」

夏乾根本不感興趣。但易廂泉本來就喜歡看書，雖然沒有言語，但明顯是激動萬分，藉著公差謀求私欲，拉著他便趕緊去了。二人走到了崇文院，已經是下午了。崇文院下分昭文館、史館、集賢院和祕閣，一名守衛帶了二人進去，叮囑他們小心火燭，並且嚴肅地說不要帶任何書卷出去。

二人進了屋內，裡面密密麻麻堆滿了卷宗。易廂泉反手關上了門，隨後興奮地看著萬卷藏書，抽出《墨經》看了一會兒。

夏乾瞥了一眼，看到什麼「荊之大，其沉淺也，說在具」，也不知什麼意思。於是打了個哈欠，東瞅瞅，西看看，又去翻《太平廣記》了。

易廂泉把《墨經》放回去，拉住了他。「有這等機會還不快查！你去看看匠人紀錄，我從西夏和回鶻的歷史翻起，看看有什麼線索。」

夏乾應了一聲，然後出了這間小屋。他不喜歡讀書，但覺得有機會進崇文院閒逛，倒也是幸運事。後院有一群官兵和文官正在搬運書冊，時不時掉下來幾頁。門外停了兩輛驢車，似乎要運東西，夏乾上前去看熱鬧，卻被喝住了。

「這裡不能進！」

夏乾摸摸腦袋。「為什麼呀？」

官兵瞪了他一眼，沒有說話。

而此時，易廂泉正在屋內翻看一些雜記。這些雜記大致介紹了西夏的一些大事，還有它與大宋的往來情況。史書記載，西夏於寶元元年建國，李元昊稱帝。但是在這之前，天聖四年，其兄弟李元明作為使臣，來訪大宋。

易廂泉愣了一下。他對那個年代並不了解，畢竟他還沒有出生。但是最近只有一件事提到了那個年代，讓他不得不有一些聯想。

長青王爺凌波事件發生在天聖五年。

他接著往下看，但是關於李元明的記載已經沒了。畢竟李元明不是一位帝王，自然也不會在歷史上留下什麼詳細記載。而西夏的開國皇帝李元昊於大宋慶曆八年逝世，同年，其兒子繼位。李元昊的屍首被放置於他的墳墓中，確切位置不詳。

易廂泉轉身去翻了別的冊子，但是沒有什麼收穫。

夏乾突然推開門來，有些緊張，像是做了什麼壞事。他將一些紙張遞過來。「他們正在搬運，我想著書庫裡的書都可以看，沒想到被喝斥，心裡不快，就撿了來看。但這裡面記錄的東西……你快看看！」

易廂泉趕緊接了過來，連續翻了幾頁，終於看到了重要訊息。慶曆八年，雁城碼頭曾經逮捕了一男子和一個孩子，之後，駐守雁城碼頭的士兵遭到處決。

「這些屬於皇家祕事，需要記錄，但絕對入不了正史。難怪那邊的小屋不讓你進去，這些東西是不能看的！一會兒我便神不知鬼不覺地送回去，否則會壞事的。」易廂泉意識到了問題嚴重，雖然在譴責夏乾，卻低頭如饑似渴地看著。

夏乾有些驚慌。「那個男人會不會是長青王爺？他帶著兒子出了島。慶曆八年，那個瘋婆婆的兒子就駐紮在碼頭。」

易廂泉眉頭緊皺，剛要說什麼，門卻「咣噹」一聲開了。一群官兵和官員站在門口，憤怒地看向易痟泉和夏乾。

易痟泉匆忙行禮，想掩飾一下，但是書卷太過明顯，只得拱手將書冊歸還。「我們只是湊巧撿到，還沒有看，不知道——」

其中一個人似乎是崇文院的文官。他看了看易痟泉，抽走了他手中書卷。「誰讓你們進來的？」

易痟泉趕緊掏出了推薦信來。那個文官看了信，眉頭舒展，卻甩手對其他人說：「讓他們出去。」

夏乾急了。「我們是被推薦來的呀！」

大官沒有說話，直接出門了。其他的人則低聲勸道：「被推薦的也不能隨意翻看，這可是掉腦袋的事。此番因為推薦的人有分量，能讓你們出去就不錯了！」

易痟泉朝夏乾使了個眼色，二人急匆匆地走出了門。明明是一月的天，二人卻已經出了一身冷汗。

「痟泉，你這輩子不要當官，這些人實在是太可怕了！」夏乾擦了擦汗。

「還不是你隨便亂走。」

「你自己不也很想看——」

二人吵了一會兒嘴。不遠處，那輛馬車還停靠在那裡，似乎等著一些書卷要被搬運過去。易廂泉忽然不說話了，對夏乾使了個眼色，推搡了他一下。

夏乾哭喪著臉，立即會意了，從袖中掏了銀子去找車夫問話。過了片刻，他才回來，低聲說：「東西運到洛陽，其他的問不出來。」

他們怎麼也想不到會運到那麼遠的地方去。一般崇文院搬運，也不過是在汴京城內的幾座藏書樓之間運來運去。比如，若是和仁宗帝有關，可能會將東西送到寶文閣，但是馬車竟然要將書卷送到洛陽。

二人被趕了出來，誰也沒說話，一直在街上走。走著走著便到了潘樓街了，這裡年味幾乎已經散得乾淨，街上的爆竹殘片已經消失，殘雪也融化。說書人擺了場子，似乎要開始講青衣奇盜的事，無數的看客擠在那兒聽著。猜謎呀！大盜哇！正月十五月圓之夜的變數哇！都已經成了百姓們茶餘飯後的談資。

一切似乎都要結束了。雖然沒有這麼圓滿，但是鵝黃落網了，猜畫也贏了，把青衣奇盜一網打盡的可能也增加了不少，一切似乎都在慢慢好起來。

易廂泉和夏乾沒有去聽那段說書詞，而是一人買了一個熱騰騰的炊餅做晚膳。吹雪不知從哪兒溜了過來，竟然在人群中認出了他們，跳上了易廂泉的肩膀，在白衣服上留下幾個爪子印。夏乾逗弄了牠一會兒，卻沒想到幾個老百姓圍了過來，看看貓，又看看易廂泉的衣服，問道：「你是說書裡說的那個易廂泉不？抓青衣奇盜的是你不？」

易廂泉臉紅了，趕緊把吹雪趕走。「不是我。」

吹雪喵了一聲，就是不走。易廂泉沒辦法，為了避免困窘，只好拿著炊餅，故作鎮定地吃了起來。幾個老人又圍過來了，說什麼「這小夥兒真好」之類，說了幾句，又看了看夏乾，問：「你是夏家的小公子不？」

夏乾和易廂泉趕緊跑了。二人到了小巷裡，跑了一會兒，到了一片安靜的舊民居，這裡和方才的繁華街道不同，顯得落魄而冷清。

夏乾扶著牆喘了一會兒，傻笑道：「那些老百姓真可怕，你說你以後可怎麼辦哪？你出名啦！他們會不會讓你來破一些小案子？再介紹自家的姑娘給你？你——」

他話說一半，卻突然愣住了。

眼前的民居，很是眼熟的樣子。大門上掛了一盞燈籠，上面有「夏」字，是夏家的燈。大門開著，那是瘋婆婆、包子大娘和工人的住所，燈也是送夏乾回家時拿的那盞。目光穿過院子，又能看到瘋婆婆坐在床上，摸著兒子的劍。

「我的兒子在哪兒呀？」

她在黑暗的小屋子裡嗚嗚地哭著，哭聲很清晰。幾個小孩正在門口踢毽子，似乎對這種情況不以為意了。

易廂泉聞聲也抬頭了。不用說，他便猜出這是瘋婆婆的屋子。這是他第一次來到這裡，但很快就猜到了。大門破舊不堪，其中一個門神已經被風吹走，另一個還在門上掛著，褪了顏色。屋內簡單的陳設，幾個小破盆，幾屜剩包子，沒有炭火，只有一床發黑的花被子。

易廂泉看了看那擦得發亮的牌位，愣了好一會兒，待手中的餅涼透了，也沒再吃上一口。

夏乾垂頭，有些心酸。「走吧！能做的都做了。」

他沒再說話。

一個叫劉仁的兵，莫名其妙死去，官府沒有給說法，只留下一個思念成疾的母親；而留下劉仁痕跡的只有一本崇文院的、不知運向何方的小冊子。

夏乾拉了拉易廂泉。「我們走吧！」

易廂泉不走。他不知應該做些什麼，可他就是不想走。

旁邊的孩子看了看他們，似乎覺得他們看起來有些眼熟，但易廂泉和夏乾沒有和孩子搭話。

孩子們又自顧自開始玩耍了。他們踢著毽子，唱著歌：

七個小兵，駐守宮廷。

無功無過，萬事太平。

忽有一日，太后召集。

爾等離京，尋找長青。

王爺長青，生在宮廷。

金銀為器，絲緞為衣。

半夜三更，忽然離去。
行至河畔，沒了蹤影。

「廂泉，」夏乾拉拉他的袖子。「他們在唱長青王爺的故事。」
易廂泉沒有說話。他此刻只是覺得，瘋婆婆思念成疾還要聽這些兒歌，豈不是更傷心了？
孩子們卻不管這些，依然唱著：

七個小兵，臨危受命。
太后之令，務必奉行。
天色昏暗，河畔幽靜。
長青長青，何處去尋？
七個小兵，出了汴京。

憂心忡忡，走個不停。
河水攔路，周無人跡。
若要向前，須乘舟行。

河畔草地，忽見漁民。
雙目失明，手中持鈴。
七個小兵，上前問詢。
盲眼漁民，如何行進？

漁民笑笑，低頭搖鈴。
叮叮叮叮，叮叮叮叮。

孩子突然開始爭論起來。「應該『叮』七下！」
「八下！」

「七下！我爺爺就這麼教我的！我爸爸也是唱七下！」

「八下！就是八下！我和隔壁小花都唱八下！」其中一個小孩不服氣，拉起夏乾問道：「大哥哥，你說幾下？」

夏乾無奈道：「要不……聽爺爺的？」

幾個小孩歡呼起來，另外幾個則一臉喪氣。易廂泉站在他們旁邊，突然愣住了。他思忖片刻，轉頭看了看屋內，大步走了進去。

門口，正好看到送夏乾回府的搬運工。他還在劈柴，見了易廂泉和夏乾，有些吃驚，隨後笑道：「怎麼，要我去給陸顯仁作證？」

「上次的事真是萬分感謝。作證就不必了，聽說陸顯仁已經被他爹拘在家中，若是日後再犯事，再教訓他也不遲。」易廂泉低頭掏出錢袋來。「我這次是來向你預訂冰塊的。」

「可以，但是至少要等到後日了。還是送到雁城碼頭？」

易廂泉搖頭。

而夏乾則轉身看了看瘋婆婆，心裡還是很難過。

易廂泉訂完冰塊，二人便回了夏宅。一路，易廂泉一句話都沒說，但他腳程很快，也不知在想什麼。

夏乾回到床上躺著，失眠了一夜，直到清晨才睡去，傍晚又醒來。他匆匆吃了東西，整個人感覺說不出來的疲憊，想出去遛達遛達，卻聽聞易廂泉今天白天都未出屋。

然後，暮色再度降臨。

夏至勸他道：「少爺，你這樣晝夜顛倒，身體必定吃不消啊！必須想辦法調整過來才行！」

夜色漸濃，夏乾只得回房，吹熄了燈火，安靜地坐在床榻上。他總覺得易廂泉見了瘋婆婆就不太對勁，易廂泉這個人責任心重，很容易愧疚，說不準是想再查查長青王爺的事。可那件事發生在五十五年前，能查的幾乎都查了，問也問過了，仙島也去過了，崇文院也查過了，應該沒有什麼線索了。

說不定，他們可以再去一趟仙島？

夏乾突然從床上坐起，思考著是否要去。於他而言，那是一場噩夢。從仙島回來之後，他至少三年都不想下水了。他在床上翻騰一陣，又想起了那陣陣水聲，那種沉入水底、絕望的感覺，令他感到恐懼和窒息。

夏乾額間冷汗涔涔，便坐起身來，推開窗換氣。他不知道自己何時才能擺脫這種恐懼。窗戶應聲而開，今夜居然有很好的月光。積雪未消，夜晚很是安靜。然而隨著窗戶的打開，他聽到了一陣水聲。

莫不是聽錯了？不對，「撲通撲通」像是物體落水的聲音，很是細微，卻傳入他靈敏的耳朵，再細細聽去，似有「嘎啦嘎啦」的鋸子聲傳來。

這聲音來自不遠處。

夏乾有些驚懼，立即披衣出門。行至迴廊，卻見門房匆匆趕來，他見了夏乾，臉色有些泛白。

「怎麼了？廂泉出府了？」

門房搖頭。「沒有。反倒是剛才有人送了東西進府，是易公子接收的。我思來想去覺得不妥，還是跟少爺您彙報一聲為妙。」

「什麼東西？」

「冰塊。我問過易公子，這大半夜的要做些什麼？他只是一笑，說……」

「說什麼？」

「他說……今夜，讓長青王爺回來。」

第十一章　仙島事件的真相

夏乾臉色微僵，強迫自己笑了一下。「玩笑話而已。」

門房的臉也僵得不行。「但是，他拿了燭臺和香。您說……」

夏乾沒等他說完，便轉身離開。易廂泉沒出府，這大半夜的水聲定然是他所為。

夏宅後院有一座巨大的池塘，已經結冰了。夏乾顧不得這些，步入後院，遠見池塘邊上亮著燈籠數盞，細看之下，還有微微閃著的亮光——那是忽明忽暗的香火。他立即在大樹背後匿了身形，只見易廂泉那一身白衣在漆黑的夜裡不停地晃動著。

他背對著夏乾，轉身將一個東西推入水裡。

那是一塊浮冰，和夏乾、韓姜在雁城碼頭行舟的那塊差不多大。

夏乾這才注意到，不知何時，池塘的冰面已經被鑿開大洞。易廂泉面對著那塊浮冰站立著，沒有任何行動。

夏乾卻覺得有些驚恐。他的目光集中在那塊浮冰上，屏息以待，滿腦子都是易廂泉的那句話：今夜讓長青王爺回來。

然而什麼事都沒發生。易廂泉整個人僵直片刻，又彎腰朝水中探去，查看浮冰。片刻之後，他再行至旁邊一處，將一袋一袋的東西搬運到冰上。待他放完，又將其中之一打開，倒出什麼東西入了池塘，最後將冰塊從水中整個抱了出來，拿起鋸子，開始拚命鋸冰塊。

「廂……」夏乾只吐出了一個字，易廂泉便聞聲回望，這才發覺夏乾站在身後。

「你為何不睡覺？」易廂泉看著夏乾，有些吃驚。明明是初春，他額間卻汗如雨下，顯然是幹體力活幹累了。

夏乾搖頭嘆息道：「自那日落水之後，我便很難入眠，聽聞水聲，便來瞧瞧你做什麼。你這是在召鬼？」

易廂泉遲疑一下，站起身來，指了指鋸子和冰塊。「你來鋸一會兒吧！」

「什麼？」

「鋸這塊冰。」

「怎……怎麼鋸？為什麼鋸？」

易痡泉指了指冰塊，只見上面有一道小刀劃過的痕跡。「尺寸已經量好，順著這劃痕，豎著鋸一刀，側面鋸一刀，別歪了。」

自從夏乾病倒，易痡泉幾乎沒有對他發號施令過，今夜也不知怎麼了。夏乾並沒有抱怨，二話不說，擼起袖子開始鋸——他壓根沒用過鋸，卻毫無怨言地做了。

易痡泉退居一旁，面色有些焦急，在紙上寫寫畫畫，待夏乾鋸好之後，二人一起將冰塊抬起——

「扔水裡？」夏乾覺得冰塊並不沉。

「扔。」易痡泉吐了一個字，二人便將冰塊「嘩啦」一聲投入水中。待冰塊浮穩，易痡泉開始陸續將岸邊的袋子往冰上搬運。

「易大仙，成了？小的做得還可以不？」

然而易痡泉並沒有說話。他搬運一會兒，思索一陣，又在紙上寫寫畫畫，之後便倚靠著一旁的大樹站著。站著站著，他像是累極了一般，慢慢坐到了地上。

「痡泉、痡泉？」夏乾喚了他，卻見他臉色微微泛白，喃喃自語，先是搖頭，而後蹙眉，再是搖頭。

「易甯泉！」夏乾又喚了他一聲。

易甯泉大費周章折騰這些，定有他的目的。若是換作以往，他定會露出匪夷所思的笑來。可如今，他沒有，他只是一臉頹然。

易甯泉坐了很久，夏乾也等了他很久。兩人背對背靠著一棵大樹，雙手抱膝，以同樣的姿勢發呆。他們身後的樹是一棵古樹，在夏家買下宅院之前便扎了根的。古樹如此，真相亦如此。它們安靜地存在，從不開口，卻等著充滿好奇的正義之士前來探尋，將一切連根拔起。土中白骨、世間亡靈，都在苦苦等待著這樣的人出現。

他們在樹下坐了一夜，直到夜色幾乎要退去。

夏乾用手摳下一塊樹皮，將這黝黑的小物扔到遠處去。它畫過一道不甚優美的弧，越過假山，穿透夜空墜入泛著微光的池水裡，發出一聲幾不可聞的聲響。

聞聲，易甯泉眨了眨眼睛，這才回過神來，發出一聲輕微的嘆息。

「你的定力什麼時候這麼好了？居然陪我悶聲不響地坐了一夜。」

易甯泉突然開口，竟然是這樣一句。他慢慢起身，活動活動筋骨，遠見東方泛起了一抹紅色。「我竟未發覺東方已白。」

他慢慢站起來，向屋裡走去，顯得很是疲憊。夏乾歪頭思考了片刻，突然出聲叫住了他。「我知道你沒解出來。」

易廂泉駐足回頭，微微訝異。

夏乾笑了一下，慢慢跟上前去。「世上沒有仙女，沒有仙島，有人用這些虛妄的東西來掩蓋事實。你想揭露長青王爺事件的真相，你想給不明不白枉死的人一個交代，我們做了很多事，但是這次事件真的無解。無解就要承認，沒什麼可傷心的。」

易廂泉訝異。「那你還靜坐一夜，等我講故事？」

「我只是睡不著罷了。」夏乾擺了擺手，欲先行一步回房去。清晨的空氣很好，夾雜著融雪後的絲絲涼意，好像心中的不快全都掃空了。他縮在棉衣裡慢慢往回走，就像是已經聽完了一個精彩的故事一樣滿足。

現下他才明白，自己跟著易廂泉東跑西跑，其實也不全是因為生活無聊，想尋些刺激。破案也好，去崇文院偷看書也罷，跟著朋友在一起，做些好事會感到滿足，做些壞事也會覺得愉快，發呆也不覺得時間被荒廢，反而過得異常充實。

易楣泉慢慢地跟了上來。他坐到椅子上，很是疲勞，自己倒了一杯濃茶喝了。

「夏乾，你睏嗎？」

「不睏。」

「那就拿紙和筆來。」

夏乾一怔。「你又要做什麼？」

「先研墨，我給你講個故事。」

夏乾嗤笑一聲，拿了墨來。「你坐了三個時辰，也沒有解出來真相，還有什麼可講？長青王爺尋仙的故事，我都聽膩了。」

易楣泉搖頭道：「你說得不錯，事情過去了五十五年，時過境遷，證人全死，證據全毀，傳說難信，我的確無解。但是，我們擁有猜測的權利，我們求不得真相，卻可以無比接近於真相。」

「所以呢？」

「在我開始猜測之前，你先聽我講個故事。這要從東漢末年講起了。東漢末年，有個人叫曹操，他有個兒子，叫曹沖。有一天，有人送給他們一頭大象。」

夏乾一聽，哈哈大笑。「這故事我四歲時就能講，被鄰居孩子聽去，還嘲笑我傻，說這個故事他們三歲時就不講了——」

易廂泉誠懇點頭，開始研墨書寫。「這個老套的故事是解開謎題的關鍵。你看，這是我們那日得出的結論。」

夏乾探過頭，見易廂泉在紙上寫上四行字：

女子　埋於樹下　埋葬老人

男子　長青　乘冰舟　刻字人　埋葬女子　埋葬老人

老人　男子　長青　埋葬女子　刻字人

孩子　虎頭鞋　埋葬老人　埋葬女子　刻字人

「夏乾，你可還記得我那日說過，調查陳年舊案的三個法子？一是探聽，包括查訊息與走訪；二則是在眾多訊息裡將人物、事件與時間關係弄清楚；第三，則是實證，也就是我昨晚所做的工作。第一、第二點，都是為昨夜做鋪墊——即模擬事發的環境，將虛幻之物轉變為現實。我們只有弄清哪些真、哪些假，事情到底怎麼發生的，才有查清真相的可能。這也是我讓你乘冰舟行進的原因。事隔五十餘年，很多事都發生了翻天覆地的變化。我們要抓住的是不變之物，以不變的東西來補全變化之物。」

夏乾問道：「何物不變？」

「一切幾乎都變了。」

夏乾喪氣道：「那你還說什麼？全都完了。」

「我師父晚年居於洛陽，在家中研究易理，卜算、問卦更是一絕，故而足不出戶，便可知曉天下之事。有人說，他透過一朵花便通曉時令，一滴水便看到大海。他是如何做到的？無論時代如何變遷，數術卻永遠包攬了世間之物。」

夏乾一怔。「長青王爺這件事，要如何算？你讓我乘冰舟前行，就是模擬當年環境，來尋覓古今事發之時的相似和不同，從相似處突破。」

「不錯。事後，你和韓姜幾乎命喪於水中……夏乾，對不起，我在事後反思了幾夜，總覺得自己太輕視你的安全了，想著想著，突然認識到了自己的錯誤。」

「羊皮筏子沒用？」

易廂泉搖頭。「不。我聽到孩子們唱歌之後，忽然明白問題出在哪兒了。『七個小兵，上前問詢。盲眼漁民，如何行進？漁民笑笑，低頭搖鈴。叮叮叮叮，叮叮叮』。到底是『叮』七下還是八下？孩子們爭論不休。因為在孩子們爺爺輩的時候是『叮』七下，如今卻變成八下了。這也是長青一案的問題所在，即數量發生了錯誤。換到冰舟問題，你們為什麼會沉底？因為我錯估了冰塊大小和你們身形輕重的關係。我剛剛丈量，你們的冰塊長六尺五寸一分，寬也是一樣，高一尺一寸七分[10]，但是，在此之前，冰模子重鑄了。」

夏乾懵了。搬運工和柳三之前的確都說過，冰模子重鑄，他們的冰塊和舊冰塊模子不一樣，大了許多。

「大宋建國以來用的舊冰模子，和你們等長，寬、深約為你們的一半。根據《九

10　三．二五宋尺為一公尺，故六尺五寸一分大約為兩公尺，一尺一寸七分約為三十六公分。因實際丈量過程中會有略微誤差，此結果僅為預估值。

章算術》裡所說，上面的範圍大小顯然是你們的一半，但我僅僅知道這些。我昨天去崇文院，看到書冊，《墨經》有云：『荊之大，其沉淺也，說在具。』大意是：很大的物體，在水中沉下去的部分卻很淺。關於物體的大小、重量和吃水線的道理，史上精通數術的先輩並沒有研究透徹，《墨經》裡面也沒有講清楚[11]。但這樣細想，即便將冰塊分成兩塊，你和韓姜一人一塊，你們分的冰也比長青要大上許多，感覺是不容易沉的，但是最後出了事。是因為冰舟破裂變小了嗎？還是因為冰塊融化更快了？」

易廂泉絮絮叨叨，像是講解，更像是自言自語。他閉起雙眼，接著道：「你們出行的那夜，我被釋放，去雁城碼頭接你之時，卻吃驚於你們的落水。但是一想也對，長青王有去無回，冰塊只使用一次；而你們需要返程，可能更加危險。而後如你所言，冰塊碎成三塊，韓姑娘身上帶著重物，但我想著想著，總覺得事情哪裡不對。」

夏乾嘆息道：「那依你之見？」

易廂泉閉目一笑。「這件事成了問題的關鍵。你們到底有多重？你們的冰塊比長青王爺究竟大了多少？明明你們應該比長青安全，為什麼變成這樣？僅僅是因為返程和風雪的緣故嗎？我突然明白，五十五年前長青出逃之夜，之所以造成『凌波』之相，不僅僅因為黑夜，也不僅僅因為冰塊近乎透明——而是因為冰塊幾乎完全沒入水中，人踩在上面幾乎就像踩在水面一樣。我隱隱覺得不對，便去查書，想找找吃水線和重量的關係，但所尋典籍不過是《墨經》的寥寥數語而已。不過，除了《墨經》，古時還有一個故事可以驗證重量關係，就是我剛才跟你講的那個三歲小孩都不願講的故事——」

夏乾一怔。「曹沖秤象？」

易廂泉點頭。「不錯。我為了弄清楚整件事，又託人弄了一塊冰，並且在這幾日裡挖了你家後院的土，等重均分，裝入同樣的袋子裡。方才我就在計量冰塊完全浸入的重量、浸入三成的重量、浸入五成的重量，並且記錄。若使冰完全沉沒，你和韓姜那塊冰的負重約為二百三十斤，而長青王爺那塊的負重大概是六十斤[12]。」

夏乾對重量沒有頭緒，卻也聽出了其中的關係。「長青的重量……大概是我的一

11 《墨經》中並未明確指出浮力與物體排水體積的關係，故易廂泉無法透過計算得出結果，只能用古法測量。但讀者可利用浮力定律進行簡單推斷。

半，再稍多一些？」

易廂泉苦笑一聲。「算術誠不欺我。」

「那說明——」

「乘冰舟的人很輕，他的體重輕到幾乎是穿著棉衣的你的一半。為什麼？他是斷手斷腳了嗎？斷手斷腳都不會這麼輕。」

「這可不一定，有些人的重量就是很輕的。長青他可以很矮呀！」夏乾說了半句，突然怔住。

易廂泉又用手點了點桌上的紙張：

女子　埋於樹下　埋葬老人

男子　長青　乘冰舟　刻字人　埋葬女子　埋葬老人

老人　男子　長青　埋葬女子　刻字人

孩子　虎頭鞋　埋葬老人　埋葬女子　刻字人

「夏乾，你之前說，那日觀看樹上所刻之詩〈思卿〉的位置比你還要高。如紙上所寫，按照我們的推斷，女人被埋了，那高個子男子當是長青，是刻字人，比你高。一個比你個子還要高的人，推算出的重量卻只有你的一半，這說明什麼？刻字的、乘冰舟的，壓根不是一個人。至少有一個不是長青王爺，或者兩個人都不是長青王爺，那麼我們書寫的第二行內容就是徹底錯誤的。」

二人沉默了一陣。

夏乾聽明白了。他們之前提出過很多猜想，比如長青就是老人，或長青在慶曆八年出了島……但這都基於一個最基本的想法——長青乘了冰舟去仙島，並且在島上和仙女成婚，在仙女死後，埋葬仙女。

但是根據如今的推測，乘冰舟的人重量極輕，而埋仙女的人很高，這樣的身長和

12 六十斤：宋朝一斤約為今天的六百四十克，故兩百三十斤約為一百四十七公斤，六十斤約為三十八公斤。該結果僅為易廂泉簡單估算所得，因此與實際載重量存在一定誤差。

重量不可能出現在同一個人身上。他們遇到了一個巨大的矛盾，正因為這個矛盾的存在，他們之前推測所得到的結論全部都被推翻了。

夏乾瞅了瞅字條，思緒不清。「那怎麼辦？」

易廂泉無言，只是走到窗前，緩緩開了窗。

那窗外一片晨景，薄薄積雪覆蓋住了夏家那有些江南味的小院，也覆蓋住了那些複雜的、混亂的味道，只留下一絲純淨的水氣。

易廂泉只是平緩地呼吸，好像要把雜念排空。

夏乾低頭瞅了瞅字條，知道這道題並不是那麼容易解開，線索太少，可能太多，故而易廂泉靜坐三個時辰都無法將真相道出。他輕咳一聲，安慰道：「我們可以再去一趟仙島，什麼就都清楚了。」

易廂泉看向他。「今日傍晚，冰塊會送到雁城碼頭。」他頓了一下，問道：「你還去嗎？若你帶路，會好很多。」

他的聲音有些低，明顯底氣不足。

經歷了落水事件後的夏乾本想斷然拒絕，但又想起那個瘋婆婆一家子來。人雖然不在了，但是總要做些什麼，也許他們查不清真相，但可以無比接近真相。

想到這裡，他點了點頭。

夕陽漸落，二人整裝待發。吃了點飯，他們便匆匆前往雁城碼頭，那些大漢已經在那裡等著了。冰塊「撲通」一聲入水，易廂泉看著那幽幽寒氣，沒有動。

他扭頭看向夏乾道：「來嗎？」

夏乾有些畏水，但易廂泉的聲音似乎帶著一絲懇求。

易廂泉在充滿水氣的岸邊站著，形單影隻。他聰明智慧，遇事冷靜，實則卻是孤獨的。形形色色的朋友在他的一生之中來來往往，卻終究是配角而已。他自己撐起一段戲，但一段戲之後便是散場，誰也不是他命裡的主角。

但是在他最年輕的時候，有另一個無聊的人站出來作陪。天才也好，庸人也罷，年輕人往往無所畏懼，敢於發聲，敢於做事，哪怕這些事在日後看來荒唐又離譜，卻是彌足珍貴的。

夏乾想到此，慢慢站到了冰舟上。

易廂泉笑道：「只有你夏乾作陪。」

夏乾則認真回應道：「所以你要珍惜。」

二人相視一笑，再無對話，冰舟一晃一晃向前行。夕陽被雲遮住，天空中下起細細密密的雪，開春時下起的雪要更柔和一些，似是半化不化的晶瑩雨水，又像是一層淺淡的霧氣，將寫意的山水一點點暈染開來了。

周遭靜無人。

易廂泉盯著水面，忽然道：「有件事，你不要說出去。」

夏乾不屑地撇撇嘴。若是換作別人說這種話，他心中必定警鐘大作，但是易廂泉這麼說，只怕要說些怪事了。

「仙島的事是一個危險的祕密，既然你都來了，想聽聽我推測的真相嗎？」

夏乾一驚。「你知道真相，之前怎麼不說？」

易廂泉朝周圍一看，小雪細密蒼山遠，唯有冰舟位於水中央。他慢慢說道：「一來沒有證據，二來唯有在四面環水的冰舟上才能確保無人偷聽。涉及皇家祕事，怕我們有危險，既然真相已經無法知曉，我便來猜猜看。」

夏乾坐直了身體。

「事情就奇在島上的四個人物對不上，我們先將人物疏理一番。首先，忽略第一個人物，就是孩子。房屋荒廢時，虎頭鞋並沒做好，說明當時的孩子也不會太大。仙島與世隔絕，門上的二十一道橫線極有可能是用來記年分的，他們在仙島生活了二十一年，那個孩子極有可能在倒數第四、五年出生，推算下來是慶曆年間的人。他年紀太小，在凌波事件、仙島事件中似乎沒有太大的作用。第二，是老人。正如韓姜所說，我覺得第一種解答是有問題的，按照長青的年齡推斷，他現在也才是個老人，所以老人的死亡要更早些。你們說過老人的墓上面有一個口字，至此，我們忘記了一個很重要的人。在汴京城的傳說裡，歸隱的不止長青王爺一個，還有一位叫做呂端的前朝智者。」

夏乾想起來了。「『宰相肚裡能撐船』的那位？」

易廂泉點頭。「口，可能是呂字的一部分。那位呂端老先生是太宗時的參知政事，等到長青王爺登島時，年紀已經不小了，何況墓碑的字跡都不清楚，可見真的是死了很多年。將老人和孩子去除，仙島事件的重點，還是落在那對有情人身上。」

易廂泉突然從懷中掏出紙來。真是令人驚訝，他居然隨身帶著這些東西！

女子　埋於樹下　埋葬老人

男子　長青　乘冰舟　刻字人　埋葬女子　埋葬老人

夏乾看著看著，思索道：「不對，按照冰塊重量來推斷，乘冰舟的人很輕，刻字人比我高，『男子』後面這幾個條件就矛盾了。我覺得是三個人。」

他重排紙片，變成：

女子　埋於樹下　埋葬老人

男子　刻字人　埋葬女子　埋葬老人

長青　乘冰舟

夏乾撥弄之後，想了想，開口道：「『長青』和『乘冰舟』沒有歸屬，只得推斷出長青是老人。這又回歸了第一種『長青即是老人』的解釋，也就是我給伯叔的解答。

而第二種解釋，『長青』和『乘冰舟』的歸屬是『孩子』。孩子的重量很輕，但是孩子又太小，而長青是華服青年，所以長青不是小孩子。」

易楯泉笑道：「還是遺漏了一種可能。我覺得，這次的事件重點是兩個人。」

夏乾頭疼，將紙片劃分回來：

女子　埋於樹下　埋葬老人

男子　長青　乘冰舟　刻字人　埋葬女子　埋葬老人

夏乾瞧了瞧，道：「這樣是矛盾的！事件至少關聯三個人！男人、女人、老人！可能是四個，加個孩子！否則說不通！」

「兩個。」

「三個以上！」

「兩個。」易楯泉回答得很堅定。

夏乾有些急了。「之前都說過了。刻字人高，冰舟人輕。按照你的說法，易楯泉你數一數，高個子、乘冰舟的矮個子、仙女——」

易廂泉突然扭頭看看他，狡黠一笑，好像在說「你說對了」。

夏乾在這一剎那，突然明白易廂泉的意思了。

高個子，乘冰舟的矮個子，仙女。

高個子，乘冰舟的矮個子仙女。

兩個人。

冰舟不動了。夏乾有些錯愕，他看著遠處的山，「包公」、「尉遲恭」和「秦叔寶」三座山露出了黑黝黝的影子。它們安靜地臥在遠方，守住了一些祕密，一些塵封了多年、絕對不能被後人挖出來的祕密。

長青王爺是個奇怪的王爺。他明明是在世皇子中最年長的一位，卻不能繼承大統；他從生下來就養在宮外，毫無實權；他的一生神神祕祕，留下了傳說紛紛；他在史書上被抹去，隻字未提；他體量很輕，輕到只有成年男子的一半。

而易廂泉和夏乾碰壁無數，就是無法解開真相。不是因為時過境遷、線索過少，而是因為有一個他們一直沒有弄清楚的關鍵。

一切真相，因為一個原因而瞬間得解。

「長青王爺是女子，從生下來就是。長青上了仙島，愛上了仙島上的青年，一切和汴京城的傳說一樣，不過性別調換了。夏乾，這是整個問題的關鍵，也是一直困擾我們的地方，這個關鍵解開之後，一切都平順了。」易廂泉的聲音很是沉穩，他推了推紙片，得到了最後的答案：

女子　埋於樹下　埋葬老人　長青　乘冰舟

男子　刻字人　埋葬女子　埋葬老人

這就是五十五年前的真相。

夏乾怔住，沒有說話。

易廂泉道：「呂端先生是一位很有名的宰相，早早就歸隱了。我可以提出一種假想，整理一下時間順序。第一個登島的其實是呂端先生，他在那裡歸隱數年。第二個登島的是男子，相較於你而言，他個子更高一些。他一直住在島上嗎？還是中途入島的呢？會不會不是中原人？會不會是我在崇文院裡查到的西夏使節？這些我們都不得而知。總之，他很可能先於長青登島。長青尋島溺水，被男子所救，一個月之後，長青痊癒回宮，再之後，長青從宮中出逃，凌波事件發生。而之後的某年，呂端老先生去世被埋葬，長青和男子在島上生活了二十一年之久。隨後男子出島，遇到了河畔的守衛們，從而被抓捕。一切都通了。如果按照這樣的時間順序來推斷，有些片段是模糊的，比如長青為何要尋仙島？比如男子的身分，他為何要入島、出島？比如那個孩子又去了哪兒？這些事情我們不得而知，而時過境遷，也很難水落石出……但是我們可以確定——整個事件最大的祕密就是長青的身分。」

夏乾怔然。「我覺得……這些事的始作俑者都是那位姓劉的太后。」

「當年真宗幾個孩子全部夭折，他膝下無子，就盼著能生出兒子來立儲。恰逢其時，備受寵幸卻出身卑微的劉妃懷孕了。所以……」易廂泉的目光有些沉重，凝重的話語如嘆息。「如果劉妃想坐上太后的位子，那她就必須生男孩。生下的男孩就是未來的皇帝，而她劉妃就是太后。如果是女孩子呢？無妨，就當她是男孩子。只要是男孩子，就有希望；只要是男孩子，就有繼承皇位的機會。因為孩子可以改變命運。」

易廂泉說得很平靜，但是這段話卻讓夏乾冷汗直冒。他想了很久，終究憋出來一個詞：「荒唐！」

易廂泉坐在冰舟上，茫然地望著天空。「你我並未生在宮牆之內，當然覺得荒唐。劉妃是打花鼓出身的，無權無勢，倚靠聖上的寵愛是無法安然度過一生的……宮中女人的命運，你我都不懂，但是一定荒唐又悲涼。劉妃最後成功了，坐穩了位置，再後來，還讓年幼的仁宗做了自己的兒子。」

夏乾躺下，看著天空，天空很美，很是澄澈。他覺得自己彷彿看到了一個年輕女孩子的眼睛。

「這個姑娘很可憐，她的出生是至關重要的。她算是真宗當時在世的唯一孩子，如果她是男子，這一點就足以讓步履不穩的劉妃再上一個臺階。奈何長青是女子，只有趕快把她送出宮去祕密地生活。於是，劉妃很快認了仁宗做兒子，長青就變得不重要了。雖然長青不重要……但是祕密重要。」

縱然星辰璀璨，江水之上，煙波浩渺，濃霧把小舟遮蓋了個嚴實。

易廂泉嘆了口氣。「祕密太重要了。這件事看起來輕描淡寫，但實施起來卻很困難，宮女、守衛……很多無辜的人都要因此犧牲。」

夏乾黯然，他想起了瘋婆婆家的那個兒子。他轉身看了看遠方，說道：「我在漁民的屋子裡見過一個孩子的畫，是慶曆八年畫的。畫上有一片蘆葦蕩，四個拿劍的小人，兩個不拿劍的小人，一個蹲在草地裡的小人。這會不會是……」

「可能是。」易廂泉思考了一下。「很可能是長青去世之後，男子帶著『景兒』歸來的場面。那些駐守碼頭的官兵在那一夜知道了不該知道的祕密，所以，他們再也沒能回家。」

「他們被滅口，全都是因為這個可笑的理由！」

「可笑嗎？不可笑。坐擁江山的人不能有任何祕密，因為江山要穩，江山要穩哪……穩到一絲風也不可以吹，一滴雨也不可以淋。他們位高權重，親生骨肉都可以不顧，而小老百姓生如草芥，死如螻蟻，只要保證江山在手，大權在握，死一、兩個小人物又有什麼影響呢？」

夏乾這才明白，老百姓都記得那些英雄似的大人物，而平凡百姓從未在歷史上有過一絲一毫的影響。生得糊塗，死得無息。他們的死活又有誰來關心呢？

「你……」夏乾看著易廂泉，卻不知該說些什麼。

易廂泉躺在了冰舟上，冰舟很小，但是他躺得很安然。雨和雪順勢而下，灑在他的衣服上，但是他似乎對此毫不關心。風也不關心，雨也不關心。

夏乾怔了怔，突然問了一句奇怪的話：「這就是你不當官的原因？」

「官太多，我太少。」

易廂泉回答得很簡短。他閉起眼睛，不看這江山。風和雨在他的身上沒有留下一絲痕跡。

遠處的密林裡似乎出現了一道煙柱。

行船一個時辰之後，冰舟靠岸，二人在千歲山腳下的樹林之中步行良久。夜濃得把月光再次遮掩了，雪細細密密地下著，如同早來的春雨，穿過密林，卻似飛花。夏乾和易廂泉瑟瑟發抖地站在密林之中，眼前是黝黑的岩石，它們凌亂地堆砌著，與包公山自然而然地融為了一體。

「我確定就是這裡，還在不遠處的樹枝上綁了衣帶。」夏乾有些焦急地四處張望著。「可是，洞口呢？」

「炸毀了。」易廂泉皺著眉看向山頭，那道煙柱並沒有被細密的雨絲澆滅。

「相比較之前，煙柱已經小了很多。若是此地放過大火和炸藥，一定是許久之前的事了，可我們來時沒有看到任何往來的船隻，沒看到任何人。是誰來過了？什麼時候來的？夏乾，我回去和做冰塊的打探一下，看看誰用了冰，只得如此了。」

夏乾上前摸了摸黝黑的岩石，擼起袖子想搬動。

易廂泉拽住了他。「算了，要把這裡炸毀、燒掉，還挺不容易的。對方真是下了苦功夫，豈是你說搬就搬、說看就看的？」

夏乾插著腰，繞著炸毀的洞口走了好幾圈，他想發問，卻被易廂泉硬生生拽走。

「別搬了。」

「這就走了？」

「你要是能飛就飛進去。」易廂泉頓了頓。「這是有人有意不讓我們進去。」

二人前行了幾步，夏乾卻突然問道：「你覺得是誰做的？」

「伯叔帶人做的吧，除了我們，應該只有他知道了。不知猜畫的幕後人究竟是何意，但是我想我們終有一天會知道的，我好像已經有些眉目了。」

夏乾哼唧道：「我只是覺得有些可惜。」

「可惜什麼？這裡算得上汴京城最美的景色，你已經是為數不多見過它的人了。」易廂泉嘆息道：「我也很想去看看，沒機會了。」

「都怪青衣奇盜！」

「對。我若是不入獄，也能看到仙島了。只是我當時很多天沒洗澡……」

二人嘰嘰喳喳，再次踏上了返程的冰舟，回程的旅途很是順利，毫無波瀾。

天色暗了下去，冰舟上，易廂泉在前面提燈指路，夏乾在後面慢吞吞划著槳。這一路並不算短，可二人並沒有多說什麼話。

烏雲悄然散去，夜色微涼，月光柔美，星辰散著微光。直到行至河的中央，霧氣漸濃，心也越發安靜。二人才意識到猜畫一事已經到了最後的結局——那仙境之地被徹底封存，彷彿不曾存在一樣。

他們看著煙霧繚繞的千歲山，千歲山腳下是皇城。這皇城從宋太祖黃袍加身起，便成了當權者最後的堡壘，皇城之下有多少祕密被掩埋，多少無辜的人悄然死去，有多少冤魂血淚在城牆下哭訴……後人只怕很難再去挖掘了。

但是，有人憑藉一己之力挖出了冰山一角，有人以一顆虔誠的心看待世界。正因如此，那些小人物的命運如星一般閃了光，縱然已經逝去，但是烏雲遮不住他們的光。

夏乾抬頭看了看易廂泉。他還是穿著那身普通的白衣服，坐在冰舟上，把乾糧撕碎，扔進河裡去餵魚。乾糧撲通撲通地落水，靜謐得很。

「其實你挺了不起的。」夏乾閉起眼睛。

易廂泉半天才回答道：「你居然誇我？我還以為我聽錯了。」

「若不是因為你師父和師娘的緣故，你是不是也會繼續查案子？」

「會呀。」易廂泉看著遠處的山。「感覺這樣活得有價值一些。否則在世上無依無靠，也不知為什麼而活。待我們回去準備一下，下個月準備前往西域。那時要途經長安，也許在那裡會碰到很多不一樣的東西，我總覺得事情會出現變化，也許……」

冰舟搖晃，悠然前行。

「長安城……」夏乾躺在冰舟上閉起眼睛，轉移話題，閒聊起來。「你說，當爹的是不是都這麼過分？」

易廂泉停止了手裡的活兒。

「我沒爹。不過，你為什麼這麼問？」

「易廂泉，告訴你一個祕密，我們可以一起去西域，我爹是支持我的。」

「是不是有條件？」

「不錯。」夏乾閉著眼睛，聲音低了下去。「我向他承諾，我二十五歲會回來繼承家業，並且要娶我娘指定的姑娘，很有可能……不只一個。」

他蹺著二郎腿，輕輕鬆鬆說完這段話，彷彿在講一個旁人的無奈故事，帶著幾分譏諷，卻聽不出痛苦。

易廂泉沉默了一會兒，道：「用這樣的條件作為交換，為了這些事，值得嗎？」

「廂泉哪，我老的時候可不希望和孩子們講起：你爹三歲識千字，五歲背唐詩……二十五歲聽從父母之命娶了你娘，從此振興了夏家家業。」夏乾閉眼，喃喃道：

「這樣講真的很沒出息。」

易庾泉笑了。

夏乾繼續道：「我想要到我老了以後，能夠有些故事可以和別人講起，而且要笑著講、得意地講。從我二十歲那年，在庸城碰見大盜開始講起，講我去雪山小村子裡抓狼人，講我找到了傳說中汴京城的仙島……一直講到故事結束，轟轟烈烈，讓孩子聽得一愣一愣的……」

夏乾的聲音低了下去。

易庾泉又沉默了好一會兒，才道：「人是要這樣活著，也不要太悲觀，先掙些錢，以後說不定會出現轉機。長安城……那裡什麼都有可能發生。」他只是簡單地說了兩句，卻不見夏乾回應。

雁城碼頭溫暖的燈光已經很近了，燈光之下，失眠幾夜的夏乾已經倒在冰舟之上，睡得香甜極了。

尾聲

二月二，龍抬頭。

汴京城的冷真的很快就過去了。潘樓街金雀樓的臺子上有兩塊木板，木板掛著彩絹，放眼望去，不遠處的擂臺上站了兩人，臺下人聲鼎沸。老百姓推搡著看擂，將街道擠得水洩不通。

那人擠人、人挨人的場面實在嚇人。夏乾在不遠處的街角窩著，吃了一塊熱氣騰騰的炊餅，慢吞吞走到了潘樓街那懸掛著彩牌的臺子前。

「掌櫃的，我不賭了，錢還我吧！」

夏乾嘴裡塞著炊餅，也沒往擂臺邊看上一眼。

掌櫃的見他前來，不慌不忙，只是道：「可是您已經賭了呀！您還說過，若是贏了，直接把金雀樓買下來。」

「你說什麼？」夏乾嘴裡的炊餅啪嗒落地，瞪大雙目。「我什麼時候賭的？不可以退錢嗎？」

「是易廂泉易公子來賭的，還加碼了。」掌櫃的指了指吊牌。「前一陣來押的，這是最後一局了，這下銀兩可是不少。正好金雀樓原東家家中有急事，需要錢。您若贏了，願意買，東家也願意盤出，這金雀樓就姓夏了。」

「易廂泉哪兒來的錢哪？他猜畫贏的錢都給我了！」

「這裡面有錢。」掌櫃的端出一個點心盒子，夏乾一看就認出來了，這是他爹讓他交給陸山海的盒子。

「他賭誰了？」夏乾的心一下子涼了。他轉頭看向遠處的擂臺。那上面站著一彪形大漢，大漢的對面像是一個書生。和大漢一比，那人穿得很素淨，又顯得太過瘦弱。

「就是那個瘦弱的小哥。」掌櫃笑著指了指擂臺。「易公子真有眼光，看了一會兒就下注了，誰想到這麼瘦弱的人能連勝二十局——」

夏乾一把扯下了吊牌，認出了吊牌上的那個名字。

「若是贏了，您可就賺了！大部分人押的都是大漢，那可是陸家的家丁，哪知道今年殺出這麼個人來？世事難料哇！」

夏乾生氣道：「你們居然分不清男女？居然讓一個姑娘去打擂？」掌櫃的被他嚇得一怔。「你說那小哥是個姑娘？但他已經連勝二十局啦！怎麼可能是姑娘？」

夏乾一句話也沒說，他手中握著寫著韓姜名字的牌子往擂臺跑去。可是那些拖家帶口的老百姓熙熙攘攘地擠在街道中央，如海如山，而他離擂臺太過遙遠，遠到只能看見擂臺上兩個模模糊糊的影子。

「韓——」夏乾在人群裡掙扎，很想喊出她的名字，可是他的聲音卻被吞沒在一聲巨吼之中。

只聽那大漢吼了一聲，似有威懾之意。那吼聲震天，如排山倒海，如虎嘯龍吟，令所有看客安靜了一瞬。然而在這片刻的安靜後，看客爆發出一陣潮水般的歡呼。只見那大漢下盤穩健，出拳迅猛而有力，直擊對方的頭顱——

這一拳下去，幾乎不可能有人受得住了。

夏乾拚命地往前擠著，腦袋嗡嗡作響，在這一瞬間閉上了眼睛。

突然，周遭的人聲降下來了。

大漢赫然倒地。

百姓皆是一臉詫異，幾乎沒人看清發生了什麼事。只看見大漢倒地，那個有些瘦弱的人仍然站在原地，穩得像一棵樹，又像是纖弱卻將根扎得極深的柳。

周遭百姓絮絮叨叨的言語傳入夏乾的耳朵，他還想往前擠，可是死活都擠不動了。卻聽一聲鑼響，比賽結束了，韓姜贏了。

她沒有接受歡呼，轉身下了臺，像一片落地的白雪，隱沒在大地便消失不見。

夏乾真的沒想到是這種場面，待他神魂未定地走到擂臺旁邊，幾乎所有看客都各自散去。如今只有幾名小廝正在七手八腳地打掃，沒有什麼大漢，更不見韓姜的影子。

夏乾看了看空蕩蕩的擂臺，有些不知所措。

「夏公子來得晚了一些，我還給你留了前排座位的。似乎只有你和我買了那姓韓的姑娘的彩頭，不過我並沒有夏公子的遠見卓識，我賭的錢少，賺得也就少。傳聞夏公子目光獨到，一擲千金，真是令在下佩服。」

夏乾聞聲望去，才發現這人一身華服，正是前幾日在夢華樓碰見的小白臉。

夏乾有一肚子疑問，脫口而出的卻是：「她……怎麼贏的？」

對方像是吃了一驚，轉而笑道：「難道夏公子一場都沒看？」

夏乾未答，對方則道：「這種擂臺，莽夫最多，體格最健壯者往往最易獲勝，可拳腳功夫粗糙得很。和這些莽夫相比，這位姓韓的姑娘身子骨瘦弱，但步履穩健，武學功底比其他的人都要扎實得多。」

夏乾心裡有些不是滋味，又說不出來哪裡不是滋味。

「你知道她是女孩子？」

對方聞言，溫雅一笑。「我又不是瞎子，當然分得清男女。」

「那……你是何人？」夏乾早就想問了。

來人一怔。「我本以為夏公子知曉我的姓名，這才沒有報出，卻不想是我唐突了。」他清了清嗓子，認真道：「在下慕容蓉。」

這個名字有些奇怪，有些讓人想笑。慕容這個姓本就不太常見，此人的名字裡偏偏又加了一個蓉字。

「哪個蓉？」夏乾鬼使神差地問了這樣一個問題。

「芙蓉的蓉。」

夏乾臉上露出一個奇怪的表情，想笑卻又不得不憋著。哪怕眼前的人舉止得體、修養甚高，攤上這麼個名字，就如同夏乾變成了夏淺淺，易廂泉變成了易湘湘。

慕容蓉倒是脾氣很好。「家父取的。他喜花，家中兄妹不論男女，名字皆是花，要用什麼花，看出生時令。」

夏乾聽後，更加想笑了，卻突然想到了兩個問題。

很多天前，夏乾與伯叔討論之時，伯叔只是說猜畫活動中有一個贏家，名為「蓉蓉」之類，並未想是慕容蓉。其次，複姓慕容，這個姓在汴京不常見，若是論及慕容一姓，恐怕唯有慕容家的人了。南夏北慕容，這是大宋除去皇親貴族之外最富有的兩家人。西域之行對於夏乾來說是種歷練，對於商人而言卻非如此，談下了西域生意，幾乎等同於掌握了全盤的西方貿易之路。

夏乾突然意識到，眼前的人是個巨大的競爭者。

慕容蓉站在夏乾面前，不言不語，只是微笑，如三月春風。

「我們會一同去西域，你、我，還有那位韓姑娘。西域之路漫漫，來日方長，我們日後定然會越發熟絡。」慕容蓉簡單說了幾句，揮了揮手，便離去了。

路漫漫、來日方長、越發熟絡……這些詞在夏乾的腦海中打轉。

夏乾愣了片刻，沒有走動。不遠處有個算命先生，看他們貴氣，盯了他們許久，此時卻忽然喝住了他。

「出遠門，有大難。」

夏乾一愣，詫異地扭頭問道：「你說我？」

「你有血光之災，但不只是你。」算命先生認真捋了捋鬍子。「至親痛失，至交分離，周圍人皆有大難。」他口中唸唸有詞，突然咧嘴一笑。「莫怕、莫怕！一兩銀子就可以解除——」

「真是胡說八道！」夏乾很是生氣，怒氣沖沖地走入了汴京城的夕陽裡。

——第三集完

國家圖書館出版品預行編目資料

天涯雙探3：古畫尋蹤／七名 著 – 初版. -- 臺北市：
三采文化，2021.5 面： 公分.（iREAD 139）

ISBN 978-957-658-523-4（平裝）
1. 華文創作 2. 青少年文學 3. 推理懸疑
857.7 110003571

◎封面圖片提供：
marukopum ／ Shutterstock.com
umiko / Shutterstock.com

suncolor
三采文化集團

iRead 139

天涯雙探 3

古畫尋蹤

作者｜七名
責任編輯｜戴傳欣　文字編輯｜歐俞萱
美術主編｜藍秀婷　封面設計｜李蕙雲　美術編輯｜李蕙雲
內頁排版｜陳曉員　校對｜黃薇霓　版權負責｜孔奕涵

發行人｜張輝明　總編輯｜曾雅青　發行所｜三采文化股份有限公司
地址｜11492 台北市內湖區瑞光路 513 巷 33 號 8 樓
傳訊｜TEL:8797-1234　FAX:8797-1688　網址｜www.suncolor.com.tw
郵政劃撥｜帳號：14319060　戶名：三采文化股份有限公司
本版發行｜2021 年 5 月 7 日　定價｜NT$380

《天涯双探 3：古画寻踪》七名　著
中文繁體字版經讀客文化股份有限公司授權三采文化股份有限公司出版發行，非經書面同意，不得以任何形式，任意重製轉載。

suncolor

suncolor